IL SEGRETO DI RIBBY

Cathy McGough

Stratford Living Publishing

COSA DICONO I LETTORI

STATI UNITI:

"L'intera storia è a tratti dolce, ma per la maggior parte del tempo è terrificante. L'autore ha un modo interessante di raccontare una storia e ha reso questo libro molto divertente".

"Come Bernheimer, lo stile narrativo di McGough potrebbe non essere adatto a tutti. È necessaria una buona dose di sospensione dell'incredulità per accettare la presenza di Angela e diversi eventi e situazioni della trama. Credo che lo sforzo valga la pena. Non vedo l'ora di esplorare altri lavori di questa autrice".

"Una lettura piacevole e inquietante che ha mantenuto la promessa di essere un thriller psicologico domestico".

"Un thriller psicologico e oscuro che vi farà sedere sul bordo della poltrona e vi farà rifiutare di metterlo giù fino alla fine!".

"Wow! Che corsa è stata questa! Il modo in cui questa storia viene raccontata vi lascerà a chiedervi cosa vi sia appena successo".

"Questa è una storia horror di donne psicopatiche in piena regola, raccontata con umorismo asciutto".

REGNO UNITO:

"Ribby nasconde così tanti segreti. Una storia adorabile ma triste".

"Il segreto di Ribby è un libro interessante e piacevole, ma allo stesso tempo inquietante su molti livelli e vale la pena leggerlo".

"Ben scritto, con personaggi avvincenti e un viaggio intrigante".

Indice dei contenuti

"I miei segreti gridano ad alta voce.

Non ho bisogno della lingua.

Il mio cuore tiene la casa aperta,

Le mie porte sono spalancate".

Theodore Roethke

Per gli amici immaginari di chiunque ne abbia bisogno.

POESIA:

SULLA SUPERFICIE

Specchio,
Tu mi rifletti
me con l'esubero
scritto su
su di me
è carne
incertezza colorata.
Specchio,
ti prendi gioco
la perfezione
Con questo trattenuto
riflessione
E il
risultato è sempre lo stesso
Nella tua
cornice: Io rimango immutato.
Scritto
tra le righe
Travestito

poeticamente
Inevitabili
caratteristiche
Scorrere
disarmonicamente.
Specchio: I
aderisco a ciò che vedo
Perché io sono
te, in tutto e per tutto
Ma a volte
riflessione
vorrei assomigliare
assomigliare a te.

Prologo

Q UANDO LUI SI SCAGLIÒ contro di lei, la chiave che teneva in mano gli finì dritta nell'orbita dell'occhio. Lui urlò e poi gemette quando il suo inguine entrò in contatto con il ginocchio di lei. Lei rabbrividì per il suono stridente quando estrasse la chiave dall'occhio. Mentre il sangue gli scorreva sul viso, lui singhiozzava e si rotolava tenendosi l'inguine. Lei gli conficcò la chiave nella parte laterale del collo, collegandosi a un'arteria. Il sangue sgorgò come l'acqua di una manichetta dei pompieri.

Si allontanò di qualche passo dal corpo e immerse le dita dei piedi nell'acqua. Di tanto in tanto gli rivolse uno sguardo. Finché non smise di muoversi. Tornò indietro e ascoltò per vedere se era morto: lo era. Finalmente. Lo fece rotolare, come un sacco di patate, sempre più in profondità nell'acqua. A ogni spinta, il cadavere sembrava sempre più leggero.

Archimede aveva ragione.

Quando fu il più lontano possibile, nuotò di nuovo verso la riva, raccolse i suoi vestiti e si rivestì.

Lasciò le sue cose dove le aveva lasciate.

Mentre il sole del nuovo giorno trasformava il cielo in rosso fuoco, tornò in acqua.

Scrutò la riva e non vide alcuna traccia di lui. Immerse la chiave nell'acqua per sciacquare via il sangue, poi tornò a casa. Dopo una lunga doccia, dormì come un bambino.

CAPITOLO 1

QUESTA È LA STORIA di una donna che era troppo gentile per il suo bene: fino a quando non lo fu più.

La giornata di Ribby Balustrade iniziava sempre allo stesso modo, con la madre che minacciava di dare la colazione al loro Wolfhound Scamp se non si fosse sbrigata.

Ribby, il cui guardaroba si limitava ai capi di abbigliamento di sua madre, si infilò il muumuu a fiori in testa, si infilò i sandali Jesus e si spazzolò i capelli, cosa che non richiese molto tempo. Tuttavia, raramente riusciva a scendere in tempo.

Martha Balustrade non era il tipo di madre che si attiene a un programma preciso. La colazione veniva preparata. Cosa e quando veniva deciso il giorno stesso.

Il vincitore di questa infinita disfatta in cucina era Scamp.

"Va bene, tanto non ho fame", mentì Ribby, mentre dava una pacca sulla fronte al cane e usciva di casa.

Ribby non si soffermò su questi eventi, il suo personale Giorno della Marmotta. Invece, si affrettò ad attraversare il parco fino alla strada principale.

La pensilina dell'autobus puzzava di urina e di caffè. In una giornata come questa, era contenta di aver saltato la colazione, perché anche adesso la puzza le faceva venire i conati di vomito. Non vedeva l'ora di andare a lavorare in biblioteca.

Quando l'autobus arrivò, mostrò la sua carta Presto e si diresse verso il suo solito posto in fondo. Il suo stomaco brontolava, mentre l'autobus procedeva, fermandosi di tanto in tanto per accogliere nuovi passeggeri. Arrivata nel centro di Toronto, scese dall'autobus e si precipitò nel negozio all'angolo per una barretta di cioccolato e poi in biblioteca.

Ribby era orgogliosa di non essere mai in ritardo. Non si poteva essere in ritardo se si lavorava in una biblioteca. Se lo si facesse, si avrebbero orde di clienti impazienti che intasano l'ingresso. E così fu, quando entrò e vide la fila eccezionalmente lunga con il signor Filchard in testa.

"Buongiorno, signor Filchard. Come posso aiutarla?".

"Buongiorno, cara Ribby. Come farei senza di lei? Tutti gli altri sono sempre così occupati, occupati, occupati—ma tu, tu mio caro, trovi sempre il tempo per aiutare un vecchio".

"Faccio solo il mio lavoro", disse Ribby. "Ora, cosa stai cercando oggi?".

"Potrebbe avvicinarsi, per favore? È un libro piuttosto sgarbato: Tropico del Cancro. Lo conosce?".

"Sì, signor Filchard. È un classico".

"Davvero? Ho sentito dire che ha, oh non importa; se è un classico allora non ho più bisogno di sussurrare, no?".

"No, ci sono libri molto più controversi", sorrise ricordando il clamore suscitato da Cinquanta sfumature di assurdità.

"Il problema, mia cara, è che non ho idea di chi l'abbia scritto. Mi conosci, vengo dai secoli bui e non so usare quei maledetti computer". Si mise a ridere. "Vuoi essere gentile e cercarlo per me?".

"È scritto da Henry Miller", disse lei mentre cliccava sul database. "Sì, è disponibile al piano di sopra, nel reparto narrativa".

"Prima darò un'occhiata. Henry Miller, hai detto. Mai sentito nominare!".

"A dire la verità, non mi ha colpito molto quando l'ho letto. I critici e i recensori pensavano che fosse geniale per il suo tempo. Ci sono alcune parti scabrose".

"Grazie, Ribby. Buona giornata".

"Non c'è di che", disse lei mentre lui se ne andava sgambettando.

Si occupò da sola degli altri clienti in attesa. Dopo aver finito di aiutare l'ultimo, mise in ordine il bancone.

Ora che la situazione era tranquilla, Ribby si preparò una tazza di caffè e tornò alla sua scrivania. Sulla via del ritorno, si fermò per un attimo ad ascoltare il rumore dell'acqua. L'architetto della biblioteca, usando la fontana per mascherare i rumori esterni, era stato incitante. Alcune città stavano chiudendo le loro biblioteche, ma Toronto era diversa. L'edificio stesso era un sopravvissuto. Nemmeno i saccheggi dopo la Guerra del 1812 ne avevano spezzato lo spirito.

Bevve un sorso di caffè e rimase un attimo in piedi, guardando le scale. Erano belle, con la gente che saliva e scendeva, ma l'ascensore era sicuramente utile quando serviva.

Sulle scale di sopra, notò il signor Filchard che scendeva. Quasi arrivato in fondo, teneva una mano sul libro e l'altra sulla tessera della biblioteca. Si fermò e lo aspettò. Era un po' senza fiato.

"La prossima volta prenderò sicuramente l'ascensore", disse il signor Filchard.

Si diressero verso il banco di assistenza dove Ribby timbrò la sua tessera.

"Vecchio sporcaccione!" Amanda, una collega, sussurrò mentre lui usciva dall'edificio. "Mi fa venire i brividi".

Ribby ignorò i suoi commenti. Prese un braccio di libri, li mise su un carrello, lo spinse nell'ascensore e salì al terzo piano. Si spostò da uno scaffale all'altro per archiviare. Mentre stava sistemando un libro vicino alla finestra, un lampo proveniente dall'altra parte della strada attirò la sua attenzione. Un giovane di circa vent'anni, vestito dalla testa ai piedi di jeans, si diresse verso di lei. La luce del sole scintillava sui suoi anelli al naso e sulle catene che li fissavano alle orecchie.

Ribby continuò a guardarlo mentre saliva le scale. Incuriosita, si affrettò a scendere al piano principale.

Il solo pensiero di servirlo le faceva battere il cuore. Non era mai stata così vicina a un uomo con tanti buchi in testa. Ribby era certa che altri avessero buchi mascherati— ferite emotive nascoste in profondità. Come Vincent Van Gogh, che usava il dolore per esprimere emozioni. Il concetto di usare il proprio corpo come arte la spaventava e la incuriosiva al tempo stesso.

Tornò alla scrivania e lo osservò. Stava all'ingresso come un ragazzino smarrito. Come è la sua voce, si chiese?

Si posizionò dietro la Sezione Acquisti, dove mise in ordine. Lui non si era mosso di un millimetro. Tossì, poi si mise sotto l'insegna Aiuto/Informazioni. I loro occhi si incontrarono.

"Posso aiutarla?" Ribby chiese con le guance arrossate e i palmi delle mani sudati.

"Sì, beh, spero di sì", disse con voce alta.

"Per favore, parla più piano", disse lei.

"Oh, ok, scusate. Sto cercando un libro, ma non ne conosco il nome".

"Sa chi l'ha scritto?".

"No".

"Può dirmi di cosa parla il libro?".

"Sì, sì, questo lo so, questo lo so per certo. Parla del futuro. Beh, quando il tizio l'ha scritto, era il suo futuro. Per noi è il nostro passato. C'è il Grande Fratello. Non il programma televisivo, ma un altro tipo di Grande Fratello". Rise per il modo intelligente in cui aveva legato insieme il passato e il presente. Anche Ribby rise.

"Oh, intendi 1984 di George Orwell?".

"Sì, mi sembra giusto. Orwell. Eccellente. È dentro?".

"Un momento, per favore", disse Ribby mentre lo digitava nel computer. Era dentro e Ribby andò a cercarlo. Il giovane la seguì.

Quando lei ebbe il libro in mano, tornarono alla reception. Ribby confermò che aveva i documenti necessari e gli rilasciò una tessera della biblioteca.

Completata l'operazione, il giovane infilò la tessera nel suo portafoglio logoro. Ringraziò Ribby e si avviò verso l'uscita. I suoi jeans blu strappati si afflosciavano—come lo stato d'animo di Ribby.

✳✳✳

Terminato il turno, Ribby si precipitò fuori dall'edificio. Ogni lunedì Ribby faceva volontariato all'ospedale pediatrico. Ballava e cantava. Faceva di tutto per sollevare il loro spirito. Adorava i bambini e loro sembravano ricambiare il sentimento. Ogni settimana sceglieva un bambino da mettere al centro dell'attenzione. Oggi era il turno di Mikey Landers e non doveva arrivare in ritardo.

Nella mano sinistra Ribby portava la sua borsa magica. I bambini erano sempre entusiasti quando lei li lasciava immergere nella borsa. All'interno c'erano: costumi, strumenti musicali, pittura per il viso, palloncini, ninnoli e trucchi.

Quando finalmente arrivò nel reparto pediatrico, saltò nella stanza di Mikey. I suoi genitori erano seduti, uno per lato del letto, e stringevano le mani del figlio in un mucchio di dita e palmi. Con le mani libere si asciugavano le lacrime. Mikey dormiva, così lei se ne andò in silenzio.

Ribby cercò di non pensare alla tristezza che aleggiava nell'aria nella stanza di Mikey. Mikey e la sua famiglia ne avevano passate tante.

La spinse via, in fondo alla sua mente. Il ruolo di Ribby era quello di rallegrare i bambini e le loro famiglie. L'avrebbero aspettata. Indossò la sua faccia più felice.

Billy e Janie Freeman lanciarono un urlo quando videro Ribby arrivare nel corridoio. "È qui! È qui!", gridarono. Un'ondata di allegria riempì il corridoio. I bambini e le loro famiglie formarono un cerchio intorno a lei nella Sala Comune.

Ribby cantò un numero di sua composizione intitolato Salta come un caribù e suonò il kazoo nei momenti più opportuni:

SALTA SALTA SALTA

COME UN CARIBÙ!

Ribby fece partire un trenino e i bambini che potevano camminare si misero dietro di lei.

SALTA SALTA SALTA

COME UN CARIBÙ

Il vecchio treno finì e Ribby formò una fila di bambini in sedia a rotelle o con le stampelle. I bambini cantavano, salutavano o battevano i piedi. Qualsiasi azione potesse aiutarli a partecipare alla canzone e a fare un po' di rumore.

SALTA SALTA SALTA

COME UN CARIBÙ!

Quando la canzone finì, gridarono: "Ancora! Ancora!".

La canzone era familiare ai bambini perché Ribby la cantava spesso usando animali diversi come il canguro, il cacatua, il cacatua e aveva anche una versione che includeva una visita allo zoo.

Ribby si inchinò e passò subito a un'altra melodia. Le piaceva mescolare le cose. Farli indovinare. Quando l'energia nella stanza è scemata, ha cambiato rotta, chiedendo la forma dei palloncini. Ha cantato mentre tirava e rigirava i palloncini a forma di animale. La richiesta più gettonata è stata quella di una madre caribù e del suo vitello, che l'ha tenuta occupata perché era un compito difficile.

I bambini che volevano i palloncini li hanno avuti e per Ribby è arrivato il momento di andare. Cominciò a preparare la borsa, proprio quando Mikey Landers entrò strimpellando le ruote della sua sedia. Sua madre lo seguiva a ruota, faticando a raggiungerlo. Mikey era arrabbiato, lei lo capì subito. Gli andò incontro, offrendogli un palloncino con la mano tesa.

"Ti ho quasi mancato, Ribby! Avresti dovuto svegliarmi. Avevi promesso di fare il tuo numero dalla mia stanza questa settimana! Era il mio turno!". Le lacrime gli scesero sulle guance mentre incrociava le braccia e rifiutava la sua offerta di pace.

Abbassando la mano, si inginocchiò al suo livello e disse: "Scusa, amico. Sono così felice di vederti in piedi adesso", guardò i suoi genitori, "ma stavi sonnecchiando quando sono passata. So quanto hai bisogno del tuo sonno di bellezza! Sei in cima alla lista per la prossima settimana, ok?".

"Promesso?" Lui si è liberato delle braccia.

"Incrocia il mio cuore e spera di morire". Ribby avrebbe voluto rimangiarsi quelle parole e ingoiarle. Se fosse stato possibile scambiare la sua vita con quella di lui, l'avrebbe fatto lì per lì, senza esitare.

Mikey non si era accorto del passo falso e alla fine allungò la mano per accettare il suo regalo.

Dopo averglielo consegnato, Ribby lo salutò. Uscendo dalla stanza, disse: "Ci vediamo la prossima settimana, Rugrats!".

Ribby trattenne le lacrime finché non fu fuori dall'edificio. Non avendo fazzoletti, usò la sua manica. Quando raggiunse la fermata dell'autobus, riuscì a calmarsi.

Ogni settimana si riprometteva di non piangere. I bambini dovrebbero essere fuori a giocare, a divertirsi. Non dovrebbero preoccuparsi di essere malati o di morire. Se poteva togliere quel dolore... anche solo per un breve periodo di tempo, allora valeva la pena di fare un giro sulle montagne russe emotive.

✳ ✳ ✳

L'AUTOBUS NON SAREBBE ARRIVATO prima di quindici minuti. Si precipitò al negozio all'angolo per rispondere al brontolio dello stomaco. Salato o dolce? pensò. Dietro il bancone notò una serie di sigarette. Incuriosita, chiese un pacchetto.

"Quale tipo, signora?"

Lei diede un'occhiata ai loro nomi. "Fredde", disse.

"Ha già un accendino?", chiese il commesso. Senza aspettare la risposta, mise un pacchetto di fiammiferi sopra le bibite. "I fiammiferi li offre la casa", disse mentre Ribby consegnava i soldi. Ribby restituì il resto.

L'improvviso sorriso dell'impiegato, che assomigliava a una smorfia, la disturbò. Se ne andò di corsa. Alla fermata dell'autobus aprì il pacchetto di sigarette e ne accese una. Inspirò profondamente, come un'attrice che recita una parte. Sembrava così facile nei film. In realtà era difficile non vomitare. Dopo la prima boccata, soffiò via il fumo e il relax la invase.

Quando arrivò l'autobus, infilò il pacchetto nella borsa e prese il suo solito posto in fondo. Pensò a quanto sarebbe stato sconcio fumare una sigaretta sull'autobus di Stan the Man.

Stan the Man era un po' nazista e un noto bullo. Lo aveva visto lei stessa. Sgridare i bambini che mettevano i piedi sui sedili. Li buttava giù dall'autobus al freddo, come se avessero commesso un omicidio o qualcosa del genere.

Una volta, una vecchietta aveva le borse che occupavano il sedile accanto a lei. Lui le chiese di toglierle, anche se nessuno aveva bisogno di quel posto. Quando lei non lo fece, la buttò giù dall'autobus.

Ribby ricorda ancora la sua faccia da prugna secca che guardava in alto mentre l'autobus cominciava ad allontanarsi. La donna aveva alzato il dito medio più in alto che il suo piccolo corpo potesse mettere e aveva gridato: "Vaffanculo!".

Ribby era rimasta così scioccata dall'incidente che da quel giorno si era sempre seduta in fondo all'autobus. Lì poteva essere invisibile. Poteva osservare come una mosca sul muro senza attirare l'attenzione su di sé. Non voleva fare nulla che facesse arrabbiare Stan the Man.

D'altra parte, Stan non poteva vedere tutto. Come l'uomo che si scaccolava e si puliva il naso sul sedile. Lei lo vide, ma Stan no. Ribby rise. Stan l'Uomo la guardò dallo specchietto retrovisore. Lei smise di ridere. Quanto era sicura la capacità di guida di Stan? Ossessionato dai suoi passeggeri, è un miracolo che non abbia avuto un incidente.

Ribby frugò nella borsetta. Pensò di tirare fuori una sigaretta. Stan se ne sarebbe accorto? L'avrebbe buttata giù dall'autobus? Era buio ed era troppo lontano per andare a casa a piedi. Chiuse la borsetta. Si concentrò sulle stelle fuori dal finestrino.

A casa, aprì la porta e subito dalla cucina arrivarono delle risate. Sua madre aveva spesso ospiti gentiluomini. Questa sera non era diversa.

Tom Mitchell era seduto di fronte alla madre. Ribby fece un cenno in direzione di Tom. Sentì gli occhi di Tom che la spogliavano. La guardava sempre così. Sua madre non sembrava farci caso.

"Ciao, Ribby", disse Tom. "È bello rivederti".

Ribby chiuse il rubinetto, fece un respiro profondo e si mise di fronte al tavolo.

Sua madre attese una risposta.

Così come Tom.

"Allora", disse Tom alzandosi. "È meglio che vada, Martha. È stato molto bello vederti come sempre". Spinse indietro la sedia e si girò verso di lei con il berretto da baseball.

Tom fece un passo verso Ribby. "E anche tu Ribby—anche se pensi di essere troppo alto e potente per salutare lo spasimante di tua madre, mi piaci ancora molto".

La madre di Ribby rise, una risata di pancia forte e bassa. "Oh Tom, la nostra Ribby ha paura della sua stessa ombra. Non importa. Sono sicura che anche tu le piaci". Si rivolse alla figlia. "Non è vero, Ribby? A te piacciono sempre i miei sposi".

Ribby tranguigò il bicchiere d'acqua. Frugò nella borsetta e toccò il pacchetto di sigarette. Conoscere un segreto le dava un senso di potere. Andò in salotto.

Tom e Martha bisbigliavano all'ingresso mentre lei sfogliava una rivista. Ben presto si stancò dei titoli scandalistici e prese il telecomando del televisore per scorrere i canali. La porta d'ingresso sbatté.

"Vorrei che foste più gentili con i miei amici", disse Martha sedendosi sul divano. "Dopo tutto, abbiamo bisogno di amici in questa vita, e Tom è sempre stato buono con noi".

"Cosa c'è per cena, mamma?".

"Ho avuto compagnia tutto il pomeriggio. Non c'è tempo per preparare la cena, figlia, e sto morendo di fame", si leccò le labbra Martha. "Assolutamente, totalmente e completamente affamata".

"Allora ordiniamo", disse Ribby. "Possiamo prendere del riso fritto speciale, degli involtini primavera e del pollo al limone da condividere".

"Sì, per me va bene", disse Martha, strappando il televisore dalle mani di Ribby. Indicò e cliccò, veloce e furiosa.

"Vado dalla signora Engle a telefonare".

"Fallo tu, figlia, fallo tu", disse Martha mentre si versava un bicchiere di whisky. Ci sparò dentro un po' di soda. Si avvicinò al mini-frigo e tirò fuori la vaschetta per i cubetti di ghiaccio. Mise due cubetti, bevve un sorso e sospirò.

Quando Ribby tornò, Martha disse. "Sei una brava figlia, la maggior parte delle volte". Martha bevve un altro sorso. "Saremmo senza casa senza il tuo stipendio per pagare il mutuo e mettere il cibo in tavola". Martha agitò il suo drink con un dito. I cubetti di ghiaccio tintinnarono contro il bicchiere.

Ribby si agitò un po'. Questa conversazione la metteva sempre a disagio.

Quando iniziò la pubblicità, Martha chiese: "Non c'è ancora traccia del cibo? Il whisky mi rode la pancia".

"Ha detto trenta minuti, mamma".

"Trenta minuti, beh, per Dio, trenta minuti sono troppi per aspettare un po' di riso!". Martha sbatté il pugno sinistro sul bracciolo della sedia. Il braccio destro rimase in alto per preservare la sacralità del suo bicchiere di whisky.

"Non posso cancellare ora. Siediti e guarda il tuo programma, e sarà qui prima che tu te ne accorga".

Martha si occupò del bar aggiungendo altro whisky e ghiaccio. Tornata sul divano, si rassegnò ad aspettare la cena.

Almeno non doveva cantare per averla, pensò Ribby con un sorriso ironico.

MARTHA SFOGLIAVA I CANALI. Ribby aspettava il fattorino all'ingresso.

Frugò nella borsetta e tirò fuori una sigaretta. Se la mise tra le labbra, non accesa, e si guardò allo specchio. Se i suoi capelli non fossero stati così neutri e la sua carnagione così sbiadita, avrebbe potuto avere un aspetto sofisticato. Forse.

Quando suonò il campanello, quasi le cadde la sigaretta.

Martha urlò: "Prendi questo, Ribby!".

Infilò la sigaretta nella borsetta.

Bing-bong di nuovo.

"Figlia? Figlia! Sei lì?".

"Sì, mamma, sto prendendo i soldi". Aprì la porta.

"Buonasera", disse il fattorino.

Non l'aveva riconosciuta, ma lei lo conosceva. Il ragazzo della biblioteca con piercing e tatuaggi.

"Sono 32,50 dollari", disse.

Ribby le consegnò 35 dollari. Sembrava diverso in piedi sul suo portico. "Tieni il resto", disse lei mentre chiudeva la porta pensando ancora a lui.

"Deve fare freddo, Rib!". disse Martha, strappandole la borsa di mano e dirigendosi in cucina.

Ribby rimise la borsa al gancio, annotandosi mentalmente di portarla di sopra quando sarebbe andata a letto. Non sarebbe stato possibile che Martha trovasse le sigarette.

In salotto cenarono sui vassoi della TV. Cominciava il gioco a premi preferito, Jeopardy!

Ribby e Martha avevano una rivalità ogni volta che lo guardavano. Chi sapeva per primo la risposta, la urlava.

"Cos'è New York", gridava Ribby.

"Cos'è Los Angeles!" Martha urlò. Si sbagliava.

"Te l'avevo detto", disse Ribby. "Lo sanno tutti, mamma".

Martha attraversò il tavolo e diede uno schiaffo alla figlia. Il colpo fu così forte che il vassoio del televisore e il suo contenuto volarono via. La sedia di Ribby si ribaltò all'indietro e la sua testa colpì il tavolino con un tonfo. Poi colpì il pavimento con un tonfo.

"Così impari", disse Martha, "a mancare di rispetto. Questa è casa mia. Chi sei tu per dirmi se ho torto o ragione!".

"Ma mamma", sussurrò Ribby. "Ha detto..."

"Non me ne frega niente di quello che ha detto. Ora vado a letto. Preparami una tazza di tè—il mio solito—e portala su".

"Ok, mamma", disse Ribby.

Ribby andò nella zona del bar. Prese la bottiglia, andò in cucina e mise a bollire il bollitore. Mise una bustina di tè in una tazza e versò l'acqua calda per un quarto. Dopo aver messo in infusione il tè, aggiunse mezza tazza di Bourbon, seguita da due cucchiaini di zucchero.

Mentre saliva le scale, decise di fare qualcosa di poco simile a Ribby.

Muoveva la lingua all'interno della bocca, raccogliendo la saliva e lasciandola schizzare sulle guance. Quando ne ebbe abbastanza, sputò nella tazza della madre.

La guardò in superficie, poi diede una mescolata prima di posarla sul comodino. Sorrise mentre tirava giù il lenzuolo superiore e poi le coperte, come faceva ogni sera.

Martha uscì dal bagno. "A volte sei una brava figlia".

Ribby non disse nulla. Aiutò la madre a togliersi i vestiti e a mettersi la camicia da notte. I piedi della madre erano freddi. Ribby li massaggiò con un po' d'olio prima di far scivolare le pantofole sulla sua carne invecchiata.

Mentre usciva, Ribby si guardò alle spalle. Martha bevve un sorso di tè modificato, poi sospirò.

Ribby trattenne le risate finché non fu in camera sua.

Poi rise così forte che dovette attutire il suono con il cuscino.

CAPITOLO 2

Quando si svegliò, Ribby si alzò e pensò alla notte precedente. Si mise a ridere, ascoltando la madre che si muoveva come di consueto.

"La colazione sarà pronta tra dieci minuti", chiamò Martha.

Ribby riuscì a ignorare quasi tutto. Il solito. Il solito.

"Non ho fame, mamma", gridò Ribby, spazzolandosi i capelli. "E poi oggi devo andare a lavorare presto".

Ribby ascoltò le imprecazioni della madre. Si passò la spazzola tra i capelli e si fermò di colpo quando al piano di sotto risuonò una risata. Questa risata era inquietante. Martha rideva raramente al mattino, a meno che non fosse presente uno dei suoi sposi.

"Ci vediamo, mamma!" Ribby disse mentre girava per la cucina e si dirigeva verso la porta. Una volta fuori, notò un furgone con un uomo a bordo seduto ad aspettare. Sulla fiancata del furgone c'era scritto il nome dell'azienda: Soffitte-R-Us.

La parola soffitta le fece tornare in mente l'ultima volta che ci era salita. Il solo pensiero la fece rabbrividire e tremare. Neutralizzò il ricordo, rinchiudendolo con una chiave nella biblioteca della sua immaginazione.

Si diresse verso la fermata dell'autobus. Arrivò appena in tempo. Salì a bordo e fissò fuori dal finestrino mentre il mondo le passava davanti in modo confuso. Il suo stomaco brontolava. Aveva sempre più fame. Ignorò i morsi, volendo risparmiare ogni centesimo per la gita al centro commerciale. Oggi era il giorno in cui si sarebbe concessa un regalo.

Aprì la borsetta. Il solo odore del tabacco le fece passare i brontolii della pancia.

Al lavoro, appese il cappotto e mise al sicuro la borsetta.

Sebbene i suoi colleghi fossero ai loro posti, nessuno stava aiutando la fila di clienti in attesa.

Ribby era l'assistente bibliotecaria più anziana, eppure non aveva alcuna autorità.

Anche in questo caso, Ribby si occupò da sola degli avventori in attesa. La bibliotecaria capo, la signora P. Wilkinson, non sembrò accorgersene.

Durante la pausa pranzo, Ribby chiese ai suoi colleghi dove acquistassero i loro vestiti. La maggior parte raccomandò i grandi magazzini del centro commerciale, dove si trovavano marche di qualità a prezzi accessibili.

Ribby era sempre più eccitata, ora che sapeva dove fare shopping. Non vedeva l'ora di fare qualcosa che non aveva mai fatto prima.

Ribby Balustrade stava per comprarsi un vestito nuovo.

✳✳✳

AI GRANDI MAGAZZINI, RIBBY rimase per un attimo fuori a scrutare le vetrine. Il rumore delle auto, degli autobus e dei tram riecheggiava tra gli edifici. Un busker vicino all'ingresso iniziò a strimpellare e a cantare. Cominciò a radunarsi una folla che spingeva e spingeva, alcuni portavano bevande calde e fumavano sigarette. Era così rumoroso e così affollato che tutto ciò che voleva era entrare. Dentro, nella quiete.

Entrò nelle porte girevoli e per un attimo ci fu silenzio. Poi lo scomparto si aprì e lei uscì in un altro tipo di caos. Clienti che brandiscono borse, che vanno e vengono. Ed era grande, a molti piani. Molte persone riempivano le scale mobili che salivano e scendevano. Odori di cibo fritto, popcorn e ciambelle addolcivano l'aria provocando un sovraccarico sensoriale.

"Posso aiutarla?", chiese una signora al banco informazioni.

"Sì, abbigliamento femminile, per favore".

"Terzo piano", disse.

Le scale mobili erano silenziose. I viaggiatori guardavano i loro telefoni. Lei si aggrappò alla ringhiera.

Quando arrivò al terzo piano, lo individuò: era l'abito dei suoi sogni. Un piccolo numero nero, come lo chiamavano le riviste della biblioteca, perfetto per i cocktail serali e gli eventi speciali. Lo guardò, pensando alle parole di un film sul baseball. Sorrise, cambiando le parole in "Se lo compri, le occasioni per indossarlo arriveranno".

"Posso aiutarla?" chiese una donna in abito elegante.

"Sì, sì, può. Sto cercando di farmi un regalo. Ho pensato che un abito nero, qualcosa di facile da indossare e da curare, facesse al caso mio. Mi piace molto quello sul manichino lassù. Se lo avete della mia taglia, vorrei provarlo".

"Ottima scelta", disse la donna. "Ora, mi faccia vedere, che taglia ha? Dodici? Quattordici?".

"Non lo so".

"Lei è una 12. Di solito sono abbastanza brava a indovinare, ma nel caso, prenda un dieci, un dodici e un quattordici", suggerì il commesso. "Oh, e le serviranno un paio di scarpe nere per completare il look. Lei è un numero 7?".

Sorpreso, Ribby disse: "Queste scarpe sono un numero 7".

"Perfetto, allora. Non abbia paura di uscire quando è pronto. So quanto può essere difficile quando si fa shopping da soli".

"Lo farò, grazie", disse Ribby chiudendo la porta del camerino.

Circondata da specchi, Ribby poté vedersi per la prima volta da tutte le angolazioni, mentre il vestito scialbo di Martha cadde a terra.

Ribby provò il vestito taglia dodici. Con la sua scollatura e le pieghe sui fianchi e in vita, accentuava davvero la sua figura. Sapeva già di volerlo comprare, ma voleva comunque avere un secondo parere. Uscì dal camerino.

"Wow!", esclamò il commesso. "Stai benissimo! Ma mi lasci fare una cosa".

Il commesso sparì dietro l'angolo ma tornò in pochi secondi. "Lascia che ti metta questo tra i capelli e queste finte perle al collo. Ti giuro che sembrerai un milione di dollari!".

"Sono così glam!" Ribby stentava a riconoscersi.

"Sei davvero sensazionale!".

"Vorrei provare un altro paio di abiti". Si avvicinò a uno scaffale e scelse un completo rosso a due pezzi, una camicetta e un paio di pantaloni. Tornò nello spogliatoio. Il vestito era meraviglioso, con la sua giacca dal taglio pulito e la gonna abbinata, e le scarpe che aveva provato con il vestito si abbinavano perfettamente. La camicetta stava meglio fuori che addosso e i pantaloni attiravano troppo l'attenzione sul suo sedere.

"Prendo il vestito, l'abito, le scarpe e le perle", disse Ribby. "Quanto costa? Ho dimenticato di guardare".

Il commesso sommò tutto. "Il costo totale prima delle tasse è di 760,00 dollari. È in contanti o a credito?".

"Oh, è più di quanto mi aspettassi", confessò Ribby.

"Non si preoccupi, perché non prende il vestito oggi e poi torna più tardi per le scarpe e gli accessori. Oppure può richiedere il credito in negozio. Verificherò che abbia i requisiti e poi potrà ottenere il credito immediato".

"Posso?" Chiese Ribby. "Sarebbe utile!".

L'impiegato fece a Ribby alcune domande e lei ottenne la carta di credito. Comprò tutto. Il commesso imbustò tutto.

"Grazie mille. È stato meraviglioso!".

"Non c'è di che".

Ribby festeggiò con una tazza di caffè e, visto che si stava facendo buio, si diresse verso la fermata dell'autobus. Durante il tragitto fumò una sigaretta.

Quando girò l'angolo, il furgone di Attics-R-Us era ancora parcheggiato davanti a casa sua.

Una volta entrata, Ribby andò in cucina. Dietro la porta chiusa, le giunsero all'orecchio i suoni familiari dell'amore. Non era la prima volta che tornava a casa e trovava sua madre con uno dei suoi spasimanti. Il tizio della Soffitta-R-Us era qui tutto il giorno? Che schifo. Ribby si ritirò al piano di sopra.

Nella sua stanza, Ribby compartimentalizzò l'incidente del piano di sotto. Non voleva che le rovinasse la giornata.

Si mise il vestito nuovo, le scarpe e la collana di perle. Frugò nella borsetta e tirò fuori una sigaretta. Con la sigaretta in mano sembrava ancora più sofisticata. Giocò con i capelli. Provò come stavano su e poi giù.

Fuori, la portiera di un veicolo si aprì e si richiuse. Ribby sbirciò dal finestrino e osservò il furgone di Attics-R-Us allontanarsi.

Pochi istanti dopo si udirono i passi di sua madre e nell'altra stanza si accese la doccia.

Ribby si rimise i vecchi vestiti. Mentre si spogliava, allontanò dalla mente i pensieri di sua madre e dei suoi spasimanti. Quando fu pronta, scese silenziosamente le scale in punta di piedi, uscì dalla porta e rientrò. Questa azione rafforzò la sua compartimentazione per questo incidente e l'avrebbe aiutata in futuro quando si fosse verificato un incidente simile. Con l'assortimento di gentiluomini che Martha chiamava, questa azione era una tattica di autoconservazione.

Si versò una tazza di tè caldo e diede una mescolata allo stufato nella pentola di coccio, prima di andare in salotto a guardare un po' di televisione.

Martha scese poco dopo e cenarono insieme. Quando la madre si addormentò sul divano, Ribby salì in camera sua.

Dopo aver letto per un po', Ribby chiuse gli occhi e lasciò correre la fantasia. Immaginò una casa tutta sua, in riva al mare. Immaginò il soggiorno con una comoda poltrona e le sedie abbinate. Sulla parete dietro di loro stampe di Van Gogh e Monet. Fiori in vasi. Immaginava di tornare a casa dal lavoro e di mettere i piedi in alto. Di avere il controllo della televisione.

La bolla scoppiò e la realtà si insinuò.

Martha non l'avrebbe mai permesso.

Quello che non sapeva, però, non poteva farle male.

Oltre alla carta di credito appena acquistata, Ribby partecipava al programma di risparmio del personale della Biblioteca Provinciale, quindi aveva dei risparmi segreti che però non aveva toccato fino a oggi.

Ribby pensò a un articolo che aveva letto sul giornale. Era la storia vera di un uomo che aveva due vite diverse con due mogli diverse. Si chiese se avrebbe potuto prendere l'idea e farla sua. Poteva creare una nuova vita per se stessa?

Il sonno arrivò, ma Ribby non sognò. Invece, decise.

Domani avrebbe dato vita a una nuova versione di se stessa. Un amico immaginario. Un alter-ego.

Una parte di sé che avrebbe fatto cose che lei aveva troppa paura di fare.

Un'amica con un nome bellissimo: Angela.

CAPITOLO 3

S ABATO MATTINA. RIBBY SALTÒ giù dal letto eccitata per la giornata che l'aspettava. Piegò il suo vestito nero, alcuni collant e li mise nella borsetta. I tacchi non ci stavano. Dovevano bastare un paio di sandali.

Martha si sedette al tavolo della cucina con la testa tra le mani. Modalità postumi della sbornia. La macchina del caffè sbuffava e sibilava dietro di lei. Quando vide Ribby, gemette. Ribby aveva già visto molte volte i segni del troppo whisky in sua madre. Si versò una tazza di caffè e riempì quella di sua madre. Le mani di Martha tremarono quando bevve un sorso.

Ribby proseguì lungo il corridoio e uscì sul portico dove prese il giornale. Tornò in cucina e sorseggiò il caffè ormai freddo mentre leggeva. Il giornale non fu una barriera per i mugolii di Martha, intervallati da gemiti.

Ribby sfogliò la rubrica degli appartamenti in affitto. Scorse con il dito l'elenco e c'era molta scelta nella zona del lungomare in cui sperava di vivere. Chiuse il giornale e sciacquò la tazza.

"Devo scappare, mamma. Ci vediamo dopo".

Martha sbatté i pugni sul tavolo. "Non tornare allora, se non riesci a raccogliere nemmeno un grammo di compassione per la tua povera vecchia mamma".

"Prendi un paio di Tylenol e starai bene", disse Ribby aprendo la porta d'ingresso e sbattendola dietro di sé. Mentre si allontanava, notò che sua madre aveva chiuso le persiane. Oggi non ci sono signori che chiamano.

Ribby prese l'autobus e, dopo essere arrivata nella zona degli affitti principali, acquistò un altro giornale. Girò intorno a un paio di possibilità e decise di andare a vedere alcune case aperte. Una di queste si trovava in una splendida zona non lontana dalla spiaggia ed era al primo posto nella sua lista di priorità.

Prima di poter visionare gli immobili, aveva bisogno di cambiarsi con un abbigliamento adatto. Una toilette pubblica andava bene. Vestita con la nuova attrezzatura, esplorò la zona, soffermandosi a guardare il lago Ontario. Ascoltò le dolci onde che si infrangevano sulle rive. Sopra di lei i gabbiani gridavano per attirare l'attenzione. Dietro di lei le auto suonavano il clacson mentre i passeggeri aspettavano il cambio del semaforo. Il suono di un AC-DC con forti bassi risuonò e lei si voltò per vedere che il colpevole era un'auto nera con la capote abbassata. Continuò a percorrere la passeggiata. Le venne l'acquolina in bocca quando si imbatté in un chiosco di hotdog con le cipolle che friggevano a lato. Controllò l'ora nella vetrina di un negozio e capì che doveva affrettarsi a vedere la prima casa.

Dall'esterno, l'edificio sembrava invitante. Non era un grattacielo come gli altri. Era di medie dimensioni con balconi privati. Balconi adornati con oggetti personali come biciclette e piante. Balconi in cui gli inquilini creavano il loro piccolo angolo di paradiso. Dove erano orgogliosi delle loro proprietà.

Notò un cartello "Affittasi" sopra di lei. Come promesso nell'annuncio, aveva una vista sull'acqua. Non vedeva l'ora di salire e dare un'occhiata da vicino.

Una volta entrata, si aggirò nell'atrio per farsi un'idea del posto. Nella zona della posta lesse i nomi che ornavano le scatole, quasi sperando di riconoscere qualcuno. Non lo fece. Spinse il pulsante dell'ascensore e salì.

Fu facile trovare l'appartamento grazie alla segnaletica che indicava la strada. La porta era aperta. Bussò comunque, poi entrò. Altre persone si aggiravano nei paraggi. A prima vista capì che doveva prendere l'appartamento. Era destinato a lei.

L'agente in cucina parlava con una giovane coppia. A lei disse: "Sarò da voi tra un attimo. Sentitevi liberi di dare un'occhiata in giro".

L'interno era di un'insipida tonalità di magnolia. La cucina era ben attrezzata con elettrodomestici in acciaio inossidabile, compresa una lavastoviglie. La zona giorno principale era a pianta aperta. Perfetto. Immaginava di sedersi lì, a guardare l'incredibile vista delle onde. Ascoltare le onde. Aprì le porte del balcone e uscì. I bambini giocavano poco lontano. Tornò dentro e guardò la camera da letto. Era più grande di quella di casa, aveva un bagno privato e una cabina armadio più che ampia. Avrebbe dovuto comprare un sacco di scarpe e vestiti nuovi per riempire quello spazio. Era meravigliosa. Tutto. Lo desiderava così tanto da poterne sentire il sapore.

"La vista è mozzafiato", disse Ribby quando l'agente fu libero. "È esattamente quello che stavo cercando".

"È molto richiesta. Se lo vuole", disse l'agente. "Dovrà compilare una domanda oggi stesso. Ha mai preso in affitto prima d'ora?".

"No, ho vissuto a casa mia".

L'agente armeggiò con alcuni fogli. "Vivrà da solo? Lavora a tempo pieno?".

"Sì, e sì. Lavoro in biblioteca. Sono assistente bibliotecario e lavoro lì da sette anni".

"Il proprietario preferisce affittare a un single o a una giovane coppia... se tutto è in regola con i documenti".

Gli occhi di Ribby si illuminarono quando accettò la domanda. L'agente le offrì una penna. Mentre lei la compilava, lui chiacchierava.

"Una volta accettata la domanda, avremo bisogno di un assegno che copra il primo e l'ultimo mese di affitto".

"Nessun problema". La ragazza terminò il modulo con una firma. "Quando saprò se la mia domanda è stata accettata?".

"Le telefonerò. Dovremmo saperlo entro martedì".

"Io, noi non abbiamo un telefono. Se mi dà il suo biglietto da visita, la chiamo. Va bene martedì mattina?".

"Perfetto", diede un'occhiata alla domanda. "Signora Balustra, ci sentiamo allora e buona fortuna", disse l'agente togliendo il cartello Open House. La accompagnò all'ascensore e fuori dall'edificio. Quando raggiunsero la strada chiese: "Posso darle un passaggio da qualche parte?". "No, thank you, I'm going to take a walk along waterfront, then catch a bus home."

Ribby corse alla spiaggia. Si tolse i sandali e lasciò che la sabbia le trasudasse tra le dita dei piedi. Poi li immerse nell'acqua. Raccolse alcune conchiglie, si sedette e ascoltò i suoni della città e del lago Ontario.

Un gabbiano atterrò nelle vicinanze. Poi un altro.

"Cosa ne pensate?", chiese agli uccelli. "È il posto giusto per me e Angela?".

I gabbiani la guardarono, ma l'unica risposta fu uno starnazzare.

✳︎✳︎✳︎

ERA ANCORA PRESTO—TROPPO PRESTO per tornare a casa. Ribby decise di andare a vedere qualche mobile. Nello showroom c'era una buona selezione di articoli. Era tutto così costoso, però, perché lei aveva bisogno di tutto.

Una voce nella sua testa disse: "Seconda mano. Eleganza. Sofisticatezza. Shabby chic.

Ribby si guardò intorno. Qualcuno le aveva parlato? Era sola. Fece scorrere le dita lungo lo schienale di un divano pensando: "Shabby chic", eh? Perfetto.

La voce disse: "Non dimenticare che un nuovo appartamento richiede un nuovo guardaroba".

Ribby fece una pausa. Stava impazzendo? Stava conversando con se stessa, ma la voce era diversa. La voce era Angela. Angela era nata.

Non puoi aspettarti che io nasca in questa vita indossando i vecchi stracci di Martha.

Ribby sorrise. Concordo. Prima di tutto, però, le cose da fare. L'appartamento. I mobili. Vi servono cose belle. Abbiamo bisogno di cose belle. Dobbiamo fare in modo che la mamma non lo scopra mai. Avrebbe una mucca.

Lei è una mucca.

Ribby rise fino quasi a bagnarsi i pantaloni.

Come ho fatto ad andare avanti senza di te?

Non lo sapremo mai. Ehi, ti accendi mai una sigaretta? I miei polmoni ne chiedono a gran voce una!

Ribby frugò nella borsetta e tirò fuori una sigaretta. Se la infilò tra le labbra, accese l'estremità e fece un tiro.

Ahhhh, sospirò Angela, ne avevo bisogno. Ribby, ora ci serve un piano.

Lo so. Se otteniamo l'appartamento, come faremo a tenerlo nascosto alla mamma? Come farò a continuare a pagarla e a pagare la nuova casa, oltre a procurarmi tutto il resto? Lo so, chiederò un aumento.

Non chiedere un aumento, pretendilo. E convincete la vecchia signora a ridurvi l'affitto!

Sono in ritardo per un aumento. Su questo hai ragione. Ma, per quanto riguarda la mamma, non sarà mai d'accordo anche se senza di me perderebbe la casa.

È un problema suo, non tuo, Rib. È una donna adulta e se tu non ci sei potrà affittare la tua stanza, no?

A Ribby sembrò strano avere qualcuno dalla sua parte per una volta.

Non intendo stare nell'appartamento a tempo pieno. Non sarebbe mai possibile. Troverebbe il modo di rovinare tutto. No, vivrò a casa durante la settimana e nell'appartamento nei fine settimana.

Però guarderà il tuo libretto di banca, di nuovo, Rib, e vedrà che il saldo scende, scende, scende e andrà su tutte le furie. Sai com'è fatta.

Ribby ha fatto una doppia faccia. Come faceva Angela a saperlo?

Hai ragione, dovrò stare attenta a dove lascio la borsa. Con le sigarette dentro, l'ho portata direttamente in camera mia. Continuerò a farlo e lei non se ne accorgerà.

E se ti chiedesse dei soldi, cosa faresti?

Le dirò di no.

Ricordi quando ti sei offerto di consegnarle ogni centesimo guadagnato? Tutto quello che doveva fare era smettere di accettare gentiluomini che chiamavano?

E come fa a saperlo? È come se fosse sempre stata con me.

Sì, come potrei mai dimenticarlo? Mamma rideva così forte che pensavo stesse soffocando. Ho cercato di aiutarla a prendere aria, colpendola sulla schiena, e in cambio mi ha colpito così forte che mi è caduto un dente.

Mancherai alla vecchia mucca, Ribby, ma meriti una vita e io sono qui per aiutarti. Per fare in modo che tu la ottenga. Ora, è meglio tornare indietro prima che la vecchia cavalla mandi la cavalleria!

La felicità era a portata di mano, ma a volte bisognava allungare la mano per prenderla.

CAPITOLO 4

L UNEDÌ MATTINA, RIBBY SI alzò e uscì dalla porta molto presto. Non voleva vedere Martha. Per il lavoro, indossava una specialità di Martha-muumuu in cui i suoi seni combattevano contro le balze frontali. Questo abbigliamento rientrava nella politica del guardaroba della biblioteca. Si affrettò a prendere l'autobus e arrivò prima del solito.

"Buongiorno, Ribby", disse la signora Pigeon, una frequentatrice abituale della biblioteca. "Se stai cercando qualcosa di eccellente da leggere, ti consiglio questo". Tese il libro e Ribby lo prese.

"La mia vita nel piatto", lesse Ribby. "Parla di cibo?".

"No, in nessun modo o forma!". Disse la signora Pigeon ridendo. "Parla della vita, delle risate e delle lacrime". Fece una pausa. "Smettila, Billy! Jason, torna qui". I bambini tornarono al banco. "Mi dispiace che il libro sia stato restituito in ritardo".

"Mi avete convinto. Grazie, signora Pigeon". La signora sorrise mentre timbrava la restituzione del libro.

"Non c'è di che, cara. La prossima volta che vengo puoi dirmi cosa ne pensi di Clare Hutt. Salutate Ribby, ragazzi. Jason smette di sputare a tuo fratello. Ti troverai in un mare di guai quando tornerai a casa!". La signora Pigeon sorrise mentre conduceva Jason per un orecchio e Billy per mano. Il trio uscì attraverso le porte girevoli.

Ribby era troppo eccitata per leggere. Inoltre, era di nuovo lunedì e doveva andare in ospedale.

Alle 17 Ribby prese le sue cose dall'armadietto e prese l'autobus. Durante il tragitto ebbe la tentazione di fumare, ma non voleva che i bambini sentissero l'odore di sigaretta su di lei.

Andò al negozio di souvenir dove aveva richiesto dei palloncini riempiti di elio per ogni bambino del reparto. Il pensiero era meraviglioso, portarli era un'altra cosa.

Come promesso, Ribby si recò nella stanza di Mikey Landers. Lui non c'era. Procedette lungo il corridoio, facendo capolino nelle stanze lungo il percorso. Dietro di lei ne seguirono altri, formando un corteo canoro. Sedie a rotelle, stampelle, tutti erano i benvenuti. Anche la caposala Alice si unì a lei.

Ribby lanciò un'occhiata nella sua direzione e i loro occhi si incontrarono. C'era qualcosa che non andava, ma poteva aspettare. Lei continuò l'esibizione.

Ribby entrò nel centro. Si mise in contatto visivo con i bambini. Lucy May Monroe aveva bisogno di un nastro per i capelli, che Ribby tirò fuori dalla sua borsa magica. Era un nastro viola, il colore preferito di Lucy

May. La bambina strillò di gioia. La madre di Lucy lo avvolse intorno alla sua piccola coda di cavallo.

Durante l'ultima visita, Benjamin Fish aveva desiderato un peluche di drago, che Ribby aveva nascosto nella sua borsa magica. Lasciò che Benjamin vi prendesse la mano e lui la tirò fuori. Lo mise in grembo e cercò i suoi genitori, ma non c'erano. Non volendo aprirlo senza di loro, cullò il regalo nel suo grembo a rotelle.

C'erano molti altri bambini in attesa. Uno dopo l'altro Ribby esaudì i loro desideri. Cantò di nuovo. Questa volta ha ballato e si è esibita nella sua interpretazione di Crocodile Rock di Elton John. Distribuì il resto dei palloncini. Rimase solo il palloncino di Mikey Landers.

Ribby salutò i bambini. Portò il palloncino rosso di Mikey e si incamminò lungo il corridoio. L'infermiera Alice la stava aspettando.

"Ribby, aspetta, devo dirti una cosa".

Ribby non voleva sentire la notizia. Continuò a camminare. Se non lo sapeva, allora non era vero.

L'infermiera Alice prese il braccio di Ribby. "Ribby, Mikey ha sofferto molto e ora è in pace".

Ribby voleva urlare. Continuò a camminare e uscì dall'edificio. Una volta fuori, lasciò andare il palloncino, poi lo guardò finché non riuscì più a vederlo.

Non pianse.

CAPITOLO 5

RIBBY ERA COSÌ ECCITATA quando chiamò l'agente immobiliare da un telefono pubblico e scoprì che l'appartamento era suo. Tra poco più di una settimana si sarebbe trasferita. C'era tutto il tempo per comprare qualche bene di prima necessità e per capire come avrebbe fatto a stare lontana da Martha.

Perché non usare me? Dopo tutto, siamo amiche, no?

Cosa vuoi dire?

A volte sei grosso come un mattone. Di' alla vecchia ascia da guerra che vai a trovare un'amica che vive in città e si chiama Angela.

E se volesse conoscerti? E poi non posso mentire, la mia carnagione mi tradisce.

Non stai dicendo una bugia. Passerai il tempo con me. Hai l'alibi perfetto: io!

Quella sera a cena, Ribby affrontò l'argomento. "Vorrei uscire venerdì sera con la mia amica Angela".

"Lo vuoi dire?!" Martha disse con voce stupita. "Hai un'amica?".

"Leggiamo gli stessi libri e andiamo d'accordo".

"Figlia mia, fai attenzione a questa nuova amica. Guarda che non se ne approfitti perché sei molto ingenua sulle cose del mondo".

"Starò bene, mamma. Andiamo a vedere un film e a prendere un caffè".

I giorni passavano più velocemente ora che la sua vita era uscita dal solito tran tran e presto fu venerdì.

"È meglio che mi muova. Ci incontriamo fuori dal cinema".

"Prima di andare potresti dare alla tua povera vecchia mamma qualche dollaro per sostituire la bottiglia di Jack Daniels?".

Ribby esitò. Se non avesse dato i soldi a sua madre, avrebbe potuto non uscire di casa. Doveva consegnare il denaro e così fece.

"Farò tardi, mamma; non ha senso aspettarmi alzato".

"Divertiti", disse Martha infilandosi i soldi nel reggiseno.

Camminando lungo il sentiero, Ribby fece diversi respiri profondi. Non poteva crederci. Venerdì sera e lei andava al cinema in città.

Non dimenticarti di me.

Come potrei? Senza di te, sarei ancora lì in piedi nella sala d'ingresso!

Hai fatto bene Ribby a darle i soldi stasera. Ma non di più. Avremo bisogno di tutti i Loonie!

Durante il film, Angela continuava a ridacchiare per le scene d'amore.

È così noioso! Non è realistico. Andiamocene da qui.

È romantico. Dagli una possibilità.

Ribby si infilò un pezzo di cioccolato in bocca.

Vorrei che si potesse fumare qui dentro.

Shhhh.

Dopo il film, Ribby si sentì troppo seccata per prendere un caffè e tornò a casa.

Cosa dirai quando torneremo se tu-sai-chi è in piedi?

Non si alzerà. Dopo il Jack Daniels, sarà fuori per la conta.

Poi, al mattino, potrai dirle che sabato sera starai a casa della tua nuova amica Angela. Tornerai domenica sera. Capito?

Capirebbe che sto mentendo. Lo sa sempre.

Forse lo saprà, ma era prima di avere una casa tua. Una doppia vita. Prima di avere me. Inoltre, è una questione tecnica. Tu stai a casa mia e io sono tuo amico. Quindi... stai davvero dicendo la verità.

Detto così, suona piuttosto bene.

Sì, ora accendi una sigaretta e torniamo indietro.

CAPITOLO 6

ERA IL GIORNO DEL trasloco e Ribby era pronta a partire. Scese le scale in punta di piedi sperando di sgattaiolare via inosservata. Fu di breve durata, perché Martha la stava aspettando in cucina.

"Una tazza di caffè?".

"Grazie, mamma", disse Ribby sedendosi e guardando l'orologio.

L'unico suono che si sentiva era il rantolo di Martha e il ronzio del frigorifero.

"Io e Angela ci siamo divertite moltissimo lo scorso venerdì sera, mamma, e mi ha chiesto di restare a casa sua per il fine settimana. Mi piacerebbe andarci".

Martha mise il naso nella sua tazza di caffè. Con una mano toccava la tovaglia e con l'altra accarezzava Scamp sotto il tavolo.

Il silenzio di sua madre era inquietante. Raramente era stata così silenziosa. Ribby si sentì in colpa e le tremarono le mani mentre sorseggiava il suo drink. Si chiese se sua madre lo sapesse.

Ribby pensò di dire qualcosa, il silenzio era terribile, ma aveva paura di farlo. Finì il caffè, si alzò e sciacquò la tazza. La mise nella rastrelliera ad asciugare.

"Sono felice che tu abbia un amico e spero che ti divertirai".

"Grazie, mamma", disse Ribby mentre correva al piano di sopra a prendere la borsetta e usciva. Prese l'autobus e riuscì ad attraversare la città prima dei fattorini.

"Salite!", disse parlando al citofono. Gli uomini portarono i modesti mobili e gli altri oggetti che aveva accumulato durante la pausa pranzo. Dopo che se ne furono andati, lei si mise comoda, ascoltando le onde dal balcone.

A mezzogiorno Ribby fece una passeggiata sul lungomare. Lungo la strada notò diversi bar e locali notturni. Non era mai entrata in uno di essi perché andarci da sola non le sembrava interessante, ma ora era diverso. Sarebbe tornata più tardi.

Con Angela al mondo, non si sentiva più così sola.

Più TARDI, QUELLA SERA, Ribby aspettava sul marciapiede davanti al night club.

Smetti di camminare, Ribby. Conterò fino a dieci e poi entreremo. Va bene, andiamo! Pronti o no, arriviamo!

Ho paura.

Un gioco da ragazzi, Ribby, un gioco da ragazzi! Seguitemi.

Come se avessi scelta.

Le scale erano strette e poco illuminate. Le caviglie di Ribby traballavano nelle sue nuove scarpe con il tacco alto mentre scendeva. Quando girò l'angolo per entrare nella zona del bar, le luci stroboscopiche lampeggiarono e pulsarono in sintonia con la musica.

Smettila di preoccuparti delle scarpe. Il paradiso ci aspetta! Da questa parte. Mi piazzo su questo sgabello— in modo da poter controllare l'azione. Per non parlare del fatto che loro possono controllare noi!

Non lo so. Non sembreremo disperati?

Non sono disperata. Guarda questo posto Rib. È pieno di risate, musica; ci divertiremo un mondo. Ora, perché non ci offri da bere?

Cosa devo chiedere? Non ho mai ordinato un drink prima d'ora.

Vediamo, Angela ha consultato il menu delle bevande. Uno di questi andrebbe bene. Sì, ordina un Vodka and Tonic—fallo grande!

Ribby si schiarì la voce, sperando di attirare l'attenzione del barista. Stava conversando con un uomo all'altro capo della striscia. Tossì, ma con la musica ad alto volume e le luci accese, non pensava di essere notata.

Devo fare tutto io? Angela gemette. "Mi scusi signor barista, posso avere un V&T grande qui quando ha un secondo, per favore?".

Il barista guardò Ribby e sorrise. "Certo."

Si fece strada lungo il bancone, lanciando un'occhiata in direzione di Ribby mentre mescolava il drink. "Non hai un'aria familiare. Sei di queste parti?".

"Mi sono trasferito questo fine settimana. Ho pensato di dare un'occhiata ai locali", disse Angela.

"Benvenuta nel quartiere. E questo è sulla casa. Sono il comitato di benvenuto", disse il barista con un occhiolino.

Angela sbatté le palpebre di Ribby. Si chinò, come se volesse sussurrargli qualcosa all'orecchio. I suoi seni caddero in avanti nel vestito, dando al barista una visione completa della scollatura di Ribby.

"Grazie mille", disse Angela. "Ho sempre desiderato conoscere il comitato di benvenuto".

"Ora l'hai fatto, in carne e ossa. Mi chiamo Jake, e tu?".

"Io sono Angela, piacere di conoscervi".

"Se hai bisogno di qualcos'altro, fai un fischio. Sai fischiare, vero?".

"Come disse una volta la grande attrice Lauren Bacall, basta unire le labbra e soffiare". Jake rise e Angela emise un leggero fischio.

Questo commento sorprese Ribby perché non aveva mai imparato l'arte del fischio. Senza contare che non aveva mai visto nessuno dei film di Lauren Bacall.

Jake si spostò lungo il bancone e servì un altro cliente che aveva assistito allo scambio.

"Jake, vecchio mio", disse l'uomo avvicinandosi. "Che ne dici di una birra qui?".

"Nigel. Amico. Non ti vedo da settimane. Come diavolo stai? Pensavo che ti fossi trasferito".

"Io? Trasferirmi? Dove altro potresti trasferirti dopo aver vissuto vicino alla spiaggia per la maggior parte della tua vita? Nessun altro posto è paragonabile! Dovrebbero portarmi fuori in una cassa di legno", disse Nigel, ridendo mentre Jake versava la birra.

"Che cosa hai fatto?".

"Lavoro, lavoro, lavoro, ho detto abbastanza", disse Nigel. Avvicinandosi a Jake, sussurrò: "Chi è la ragazza? Esci con lei o posso provarci io?".

"È nuova. Si è trasferita qui oggi. Si chiama Angela. Ha un bel paio di tette e un senso dell'umorismo niente male".

Vedi, gli piacciamo!

Non ci conosce nemmeno.

Ma vuole conoscerci.

"Scusami, Jake", disse Angela. "Vorrei ordinare un Martini grande, agitato non mescolato. Facciamo doppio".

"Un Martini doppio, in arrivo", disse Jake.

"Allora, sei un fan di James Bond, vero?". Chiese Jake mentre le metteva davanti il Martini.

Angela giocò con l'oliva facendola roteare nel bicchiere e poi la rovesciò tutta.

Ribby rabbrividì. Come prima, non aveva mai visto un solo film di James Bond, né aveva letto alcun romanzo di Ian Flemings. Si chiese come facesse Angela a sapere cose che lei non sapeva.

Angela stava parlando. "L'interpretazione di Sean Connery era il mio Bond preferito. Avrebbero dovuto smettere di fare i film dopo il suo abbandono". Spinse il suo bicchiere sul bancone: "Un altro Martini doppio per me, per favore, Jake".

"Wow, è roba piuttosto forte", fece una pausa Jake. "Sei sicuro di essere in grado di bere un altro doppio, così presto?".

"Io sono il cliente, non è vero, e voi siete il comitato di benvenuto, quindi fatemi sentire il benvenuto. Prometto che farò la brava", disse Angela.

Jake guardò Nigel seduto al bancone da solo. Dieci ragazzi scesero le scale e guardarono Ribby. "Vorrei presentarvi un mio amico. Nigel, lei è Angela. Potrebbe apprezzare un po' di compagnia. Nigel conosce bene la zona ed è un bravo ragazzo. Posso garantire per lui".

"Piacere di conoscerla", disse Nigel, allungando la mano.

"Anche per me è un piacere", disse Angela, spostandosi per evitare il sedere intorpidito. Fece roteare l'oliva nel Martini fresco e la infilzò. Lo mise in bocca e si versò il secondo bicchiere in gola.

"Ho sentito dire che sei nuova della zona". disse Nigel, mentre osservava un piccolo pezzo di Martini che fuoriusciva dall'angolo della bocca di Angela.

Ribby prese un tovagliolo e tamponò il liquido. Il sapore era ancora terribile. Come immaginava che fosse il sapore del solvente per unghie. Come poteva Angela apprezzare qualcosa che a lei stessa non piaceva?

"Sì, abbiamo affittato un appartamento. È bellissimo qui", disse Angela.

"Noi?"

Ribby rabbrividì.

Angela rise. "Noi nel senso reale del termine. Io vivo da sola".

"Ti va di ballare?" Chiese Nigel.

Ribby non aveva mai ballato in vita sua.

Angela cercò di scendere dallo sgabello. Perse l'equilibrio e inciampò.

Nigel le afferrò il braccio. "Ehi, stai bene?".

"Sto bene", disse Angela. "O lo sarò quando andrò nella stanza della bambina. Hai idea di dove sia?".

"È proprio lì, in fondo al bar".

"Okie dokie", disse Angela. Afferrò Nigel per il colletto e lo guardò nei suoi profondi occhi blu. "Non ti muovere. Tornerò tra qualche secondo e accetterò l'offerta di un ballo".

Ribby fece un respiro profondo, mentre Nigel annuiva e indietreggiava.

Angela si tamponò il vestito.

Una volta nel box, Ribby si appoggiò alla porta di metallo che le sembrava fresca sulla schiena. Strappò delle risme di carta igienica e coprì la tavoletta prima di sedersi.

La stanza girava.

Penso che mi sentirò male.

No, non ci ammaleremo, Rib. Rimarremo seduti qui per un altro paio di secondi. Poi andremo al lavandino e ci spruzzeremo un po' d'acqua sul viso. Staremo bene. Lo prometto.

Qualche istante dopo, Angela si avvicinò a Nigel. Sembrava preoccupato. Non era bello, ma nemmeno brutto. Aveva un aspetto normale. Indossava jeans neri, una maglietta azzurra e stivali neri. Le piaceva la sua barbetta.

"Andiamo, allora", disse Angela, prendendo la mano di Nigel e conducendolo sulla pista da ballo.

Era una canzone lenta.

Ribby non sapeva nemmeno come essere tenuto in braccio. I suoi palmi grondavano di sudore.

Nigel la teneva a distanza.

"Più vicino", sussurrò Angela, attirandolo verso di sé e stringendogli le natiche.

Mentre Chris de Burgh intonava Lady in Red, Angela posò la testa sulla spalla di Nigel e si rilassò. Anche Ribby si rilassò. Sentiva il cuore di lui battere contro il suo. Sentiva il suo respiro sul collo.

Angela voleva portarlo a casa.

Ribby no.

D OPO IL BALLO, ANGELA afferrò la mano di Nigel e lo tirò verso il bar. Si sedettero sugli sgabelli, con le ginocchia a contatto. Nigel fece un cenno con due dita in direzione del barista e disse: "Tequila".

Angela si spinse i capelli dietro l'orecchio e si avvicinò: "Stai cercando di farmi ubriacare?".

"Ehm, no. Non è nel mio stile".

Angela gli toccò il ginocchio quando arrivarono i drink.

Nigel buttò indietro il suo shot. "Allora, cosa fai? Intendo dire per vivere. Insomma, mi sembra che stiamo andando un po' troppo in fretta".

Sono d'accordo!

Shhh Ribby. Torna a dormire. Poi a Nigel: "Un po' di questo e un po' di quello". Gettò indietro lo shot di tequila e mise il lime tra i denti.

"Ah, una donna misteriosa, eh?". Lui rise. "Beh, io mi occupo di pubbliche relazioni".

"Che emozione! Avete sempre lavorato per la stessa azienda?".

"Sì. Una delle dieci aziende più importanti mi ha assunto direttamente dall'università. Quando si inizia a lavorare per i migliori, l'unica strada percorribile è quella della discesa".

"Ho capito. Allora, cosa le piace fare? A parte le pubbliche relazioni e le uscite nei bar".

"Di solito non frequento i bar".

"Certo, certo", disse Angela.

"Sinceramente", disse Nigel, sfiorandole il ginocchio con la mano.

Ribby si sentì in ansia. Stava diventando troppo familiare. Voleva andarsene.

Ad Angela piaceva.

Nigel continuò: "Conosco Jake. Ci conosciamo da anni, quindi ogni tanto vengo qui al Cat's Eye per uscire. Non si può restare nel proprio appartamento a guardare Netflix o a giocare alla Xbox tutto il tempo. È meglio uscire. Per incontrare persone, e questa zona è un luogo così vivace!".

"Lo è, ma in questo momento ucciderei una tazza di caffè. Ti piacerebbe andare in un altro posto, meno rumoroso, e offrire una tazza di caffè a una ragazza? Ti chiederei di tornare a casa mia, ma è un casino totale visto che mi sono trasferito solo oggi", disse Ribby.

Ti avevo detto di lasciar fare a me. Fuori dalle palle.

"C'è un piccolo caffè non troppo lontano e poi ti accompagno a casa. Se per te va bene, Angela?".

Una tazza di caffè, mi va bene.

Prendete una pillola per rilassarvi.

Ribby e Nigel si avviarono a braccetto verso il Night Owl Café dove ordinarono un cappuccino. Hanno chiacchierato in modo informale fino all'una di notte, quando Ribby ha detto di voler andare a casa.

"Sei un vero gentiluomo per avermi chiesto di accompagnarmi a casa. Sono felice che Jake ci abbia presentati".

Quando arrivarono a casa di Ribby, Nigel chiese: "Posso avere il tuo numero di telefono? Mi piacerebbe rivederti".

"Non c'è ancora il telefono", disse Angela mentre frugava nella borsa per prendere le chiavi. Quando si voltò, Nigel si affrettò a baciarla. Quando le sue labbra incontrarono quelle di Angela, lei ricambiò il bacio. Le mani di lei gli percorrevano le spalle e il petto. Le sue, a loro volta, lo esplorarono.

Quando le ginocchia di Ribby cominciarono a cedere, fu lei a prendere il controllo. Con il fiato troppo corto per parlare, si staccò. "È meglio che entri". Si toccò le labbra. Erano ancora formicolanti.

"Spero di non essere stata troppo sfacciata. Sembrava che ti piacesse".

"Mi è piaciuto", disse Angela.

"Devo andare", disse Ribby. "È stata una giornata lunga, con il trasloco e tutto il resto". Aprì la porta ed entrò.

Nigel la seguì fino all'ascensore aperto. "Quando ti rivedrò?".

Mentre l'ascensore cominciava a chiudersi, Angela prese la parola. "Sabato prossimo, stessa ora, stesso canale".

Quando le porte si chiusero, Ribby le sfiorò di nuovo le labbra. Era stato il suo primo bacio e le era piaciuto molto.

Angela voleva di più. Il suo bacio la rendeva calda, febbricitante.

Aprì le porte del balcone. Nigel era lì sotto e guardava in alto. Fece un cenno di saluto.

"Buonanotte, Nigel", disse Ribby.

"Buonanotte, Angela", disse Nigel.

Avremmo potuto invitarlo a salire, sai.

L'ho appena conosciuto e non so nulla di lui. E poi mi fa male la testa e lo stomaco.

È perfettamente innocuo.

Se è vero, allora tornerà.

Ribby rientrò in casa. Chiuse e bloccò le porte del balcone. Andò nel bagno e si guardò allo specchio per un bel po', aspettandosi di vedervi Angela. Non ne trovò traccia.

Dopo una doccia calda, Ribby si mise a letto. Aveva chiuso la porta della camera da letto, come a casa. Poi si rese conto che non aveva più bisogno di farlo. Si alzò, la spalancò e si rimise a letto. Indossò la sua camicia da notte di flanella perché l'aria notturna le aveva fatto venire i brividi. Una volta ricaduta sul cuscino, la stanza cominciò a girare. Il soffitto era il pavimento e il pavimento era il soffitto. Quando chiuse gli occhi, lo stomaco le salì verso la gola.

Si aggrappò ai bordi del letto come se fosse alla deriva su una scialuppa, finché non riuscì più a sopportare la rotazione. Corse in bagno e vomitò. Ribby fece amicizia con quel pezzo di porcellana, inginocchiandosi ad esso come se fosse un dio.

Quando lo stomaco fu vuoto, tornò a letto e cercò di dormire. La stanza non girava più. Non si sentiva a suo agio con la voce che aveva in testa. Angela sembrava sapere le cose. Che avesse vissuto delle esperienze. Diverse da quelle che aveva vissuto lei stessa. Com'era possibile? Perché aveva ordinato tutti quei Martini?

Il pensiero di bere Martini e Tequila fece affondare lo stomaco di Ribby. Questa volta si trattava di un'emorragia secca: non aveva più nulla da offrire al dio di porcellana.

Si addormentò ai piedi del dio premendo la fronte sulla porcellana fredda.

CAPITOLO 7

RIBBY APRÌ GLI OCCHI. Era in bagno, sul pavimento. Si sollevò, usando la tazza del water come ancora. In modo instabile, abbassò il coperchio e vi si sedette sopra. Aprì il rubinetto del lavandino accanto a lei, lasciò scorrere l'acqua per qualche secondo, poi riempì un bicchiere e ne bevve un sorso. Le mani le tremavano, mentre l'acqua le scendeva nello stomaco.

Quando Ribby riuscì a reggersi in piedi, si aggrappò al lavandino, guardò il suo riflesso nello specchio e giurò di non bere mai più alcolici.

Che leggerezza.

Ribby si fece una doccia, si vestì e uscì a fare una passeggiata per schiarirsi le idee. Si fermò in un bar e ordinò una tazza di caffè forte. Mentre era seduta a sorseggiare, decise che era pronta per tornare a casa e andò a prendere l'autobus.

Ovvero, a casa di Martha.

È successo davvero ieri? Sembrava un sogno.

La parte del vomito era più un incubo!

Il bacio di Nigel era da sogno.

Il mio primo bacio è stato meglio dei pancake con burro e sciroppo.

Shh, mi stai facendo venire fame.

Ribby scese dall'autobus e si avviò verso casa. Quando girò l'angolo, si trovò davanti Martha, in camicia da notte, alle quattro del pomeriggio, che sorseggiava una bottiglia di birra.

"Come sta mia figlia?" Chiese Martha.

"Ci siamo divertite molto, mamma. Angela è molto divertente. Mi ha invitata a fermarmi di nuovo il prossimo fine settimana".

"Bene. Tutti dicono che sei troppo seria. Hai bisogno di un'amica della tua età con cui divertirti".

"Chi sono tutti, mamma?".

Martha si alzò. Inciampò un po', mentre Ribby si allontanava. L'odore di birra e il corpo non lavato la spinsero a fare dei respiri affannosi.

"Non importa. Credo che anche tu abbia bisogno della compagnia di un uomo".

"Ne ho incontrato uno ieri sera, di nome Nigel. Mi ha accompagnato a casa di Angela e...".

"Sei fuori casa una sera e trovi un uomo che ti accompagni a casa! Sembra che tu sia più ragazza di quanto pensassi!".

"Non è successo niente".

"Non questa volta, figlia, ma è il mio sangue che scorre nelle tue vene e il tempo dimostrerà che quello che dico è vero. Una volta che metti le mani su un uomo, una volta che lui inizia a toccarti in alcuni punti, oh i punti, allora diventerai viva. Ti porterà dove non avresti mai immaginato che il tuo corpo potesse arrivare. Qualsiasi uomo può fare questo per te, figlia, che tu lo ami o meno. Ogni uomo può farlo. Ogni uomo che sa può insegnarti".

"Non voglio sentire queste cose", disse Ribby, salendo di corsa le scale per andare in camera sua. Lei sbatté la porta e la chiuse a chiave. Fece il bagno, aggiungendo molte bollicine, e scelse un libro dal tavolino. Rimase a mollo per ore, cercando di non pensare a ciò che Nigel avrebbe potuto insegnarle.

CAPITOLO 8

LUNEDÌ MATTINA, DI NUOVO al lavoro. La solita coda di clienti. Ribby li serviva, il capo bibliotecario non ci faceva caso. Più tardi, Ribby era al secondo piano e stava rimettendo i libri negli scaffali. Guardò fuori dalla finestra per vedere se stava succedendo qualcosa di interessante, ma non c'era. Finché non ci fu. Una limousine stretch dall'altra parte della strada. Un autista con un berretto scese e aprì la porta. Ribby osservò come scesero un paio di lunghe gambe con tacchi altissimi e una donna bionda. L'autista chiuse la porta e la donna si allontanò in direzione opposta alla biblioteca.

Mi piacerebbe avere un aspetto diverso.

Anche a me. Cosa avete in mente?

I capelli, potremmo cambiarli. Tingerli. Le bionde si divertono di più.

Magari con una parrucca, invece? Meno permanente.

Mi sembra un buon piano. Non vedo l'ora!

Quando i libri furono rimessi al loro posto, Ribby tornò alla sua scrivania. Cercò un negozio di parrucche nelle vicinanze. Wigs-R-Us era a diversi isolati di distanza. Guardò l'orologio: era quasi ora di pranzo. Poteva tranquillamente fare andata e ritorno. Fuori dal negozio, guardò le parrucche esposte in vetrina.

Mi piace quella. E quella.

Davvero? Vorrebbe accorciarla così?

Sì, decisamente più corta.

Il campanello suonò quando lei entrò nel negozio. Era notevolmente silenzioso, più silenzioso della biblioteca.

"Pronto?" disse Ribby.

Da dietro il bancone spuntò una donna con la mano tesa: "Benvenuto nel mio negozio. In cosa posso aiutarla oggi?". Anche in piedi, era molto più bassa di Ribby.

Ribby aprì la bocca per parlare, ma prima che dicesse qualcosa la donna parlò di nuovo.

"Se vuole sedersi qui, posso portarle le parrucche. Mi indichi quelle che vuole provare. Le adatterò la parrucca e poi voilà, potrà guardarsi allo specchio".

La donna mise una mano sulla schiena di Ribby e la condusse alla sedia. Ribby si sedette mentre la donna faceva scendere la sedia sempre più in basso. Ribby si abbassò ulteriormente per adattarsi.

"Cosa fai?", chiese la donna mentre passava le dita tra i capelli di Ribby. "Voglio dire, come ti guadagni da vivere? Vuole davvero una parrucca che si adatti al suo stile di vita. A proposito, i suoi capelli sono bellissimi".

"Grazie. Lavoro in biblioteca. Vorrei una parrucca bionda. Corta, come quella in vetrina. Ecco".

"Oh, che scelta interessante. È la nostra parrucca bionda più richiesta. Conosce il detto: le bionde si divertono di più".

La donna aveva una scatola dietro il bancone piena di parrucche esattamente come quella in vetrina. La portò e iniziò a legare i capelli veri di Ribby.

"Ho cambiato idea", disse Angela. E indicò il tavolo: "Vorrei provare quella".

Cosa? Cosa stai facendo?

L'altro è comune. Io voglio qualcosa di speciale.

Mi sembra giusto.

La parrucca aveva una frangia che copriva la fronte e si chiudeva dietro. Era lunga fino alle spalle e sembrava piuttosto rigida.

Decisamente no.

Concordo.

Che dire di quella?

Era sensibilmente corta con una riga sul lato sinistro, ma sfalsata. La frangetta era a piuma, l'acconciatura era a strati e i capelli terminavano appena sotto i lobi delle orecchie. Non appena la donna li indossò, sia Ribby che Angela li adorarono. Era un totale contrasto con il look quotidiano di Ribby.

Non posso crederci, sono bellissima.

Certo che lo sei, Angela.

"Perfetto! Avvolgilo!" Disse Ribby. "Devo tornare al lavoro".

Ora ci servono solo dei vestiti nuovi!

Ribby passò il pomeriggio a lavorare al computer. Ha inviato un'e-mail ai clienti che avevano restituito i libri in ritardo. Per i recidivi occorreva una telefonata.

Dopo il lavoro, andarono al centro commerciale e comprarono alcune cose. Era tardi e Ribby dovette prendere un Uber per arrivare in tempo all'ospedale.

Si dedicò a intrattenere i bambini. L'assenza di Mikey era ancora nell'aria, ma i bambini riuscirono comunque a sorridere e persino a ridere un po'.

Mentre tornavamo a casa in autobus, il vento afferrò la giacca di Ribby e la spinse.

Perché non andiamo nella nostra vera casa?

È solo lunedì, non vogliamo che la mamma si insospettisca.

Va bene. Accetterò questa farsa.

Shhh.

Ribby girò la maniglia e aprì la porta d'ingresso della casa di Martha.

Una voce maschile scoppiò in una risata.

Ribby ascoltò per qualche istante e sentì le posate ticchettare contro i piatti. Il suo stomaco brontolò. Non aveva mangiato nulla per tutto il giorno.

In cucina John MacGraw intingeva il pane nella sua ciotola mezza vuota. Martha versò lo stufato nella ciotola di Scamp e lui lo bevve.

Quando entrò in cucina, Ribby guardò Martha che sorrideva. Quando c'era John, a volte Martha sembrava un'altra persona. Di tutti gli sposi che sua madre aveva portato a casa, John era il più rispettabile. Tirava fuori il meglio da sua madre, che sembrava volergli far credere che fossero intimi.

"Ciao, mamma. Ciao anche a te, John".

"Unisciti a noi", disse Martha, accarezzando il sedile della sedia più vicina a lei. Prima che Ribby potesse sedersi, Martha saltò in piedi. "Aspetta! Prima devo mostrarti una cosa. È un regalo di John".

"Può aspettare fino a dopo cena", disse John, incoraggiando entrambi a sedersi con voce ferma.

"Ha sicuramente un buon profumo", disse Ribby mentre Martha la prendeva per mano e la tirava fuori dalla cucina.

"Ta-dah!" disse Martha. Era un nuovo telefono portatile con un'estensione molto lunga.

"Wow, è fantastico".

"Certo che lo è, ora torniamo in cucina. Non vogliamo far aspettare John".

"Tua madre è un'ottima cuoca", disse John non appena si furono seduti.

"Grazie, per il telefono".

"Non preoccuparti, era ora che ne avessi uno qui. Mi facilita i contatti", disse John.

Martha versò dell'altro stufato nella ciotola di John. "Non so se te ne ho già parlato, John. Ribby passa il lunedì sera a intrattenere i bambini malati dell'ospedale". Ne versò un po' nella ciotola di Ribby. "Come è stato Mikey oggi?". Senza aspettare una risposta, "Mikey è il preferito di Ribby, lui...".

Ribby scoppiò a piangere. Non aveva mai pianto per Mikey. Ora non riusciva a fermarsi. Le lacrime continuavano a scorrere, gocciolando sulle guance, nella ciotola dello stufato.

"Datti una calmata, ragazza", disse Martha alzando la voce. Guardò John per vedere se l'avesse notato. Soddisfatta che non se ne fosse accorto, accarezzò la mano di Ribby e lo rimproverò. "Qual è il problema? Noi con la compagnia e tutto il resto, e tu lì a piagnucolare come un bambino. Cerca di controllarti". Premette un'unghia sul dorso della mano di Ribby e sussurrò: "Stai mettendo in imbarazzo John".

"OH", disse Ribby, allontanando la mano e continuando a singhiozzare.

"Non preoccuparti per me", disse John. "Un bel pianto non ha mai fatto male a nessuno. Questa è casa tua, Ribby, e puoi piangere se vuoi".

Ribby cominciò a ridere. Non a ridacchiare, ma a ridere. Nella sua testa risuonava una melodia: È la mia casa e posso piangere se voglio, piangere se voglio, piangere se voglio. "Mikey è morto".

CAPITOLO 9

"**A**NGELA MI HA INVITATO per tutto il fine settimana", disse Ribby la mattina dopo a colazione.

"È un buon tempismo Ribby, un buon tempismo. Io e John passeremo il fine settimana insieme. Abbiamo dei progetti".

Ribby tirò un sospiro di sollievo.

"Divertitevi e...". Afferrò il polso di Ribby. "Voglio dirti quanto ci è dispiaciuto che ieri sera John e io abbiamo saputo del piccolo Mikey. Non voglio che tu abbia di nuovo gli occhi lucidi, ma sono orgogliosa di te. Spero che questo fine settimana vi divertiate. Te lo meriti".

Ribby, sorpresa dalle parole gentili della madre, le gettò le braccia al collo.

"Bene, allora", disse dando una pacca sulla schiena della figlia.

Si separarono e Ribby si avviò verso la fermata dell'autobus. La sua giornata stava diventando sempre meno simile al Giorno della Marmotta.

Che sciocchezza. Come potevi abbracciarla dopo tutto quello che ti aveva detto e fatto? Come hai potuto? Mi ha fatto accapponare la pelle.

Era sincera.
Sei così ingenuo!

Era sincera.
Sei così ingenuo!

ON LA NUOVA PARRUCCA e gli occhiali da sole scuri, Angela era decisa a fare shopping.

Ma non possiamo permettercelo.

Il credito serve a questo.

Devo comunque ripagarlo.

Tranquilla, andrà tutto bene.

Angela provò gli abiti più improbabili di Ribby, esaurendo la sua carta di credito.

Davvero, basta con le spese.

Ok, ok, ma non siamo favolose?!

Ribby ammise di non riconoscersi più.

Tu sei lì. Tu sei la finestra e io la cornice.

Le teste si giravano mentre lei camminava sul lungomare. Ci sono stati richiami e fischi.

Entrò in un altro locale notturno più vicino al lungomare. Il buttafuori controllò i documenti di Ribby e diede una doppia occhiata alla foto.

"È sicura di essere lei?", chiese.

"Certo che lo è", rispose Ribby. "È una parrucca".

"Mi scuso, non volevo offendere. Ecco un buono per un drink gratuito".

"Grazie".

Non mi piaceva il modo in cui quel tipo ci guardava.

Sì, era come se avesse la vista a raggi X e potesse vedere attraverso il vestito.

Che viscido.

Prendiamo il drink gratis e poi andiamo al Cat's Eye.

UALCHE TEMPO DOPO ARRIVA al Cat's Eye e vede Nigel seduto da solo.

Non credo che ci riconosca.

Perché dovrebbe? Indossiamo occhiali scuri e una parrucca bionda.

Angela ordinò un Martini.

Il solo pensiero dell'alcol faceva venire la nausea allo stomaco di Ribby.

Nigel lanciò un'occhiata ad Angela. Lei lo salutò con un occhiolino, poi buttò indietro il Martini. Ne ordinò un altro.

"Ti va di ballare?", chiese.

Nigel mise le braccia intorno alla vita di Angela e la strinse a sé. Guardò gli occhiali da sole scuri di Angela.

Angela mise una mano sulla natica destra di Nigel. Lo fece dondolare avanti e indietro contro di lei. I due si muovevano nell'oscurità al suono pulsante della discoteca. Prima che la canzone finisse, si stavano baciando. Si erano dimenticati di essere in un luogo pubblico. Nigel le prese la mano e la condusse fuori dal locale.

Non ci furono parole, perché la passione tra loro era troppo grande. Camminarono per qualche passo, poi Angela lo spinse contro il muro di pietra e lo baciò ancora una volta.

Camminarono ancora, passando davanti al 7-11. Avvinghiati l'uno all'altra, si baciavano, il rossetto di Angela era sul colletto e sul lato del viso di lui. Entrambi sembravano aver combattuto una battaglia.

Quando arrivarono a casa di Ribby, Nigel capì chi era Angela. Lei gli prese la mano e lo condusse al piano di sopra.

"Aspetta un attimo", disse Nigel. "È una specie di gioco?".

"Certo che no", disse Angela, slacciandogli i bottoni della camicia e baciandogli il petto. "Vieni."

"Non so cosa ti succede", disse Nigel. "I..."

"Oh, ma stai zitto! E poi dicono che le donne parlano troppo!", disse lei mentre si strappavano i vestiti di dosso a vicenda e cadevano sul letto.

Dopo, Nigel raccolse i suoi vestiti e uscì prima che Angela si svegliasse.

Ribby non ricordava di aver lasciato il locale.

Angela ricordava ogni singolo dettaglio.

CAPITOLO 10

L'INFANZIA DI RIBBY BALUSTRADE non era stata felice. Era una figlia unica e solitaria che avrebbe beneficiato di una famiglia con due genitori. Non avendo mai conosciuto suo padre, doveva immaginarlo. Lo vedeva come un incrocio tra il personaggio di Atticus Finch di Uccidere il buio e quello di Gregory Peck nella vita reale.

Quando Ribby le chiese di suo padre, Martha cambiò argomento.

Ribby tornò a leggere Il buio oltre la siepe. "Non capisci mai veramente una persona finché non consideri le cose dal suo punto di vista... finché non entri nella sua pelle e ci cammini dentro".

Dopo aver ricevuto numerose domande su suo padre e nessuna risposta, Ribby ha escogitato un piano. Sarebbe salita in quella che sua madre chiamava la "No-Go-Zone", la soffitta, e avrebbe indagato come faceva Nancy Drew. Sfortunatamente, tutto ciò che scopriva lassù erano pareti di striscianti, soprattutto ragni. In più, una puzza nauseabonda di vecchi oggetti in scatola dimenticati, polverosi e ammuffiti, non legati a suo padre.

Tornando giù di soppiatto, sentì le scarpe della madre ticchettare sul portico. Rendendosi conto di aver dimenticato di chiudere la porta della soffitta, Ribby fu presa dal panico. Riportò la scala nella sua posizione originale, pensando di sistemarla più tardi. Sperava che sua madre non se ne accorgesse.

Quando si sedettero a tavola, Ribby pregò più volte che sua madre non se ne accorgesse. Disse a Dio che non avrebbe mai detto o fatto nulla di male per il resto della sua vita. Giurò di rinunciare al suo giocattolo preferito, una bambola bionda e dai capelli chiari di nome Anna.

Martha appese il cappotto e andò subito in cucina. Si sedette. Ribby mise il bollitore a bollire e servì alla madre una tazza di caffè. Martha sorseggiò, facendo attenzione a non sbavare le labbra.

Ribby osservò questa sfumatura. La conservazione del lucidalabbra significava che Martha stava uscendo di nuovo. Ringraziò Dio per averla ascoltata e il suo battito rallentò.

"Allora, che cosa hai fatto oggi?". Chiese Martha. "Hai finito i compiti?".

"Quasi, mamma, quasi", rispose Ribby piegandosi in avanti per riempire la tazza di caffè della madre.

"A proposito, cosa ci facevi nella zona vietata ai minori, ragazza mia?". chiese Martha, sostenendo la mano tremante di Ribby mentre versava il caffè.

Ribby non guardò negli occhi la madre. Pochi secondi dopo, l'urina le schizzò sulle gambe, sulle scarpe, sul pavimento e lei cominciò a piangere.

"Accidenti, Ribby. Guarda cosa hai fatto! Hai fatto la pipì su tutto il mio pavimento. Prendi lo straccio e pulisci. Non preoccuparti di mettere in ordine, pulisci! Cosa dovrebbe fare una madre con una figlia che dice bugie? Cosa deve fare una madre con una figlia che fa la pipì sul suo bel pavimento pulito?".

Ribby pulì freneticamente. Lo sbattimento avanti e indietro le dava il tempo di pensare. La sensazione di freddo dell'urina sulla pelle la fece rabbrividire. Quando il pavimento fu di nuovo immacolato, Ribby rimise lo straccio al suo posto e fece per andare di sopra a cambiarsi.

"Non così in fretta, ragazza mia", disse Martha, afferrando la figlia per i capelli e trascinandola verso la scala. "Non possiamo lasciarlo aperto tutta la notte, no? Ci sono striscianti e spaventosi, lo sai. Ora sali", disse Martha spingendo la figlia verso l'alto.

Ribby agitò le braccia. Aveva paura di salire. Paura di cadere.

Quando raggiunse la cima, Martha rise. "Anzi, visto che ti piace così tanto stare lassù, dovresti passare la notte. Entra pure, ragazza mia". Martha salì la scala dietro di lei. "Pensa a cosa significa una No-Go-Zone", disse Martha chiudendo la botola. La scala ondeggiò sotto il peso di Martha. Quando i suoi tacchi alti toccarono il pavimento, fecero uno scatto e poi si fermarono. Ribby stava già piangendo. "Metto la serratura e spengo la luce. Mi stai ascoltando?".

Ribby singhiozzò ancora più forte.

"Nel caso te lo stessi chiedendo, non ci sono solo ragni lassù. Ci sono anche dei piccoli topi pelosi!".

Ribby urlò e batté sulla porta, implorando la madre di farla uscire. Implorando. Giurando che non le avrebbe mai più disobbedito. Non ci fu risposta.

Fuori la portiera di un'auto sbatté. Martha e uno dei suoi sposi si allontanarono in fretta.

Qualcosa di peloso le sfiorò la gamba e lei corse, inciampò e batté la testa. Chiamò di nuovo la madre. Ancora nessuna risposta.

Quando Martha tornò, disse: "Non andare più lassù. Voglio dire, mai".

"Sì, mamma", disse Ribby, e non lo fece mai.

Il ricordo di essere rimasta intrappolata in soffitta. L'umiliazione di essersi bagnata i pantaloni. Tutti i sensi di colpa e la vergogna tornarono con prepotenza. Lo stesso ricordo traumatico. Costringendo Ribby a riviverlo, ancora e ancora.

Tua madre è una vera e propria cretina.

Aveva buone intenzioni. È stata una lezione imparata.

Il mio piede ha buone intenzioni e glielo metterei nel sedere se provasse di nuovo a fare una cosa del genere.

Sono felice che tu sia dalla mia parte ora.

Quello che Angela sapeva non sorprendeva né scandalizzava più Ribby.

E non dimenticarlo mai!

CAPITOLO 11

ANGELA ERA COMPLETAMENTE SCONCERTATA dalla fedeltà di Ribby a Martha. Vivere nella mente di Ribby con un resoconto di prima mano della crudeltà di Martha era straziante.

Angela usò la sua forza di dialogo interno per aiutare Ribby ad affrontare il passato. Incoraggiò Ribby a stringere i pugni. Questo focalizzava la sua energia nel momento. All'inizio l'azione funzionò, anche quando Ribby stava facendo un brutto sogno o un flashback.

In seguito, Angela cercò di raccogliere i brutti ricordi e di respingerli. Lontano. Così lontano nella mente di Ribby che non erano più raggiungibili. In teoria era una buona idea, in realtà Angela non riusciva a bloccarli.

L'unica via d'uscita sembrava essere quella più ovvia. Allontanare Ribby dalla situazione una volta per tutte. In un posto lontano, dove Martha non potesse più approfittarsi di lei o danneggiarla. Angela pensava che dovesse essere un taglio netto. Aspettava il momento giusto.

Le cose belle arrivano a chi aspetta.

Dopo un'altra settimana nella dimora di Martha, Angela era felice di uscire per andare alla festa. Indossava una parrucca bionda, occhiali da sole scuri e un vestito rosso senza maniche. Con il nuovo vestito si sentiva potente, invincibile. Era anche decisa a non lasciare che nulla ostacolasse il suo divertimento.

Mentre camminava verso il locale notturno, un gruppo di ragazzi fischiò e chiamò le ragazze. Erano semplici adolescenti, ma ragazzi che avrebbero dovuto saperlo bene.

Angela tirò il più vicino a sé prendendolo per il davanti della camicia. "Avvicinatevi di nuovo a me, chiunque di voi, e vi strapperò le palle e ve le darò da mangiare a colazione. Capito?"

I ragazzi scapparono.

Angela rise, lisciandosi il davanti del vestito e controllando che non si fosse rotta un'unghia. Si accese una sigaretta e continuò a camminare lungo la spiaggia fino al pub.

Feroce.

Wow, che succede? È stato più che un po' O.T.T.

I ragazzi diventano uomini. Dovrebbero imparare il rispetto.

Sono scappati come se fossi Bellatrix Lestrange!

Non con questa parrucca!

Arrivati al nightclub, Ribby si avvicinò al bar e ordinò un drink. Sorseggiò con riluttanza. Angela prese il suo posto e ributtò indietro il Martini. Ne ordinò un altro, attirando l'attenzione di un buttafuori molto in forma all'ingresso.

Aspettiamo Nigel ancora un minuto o due.

Tanto non si ricorderà di noi.

Oh, si ricorderà di me, eccome.

Due Martini dopo.

Andiamo, non c'è niente da fare qui.

Pazienza, mio caro amico, pazienza.

Il buttafuori separò i giovani che scendevano le scale e si diresse verso il posto in cui era seduto Ribby.

"Come va?", disse cercando di essere troppo sexy.

"Molto bene, grazie", disse Ribby.

Zitto Rib— lascia che me ne occupi io. "In realtà questo posto è Bores-ville stasera".

"Sì, è un po' come Sesame Street qui dentro, non è vero?", disse il buttafuori prima di presentarsi come "Ed; Ed il buttafuori".

"Io sono Angela".

"Piacere di conoscerti, Angela", disse Ed cercando di guardare il davanti del suo vestito. "Se vuoi divertirti, resta fino alle 14. A quell'ora stacco dal lavoro. A quell'ora stacco dal lavoro. Possiamo uscire da qualche parte?".

"Grazie dell'offerta", disse Ribby, "ma dobbiamo andare a casa".

"Posso tornare verso le 14:30", disse Angela. "Dove ci incontriamo?"

Ed fu estremamente preciso riguardo al luogo appartato sulla spiaggia.

Angela sperava che fosse bravo come sembrava.

N ON POSSO CREDERE CHE tu abbia fissato un appuntamento con quel pazzo. Non ci andiamo assolutamente e assolutamente non ci andiamo.

Rib, non preoccuparti. Rilassati. Fai un pisolino. Ti aggiorno dopo. Ora vai, piccola, la notte della camicia da notte.

Alle 2:30 Angela ci aspettava sulla spiaggia. Si era cambiata con un vestito nero.

Ed, il buttafuori, si fece vedere e lei lo chiamò. Lui inciampò verso di lei.

"Sei arrabbiata".

"Un po', ma non abbastanza". La spinse a terra, le strappò il vestito e le cadde addosso.

"Piano, ragazzo, piano", disse Angela cercando di riprendere il controllo.

"Dai, piccola. Ho promesso di farti divertire". Lui premette la bocca sulla sua.

"OH", disse Angela, "non così violento, tesoro. Non mi piace che sia ruvido".

Ma a Ed non sembrava importare. Le sue mani strappavano e laceravano.

"Tua madre non ti ha insegnato le buone maniere?". Disse Angela, mentre lo spingeva indietro con le dita distese. "Le donne come me vogliono che un uomo sia gentile, delicato". Gli batté sul petto.

Lui le afferrò i polsi con le sue mani massicce e si mise a cavalcioni su di lei. "Alcune donne lo vogliono, altre no". Lui rise. "Ti ho inquadrata dal primo momento che ti ho vista. Seduta al bar con il vestito alle stelle. Guardavi tutti i ragazzi che entravano. Disperata. Con l'acquolina in bocca".

"Aspetta un attimo", disse Angela, sforzandosi di liberarsi. "Ti voglio, ma non qui. Vorrei che fosse, sai, un po' più romantico per la mia prima volta".

Ed si bloccò.

Lei continuò. "Hai mai visto il film Da qui all'eternità con Burt Lancaster e Deborah Kerr? Sai quello in cui lo fanno mentre arriva il mare?".

Si avvicinò di più. "Certo, è un classico". Si abbassò e le baciò il collo. "Meno chiacchiere, eh, piccola?".

"Avvicinati all'acqua, come nel film, capisci cosa intendo?". Angela sussurrò. "Portami lì, ti voglio lì".

Ed si fermò. Lei si allontanò e si alzò in piedi.

Frugò nella borsetta, poi la lasciò cadere e corse verso l'acqua. Si guardò alle spalle. Lui la guardava.

Sul bordo dell'acqua lei sollevò l'orlo del vestito.

Ed si strappò la camicia e corse verso di lei lasciando cadere i jeans.

Quando le si avventò contro, la chiave che lei teneva in mano gli si conficcò dritta nell'orbita. Lui urlò e poi gemette quando il suo inguine entrò in contatto con il ginocchio di lei. Lei rabbrividì per il suono stridente quando estrasse la chiave dall'occhio. Mentre il sangue gli scorreva sul viso, lui singhiozzava e si rotolava tenendosi l'inguine. Lei gli conficcò la chiave nella parte laterale del collo, collegandosi a un'arteria. Il sangue sgorgò come l'acqua di una manichetta dei pompieri.

Si allontanò di qualche passo dal corpo e immerse le dita dei piedi nell'acqua. Di tanto in tanto gli rivolse uno sguardo. Finché non smise di muoversi. Tornò indietro e ascoltò per vedere se era morto: lo era. Finalmente. Lo fece rotolare, come un sacco di patate, sempre più in profondità nell'acqua. A ogni spinta, il cadavere sembrava sempre più leggero.

Archimede aveva ragione.

Quando fu il più lontano possibile, nuotò di nuovo verso la riva, raccolse i suoi vestiti e si rivestì.

Lasciò le sue cose dove le aveva lasciate.

Mentre il sole del nuovo giorno trasformava il cielo in rosso fuoco, Angela tornò in acqua.

Scrutò la riva e non vide alcuna traccia di lui. Immerse la chiave nell'acqua per sciacquare via il sangue, poi tornò a casa. Dopo una lunga doccia, dormì come un bambino.

CAPITOLO 12

RIBBY APRÌ GLI OCCHI. Il sole che entrava le fece rabbrividire. Una familiare sensazione di déjà vu la fece alzare in piedi. Si stiracchiò e sbadigliò, chiedendosi perché si sentisse così male. Non riusciva a ricordare nulla dopo essersi seduta al bar.

Si alzò dal letto e mise a preparare il caffè mentre si faceva la doccia e si vestiva. Notò il suo vestito sul pavimento, stropicciato. Lo raccolse e la sabbia cadde sul pavimento. Fece spallucce e lo gettò nel cesto della biancheria.

Mentre mescolava lo zucchero nel caffè, pensò al vestito e alla sabbia. Cercò di ricordare la sera prima, ma non le venne nulla.

Cercò il giornale fuori dalla porta. Diede un'occhiata al titolo mentre prendeva il caffè. Infilò il giornale sotto il braccio, tirò indietro la porta a vetri e fu assalita da suoni di caos. Auto della polizia. Ambulanze. Camion dei pompieri. La stampa. Una folla di curiosi. Una bolgia e non lontano da casa sua. La polizia aveva bloccato la maggior parte dell'area con barriere di sabbia. Vicino alla riva del mare, un'altra zona era stata delimitata con bandiere.

Angela aveva un'idea abbastanza precisa del motivo di tutto quel trambusto.

Devo vedere cosa sta succedendo.

Forse è un set chiuso per un programma di reality. O un film.

Oh, sarebbe emozionante. Vado a dare un'occhiata.

Ribby si vestì e andò in spiaggia. Si fece strada tra la folla e chiese a una signora anziana cosa fosse successo.

"Morto", disse la donna. "Trovato morto. Le tartarughe devono averlo preso. Che spettacolo!". Si asciugò la fronte con un fazzoletto.

Duuun dun duuun dun dun dun dun dun dun BOM BOM...

Il tema della mascella? Devi proprio? Ha detto che si trattava di una tartaruga schioccante.

"Oh, santo cielo, pover'uomo".

Ho fatto a modo mio.

Tu, shh. Per favore.

Il poliziotto aveva un megafono. Chiese a tutti di disperdersi a meno che non avessero prove da presentare.

Duuun dun duuun dun dun dun dun dun dun, BOM BOM...

Una tartaruga che scatta.

RIBBY, SPAVENTATA DAL CAOS che circondava la sua nuova casa, tornò nella sua vecchia casa.

Perché ci torni? Resta qui a vedere cosa succede.

No, voglio allontanarmi dal rumore.

E se Martha e uno dei suoi spasimanti fossero più rumorosi con i rimbalzi?

Che schifo. Ci passerò sopra quando ci arriverò.

Aprì le tende del soggiorno. Fuori non si muoveva nulla, nemmeno una brezza. L'orologio ticchettava dietro di lei in sincronia con il battito del suo cuore. Era tranquillo, quasi troppo. Chiuse le tende.

Prese il telecomando e accese la televisione. Cliccò in giro, ma non trovò nulla che suscitasse il suo interesse. Sfogliò una rivista, poi scelse un libro dallo scaffale. Nessuno dei due attirò la sua attenzione. Andò in cucina e si preparò una tazza di tè.

Mentre tornava, suonò il campanello d'ingresso. Aprì la porta e si trovò faccia a faccia con la vicina. La signora Engle era armata di due casseruole.

"Salve, Ribby", disse la signora Engle spingendosi dentro. "Tua madre mi ha detto che avevi spazio in frigorifero per questo". La signora Engle posò la casseruola sul tavolo, aprì il frigorifero e si chinò a spiare un posto.

"Sono stata via tutto il fine settimana. Non ho avuto modo di guardare nel frigorifero".

"C'è un sacco di spazio. Devo..." La signora Engle non finì. Spostò tutto e poi mise dentro la sua merce. "Tornerò a prenderla tra qualche giorno, Rib. È morto il mio prozio Phil. Vengono tutti da me. Mangiano molto. Tua madre ha detto che per lei va bene qualsiasi cosa io possa inserire".

"Mi dispiace per tuo zio. Naturalmente, sei sempre il benvenuto". Ribby iniziò a camminare verso la porta d'ingresso sperando che la sua vicina la seguisse.

"Sei una cara, Rib", disse la signora Engle esitando, rimanendo immobile. "Intrattieni ancora quei cari piccoli all'ospedale?".

"Certo che sì. Ogni lunedì, immancabilmente".

Si avvicinarono alla porta d'ingresso.

"Oh, a proposito, tua madre ha detto che sarebbe stata via fino a martedì o mercoledì. Lei e Tom, o Jerry, non so quale dei due, sono andati sulla costa per qualche giorno. Lui è asmatico, non lo sai? Il medico gli ha suggerito di lasciare la città. Tua madre è andata con loro per avere compagnia e ha portato con sé Scamp".

Ribby incrociò le braccia. "La mamma è partita per una vacanza prolungata. Vorrei solo averlo saputo, perché avrei potuto rimanere a casa della mia amica Angela un po' più a lungo".

Le sopracciglia della signora Engle si alzarono. "Beh, non aveva il numero di telefono della tua amica".

"Grazie per avermelo fatto sapere". Ribby aprì la porta e seguì la signora Engle nel portico.

Nel buio, le zanzare ronzavano e i grilli frinivano. Le sue braccia incrociate si rivelarono una scarsa protezione contro il fresco dell'aria notturna.

"Notte, Ribby, e grazie ancora".

"Buonanotte, signora Engle". Ribby chiuse la porta d'ingresso e la chiuse a chiave.

È una vecchia pazza.

È la nostra vicina di casa da quando ero bambina.

Oh, quante storie potrebbe raccontare.

Non è una pettegola, come altri vicini.

La vita in periferia.

Sì, è molto noiosa per la maggior parte del tempo.

È troppo tranquillo qui intorno e ho sete. Intendo dire di bere qualcosa. Un vero drink.

Mamma probabilmente ha del Jack Daniels, ma le mancherà se ne beviamo un goccio.

Dai, vivi pericolosamente.

Ribby acconsentì, si versò un bicchierino e lo buttò indietro. Bruciò mentre scendeva. Era una bella scottatura.

Ancora, per favore.

È meglio sostituirlo prima che la mamma se ne accorga.

Pensateci... chi l'ha pagato? Noi.

Sì, ma tutta la bottiglia. Mi fa male lo stomaco e mi gira la testa.

È ora di andare a letto. Dormire.

Mentre saliva le scale, Ribby si aggrappò alla ringhiera per tenersi in equilibrio. In camera sua si spogliò e si mise a letto. Si alzò a sedere e si ricordò che non aveva chiuso a chiave la porta. Si diresse verso di essa, la chiuse a chiave, poi si accasciò di nuovo sul letto.

Meglio prevenire che curare.

Ben presto Ribby si addormentò profondamente. Sognò di essere Deborah Kerr che faceva l'amore con Burt Lancaster in Da qui all'eternità.

Le onde si infrangevano sui loro corpi portandoli al largo. Erano stretti in un profondo abbraccio. Poi Lancaster la guardò, ma non era più Burt Lancaster. Era uno sconosciuto. Il suo occhio aveva una chiave che gli usciva. Le mani di lei erano sporche di sangue.

Ribby si svegliò urlando. Saltò giù dal letto e corse in bagno per lavarsi il sangue dalle mani. Mentre apriva il rubinetto, si guardò le dita. Il sangue non c'era più. Angela continuò a sognare.

CAPITOLO 13

P RENDITI UN GIORNO DI riposo.

Mi stai chiedendo di darmi malato? Non mi do malato.

Almeno lascia perdere il lavoro in ospedale. Non ce la faccio ad andarci oggi.

Ci penserò.

Con l'avanzare della giornata, Ribby ebbe una sensazione di disagio.

Per la prima volta, chiamò l'ospedale e annullò la sua esibizione. "Mi rifarò e farò due spettacoli un'altra settimana", disse per sentirsi meglio.

Grazie, Rib.

Non l'ho fatto perché me l'hai chiesto tu, l'ho annullato perché devo andare a casa.

Perché? Vuoi dire da Martha? Non c'è nemmeno.

Non so perché. So solo che devo andare.

Non importa!

Dopo il lavoro prese l'autobus e arrivò presto a casa sua. Lì, seduta sul portico, c'era una donna. Una sconosciuta. Quando si avvicinò, sentì dei singhiozzi e la donna alzò lo sguardo. Era la sorella di sua madre, zia Tizzy, che non vedeva da anni. Ribby non sapeva cosa fosse successo tra loro, ma sapeva che zia Tizzy aveva giurato di non mettere più piede sulla soglia di casa della sorella. Eppure, eccola lì.

Cosa ci fa qui?

Non ne ho idea. Sono sicura che ce lo dirà a suo tempo.

Sarà interessante. No.

Ribby ricordò il loro ultimo incontro. Era il giorno del suo settimo compleanno. Zia Tizzy le aveva preparato una torta speciale a forma di bambola Barbie. Aveva un vestito rosa fatto di glassa, con fiocchi intorno fatti di ciliegie al maraschino e cocco. Il corpo di Barbie era al centro della torta. Dopo che tutti ebbero mangiato la loro fetta, Ribby, la festeggiata, poté tirare fuori Barbie. Era sua e poteva tenerla. Zia Tizzy aveva acquistato diversi abiti per Barbie. L'unico problema era che zia Tizzy aveva dimenticato di avvolgere Barbie prima di metterla nella torta. Per settimane la glassa, il cocco e la torta caddero dalle appendici della bambola.

"Entra, zia Tizzy", disse Ribby dopo essersi liberata dalla morsa della zia. "Che cosa è successo? La mamma sta bene?".

"Questo non ha niente a che fare con Martha", disse lei seguita da un'altra crisi di pianto.

Non abbiamo bisogno di questo. Dille di andare in albergo.

Non posso farlo, è una di famiglia.

È una regina del dramma.

Una volta entrati, Ribby offrì a Tizzy una tazza di tè. Lei rifiutò.

"Facciamo che ti distrai un po' e guardiamo un po' di televisione. Hai fame? Posso ordinare o preparare qualcosa?".

"Se non ti dispiace, vorrei cucinare io la cena per te", suggerì zia Tizzy. "Mi distrarrà da tutto, più che guardare la televisione". Entrò in cucina. "Un grembiule?"

Ribby aprì il cassetto e tirò fuori uno dei grembiuli di Martha.

Zia Tizzy se lo allacciò intorno. "Cosa ti piace mangiare?".

"Sorprendimi", disse Ribby. "Se non trovi qualcosa, grida".

"Lo farò."

Anche con la televisione accesa, Ribby sentiva la zia che si aggirava in cucina e canticchiava.

Qualche tempo dopo, sentì sistemare piatti e posate sulla tavola ed entrò per chiedere se poteva aiutare.

"No, siediti pure", disse zia Tizzy. "Spaghetti alla bolognese e pane all'aglio con formaggio in arrivo. Cosa vuoi bere? Hai del vino?".

"Solo acqua. Controllerò se c'è del vino".

"No, va bene così. Non mi serve nulla. Ho solo pensato che ne volesse un po'".

Chiacchierarono e si godettero una cena deliziosa, poi si misero in ordine.

"Sono esausta", disse zia Tizzy. "Il divano va bene. Non voglio creare problemi".

"Nessun disturbo, puoi dormire nella stanza di mia madre. "

"Sei sicura che non le dispiacerà?".

"No, credo che sarà contenta che tu sia passata".

Sarebbe stata sorpresa di vederla.

Ore dopo, Ribby si rigirava nel letto. Dall'altra parte del corridoio risuonavano i singhiozzi sporadici della zia.

Sulla lista degli acquisti, un paio di cuffie antirumore.

Buona idea!

Sono qui per questo.

CAPITOLO 14

N EL SOGNO, RIBBY FLUTTUAVA in alto su una nuvola. Tutto era bianco e nero, tranne il suo vestito rosso. Sembrava un abito da sposa con un lungo strascico che fluiva oltre i bordi della nuvola.

Fluttuò nel suo appartamento e si vide fare l'amore con qualcuno non una, ma due volte. Quando lei si addormentò, l'uomo si vestì e lasciò l'edificio.

Per strada, ora lei era Angela. Camminava per isolati e isolati, poi nell'oceano. Sempre più in profondità, mentre l'acqua le saliva sopra la testa.

Ribby voleva scendere e afferrarla, per salvarla, ma non ci riuscì. Chiamò Angela dalla sua nuvola, gettando giù lo strascico del suo vestito, pregando Angela di afferrarlo. Ma Angela sembrava non sentirla.

Angela era completamente sommersa. Solo le bolle salgono in superficie.

Ribby si tuffò in acqua dalla sua nuvola.

Quando trovò Angela, galleggiò a faccia in giù.

Ribby divenne Angela, Angela divenne Ribby e insieme superarono la superficie.

CAPITOLO 15

Q UANDO RIBBY SI SVEGLIÒ, le voci della radio sussurravano su per le scale. Si chiese se sua madre fosse tornata.

Si vestì e scese al piano di sotto, dove zia Tizzy era seduta come la morte riscaldata al tavolo della cucina.

La macchina del caffè gorgogliava. Zia Tizzy aveva già apparecchiato la tavola con ciotole di cereali, pane tostato e marmellata.

"Buongiorno", disse Ribby. "Hai dormito bene?".

Zia Tizzy annuì senza dire una parola.

Ribby avrebbe voluto chiederle il motivo della sua visita, ma decise di non farlo. Non voleva che la zia ricominciasse a lamentarsi. Avrebbe raccontato il motivo della sua visita quando sarebbe stata pronta.

Vorrei che si mettesse all'opera. Non ha fatto tutta questa strada per niente.

Shhhh. Non essere scortese.

Dopo qualche istante di silenzio, Ribby uscì sul portico per prendere il giornale. I titoli recitavano: "Autopsia completata—Umicidio!". Scorse la storia di Jason Edward Thompson, l'identità dell'uomo trovato morto vicino al suo appartamento. Si concentrò sulla foto e lo riconobbe: era Ed il buttafuori. Era un tipo grosso e si chiese come potesse accadere una cosa del genere nel quartiere in cui viveva. Era triste che fosse morto così giovane e, anche se non lo conosceva, le dispiaceva per la sua famiglia.

Ribby mise il giornale sul tavolo della cucina e si versò una tazza di caffè. Rivolse la sua attenzione alla zia. "Quando sei pronta a parlare, sono qui per te".

"Non avevo un altro posto dove andare", disse zia Tizzy. "Mio marito mi ha lasciato per un'altra donna. Mia figlia mi odia. Dice che suo padre non sarebbe andato a cercare un'altra se io fossi stata una moglie migliore per lui. Jenny ha venticinque anni, non è mai stata lontana da casa ed è là fuori da sola, forse vive per strada. Dovevo venire a vedere se potevo trovarla e riportarla a casa. La sua amica ha detto che era abbastanza sicura che Jenny fosse diretta qui. Speravo che potesse contattarla. Hai avuto sue notizie?".

Oh, fratello.

"Mi dispiace, ma sono stato via tutto il fine settimana e anche mia madre è stata via. Ha il nostro indirizzo?".

"Potrebbe averlo preso dal mio telefono. Non ha molti soldi, nemmeno una carta di credito. Mio marito dà la colpa a me. È preoccupato quanto me, ma ha un po' di soldi da parte per consolarlo". La sua voce ha tremato.

Sembra un episodio di The Young and the Restless.

Comportati bene.

"Devi essere molto preoccupato. Mi dispiace, ma devo vestirmi e andare al lavoro. Se vuoi, possiamo vederci a pranzo e parlare ancora?". Ribby si affrettò a salire le scale mentre lei continuava. "Lavoro in biblioteca. Potrebbe passare per usare il wi-fi gratuito. Molte persone lo fanno. Potresti anche avventurarti in città e cercarla".

"Preferirei restare qui, ma ha il mio numero di cellulare".

"Ha contattato la polizia?".

"Li ho chiamati. Hanno il mio numero e quello di Gordon. Che altro posso fare?".

"Ha una foto recente di Jenny?". Si tirò il vestito sopra la testa e poi aggiunse: "Farò dei volantini e potremo affiggerli in giro per la città".

"Ottima idea. Sono così contenta di essere venuta qui", disse zia Tizzy.

Ribby si passò una spazzola tra i capelli. Si affrettò a tornare in cucina. Zia Tizzy rovistò nella borsetta, estrasse una fotografia della figlia e gliela porse. Disse alla zia di fare come se fosse a casa sua e uscì, soffermandosi momentaneamente a dare un'occhiata alla casa.

La zia la salutò come una bambina smarrita da dietro le persiane aperte.

CAPITOLO 16

RIBBY NON È ANDATO al lavoro perché Angela si è data malata.

Angela andò a casa e si mise il costume da bagno. Mentre la luce del sole era diretta sul suo balcone, prese qualche raggio. Quando si allontanò, si mise un prendisole sopra il costume da bagno, preparò una borsa e si diresse verso la spiaggia. Ad Angela piaceva il trambusto, il ronzio e i suoni della città. I continui lamenti di zia Tizzy la facevano impazzire.

Passando davanti alla scuola, notò una bambina che piangeva. La bambina alzò lo sguardo e poi lo abbassò di nuovo, come se non volesse attirare l'attenzione su di sé.

"Qual è il problema?" Chiese Angela.

"Niente", rispose la bambina.

La campanella della scuola suonò e la bambina si asciugò le lacrime e si sistemò il vestito.

Angela la guardò, sperando di averla aiutata in qualche modo fermandosi.

La bambina si voltò verso di lei e tirò fuori la lingua.

Piccola signora sfacciata.

Angela comprò una copia di Via col vento da leggere in spiaggia.

"Mi fa piangere", disse la signora dietro la cassa.

"Rhett Butler potrebbe mangiare cracker nel mio letto in qualsiasi momento", rispose Angela.

La sabbia era rovente e si infilava nei lati dei suoi sandali. Amava la spiaggia, ma avere la sabbia dappertutto—non tanto.

Stese la coperta, si sdraiò sulla pancia e aprì il suo libro. Guardò le coppie che camminavano mano nella mano, innamorandosi l'una dell'altra. I gabbiani le piombavano in testa prendendo la mira come se la sua parrucca bionda fosse un bersaglio.

Angela si addormentò ascoltando il rumore dei gabbiani e delle onde che si infrangevano sulla riva. Quando si svegliò erano quasi le 17. Raccolse le sue cose e le mise nella borsa. Il sole non dava calore. La gonna le si attorcigliava intorno alle gambe per il vento.

Non era la solita sera in cui si esibiva in ospedale. Si trattava di un concerto per il trucco.

Ribby creò un volantino e ne stampò alcune copie con l'intenzione di affiggerne qualcuna lungo la strada e nella bacheca dell'ospedale.

Perché dobbiamo continuare a esibirci per quei mocciosi?

#1. Non sono marmocchi. Sono piccoli angeli a cui è capitata una brutta mano. #2. Farei qualsiasi cosa per farli sorridere, per vederli ridere. Per alleggerire il peso delle loro famiglie. #3. Se non ti piace, puoi buttarlo.

Questo è quello che mi è stato detto.

Esattamente.

Per ora.

Dopo la performance in ospedale, Ribby tornò a casa. Davanti a casa sua c'era il furgone bianco di Attics-R-Us. Guardò la finestra, notò che le persiane erano aperte e corse su per le scale. Un urlo straziante risuonò.

Il cuore di Ribby batteva così forte che pensava che le sarebbe uscito dal petto. Corse lungo il corridoio, in cucina, dove trovò zia Tizzy sul pavimento, che batteva i pugni contro la forma ingombrante dell'uomo della Soffitta.

Ribby non esitò quando lei cercò nel cassetto delle posate, tirando fuori un grosso coltello. Si lanciò e gli conficcò il coltello nella schiena.

L'uomo cadde in avanti, emettendo un orrendo gorgoglio. Ribby estrasse il coltello e il sangue sgorgò.

Zia Tizzy, intrappolata sotto la pancia dell'uomo, diede uno spintone al suo corpo.

Ribby la aiutò ad alzarsi e i due si allontanarono mentre la pozza di sangue si allargava.

Zia Tizzy urlò.

Ribby urlò.

Come due galline senza testa si misero a correre per la cucina piangendo e strillando.

STOP.

Ribby obbedì e rimase fermo.

Zia Tizzy continuò a correre.

STOP. Mi fai girare la testa, zia Tizzy.

Lei si fermò. Guardò il corpo, la pozza di sangue. Sollevò il vestito. Altro sangue. Cercò di asciugarlo.

"Devo..." Zia Tizzy andò al lavandino e vi vomitò dentro.

Ribby ascoltò il rumore del vomito e il ticchettio dell'orologio. Tamburellò le dita sul tavolo della cucina.

Calma. Ora sono calma.

Gesù, Ribby.

Dovevo salvare zia Tizzy. Dovevo farlo. Forse non è morto. Forse dovrei chiamare un'ambulanza?

Niente ambulanza. Controlla se c'è polso.

Ribby gli ha preso il polso.

Non ti serve un orologio per questo?

Angela ha preso il comando.

Morto stecchito.

Ho ucciso qualcuno, ho ucciso qualcuno!

Sì, l'hai fatto. Mi hai sorpreso. Ora ci serve un piano.

Prima devo parlare con mia zia.

No, ci serve un piano. Zia Tizzy può aspettare.

Zia Tizzy ha cercato di sedersi, ma invece di farlo ha urlato ed è corsa di sopra.

Dobbiamo girarlo.

E il coltello?

Sotto il lavandino, prendi i guanti di gomma. Poi trovate qualcosa in cui metterlo, come un giornale, una coperta o un asciugamano. Qualcosa che non venga notato.

Ribby trovò i guanti e li indossò. Prese un giornale dal bidone del riciclaggio in cui avvolse il coltello, oltre a una coperta e a un asciugamano dall'armadio della biancheria.

Ora, tornata al corpo, si chinò e gli diede una spinta. Il corpo rimbalzò di nuovo. Fece un altro tentativo, questa volta spingendo il corpo con il movimento e tenendolo con la gamba. Ruttò, ma riuscì a trattenere il contenuto del suo stomaco. Lo girò per il resto del percorso. Il pene si afflosciò e la testa colpì la gamba del tavolo con un colpo secco. Gli gettò addosso la coperta, convinta che fosse ormai morto.

Dal piano di sopra zia Tizzy chiamò: "Chi diavolo era quel bastardo?".

Zia Tizzy tornò in cucina. "Dovremmo chiamare la polizia", disse.

Assolutamente no.

Ha ragione, dobbiamo chiamare la polizia.

Vuoi andare in prigione per aver ucciso quello stupratore figlio di puttana?

Ti spiego. Stavo salvando zia Tizzy.

Ma come spiegherai perché si trovava qui?

"Zia Tizzy. Come è entrato? Perché l'hai fatto entrare?". Ribby si informò.

"Ha bussato alla porta ed è entrato subito, come se fosse atteso. Ho pensato che fosse un amico di Martha e gli ho offerto una tazza di caffè. Nel momento in cui gli ho voltato le spalle, mi ha spinto sul pavimento e... e..." si mise le mani sul viso e singhiozzò.

Ribby la consolò con: "Andrà tutto bene. Te lo prometto. Troveremo una soluzione".

Dobbiamo sbarazzarci del corpo.

Sbarazzarcene! Come? Perché?

Perché l'hai ucciso e perché il suo furgone è ancora parcheggiato davanti alla casa.

Il furgone. Mi ero dimenticato del furgone.

Dobbiamo portarlo via da qui.

È troppo pesante da sollevare. Abbiamo una carriola.

Buona idea. Lo metteremo nella carriola.

"Zia Tizzy", Ribby le accarezzò la mano. "Perché non ci prepari una bella tazza di tè? Vado fuori un attimo... puoi prepararci una tazza di tè, sì?".

"Mi lascerai da sola con questo?".

"Ci metterò solo pochi minuti. Prepara il tè, così ti togli il pensiero. Non può farti del male ora".

Una volta fuori, Ribby aprì il capanno e tirò fuori la carriola. La spinse, facendo stridere le ruote sul prato. Cercò di sollevarla per le scale, ma anche se vuota era troppo difficile. Girò se stessa e la carriola. Camminando all'indietro, tirò fino a quando la carriola non salì i gradini del portico. Esausta, aprì la porta d'ingresso e continuò a spingere la carriola lungo il corridoio e in cucina.

Chiedile di aiutarti. Intendo dire di farlo entrare.

Lo farò. Dobbiamo sbarazzarci del suo corpo prima che sorga il sole. "E il suo furgone?".

"Quale furgone?" Chiese zia Tizzy.

Ops. L'ho detto davvero, no?

Evviva.

"Ha lasciato il furgone fuori", disse Ribby. Si chiuse la porta d'ingresso alle spalle.

"Sbarazziamoci del corpo e del furgone allo stesso tempo", suggerì zia Tizzy.

Ora sta entrando nello spirito delle cose.

Oh, fratello.

Proprio quando si stavano preparando a spostare il corpo sulla carriola, furono interrotti da un colpo alla porta d'ingresso.

"Chi sarà mai?" Zia Tizzy sussurrò.

Ribby si avvicinò in punta di piedi alla porta e sbirciò nel buco della serratura. Era la signora Engle, armata di grandi vassoi di cibo in ogni mano. Doveva aver bussato con il gomito. Ribby si guardò in faccia: aveva macchie di sangue su tutti i vestiti.

"Yoo-hoo, Ribby. Sono io, signora Engle. Ho ancora un paio di cose da mettere in frigo. Spero non le dispiaccia".

Ribby prese il cappotto dal gancio e se lo infilò, poi aprì la porta. Si offrì di mettere i vassoi nel frigorifero. Cercò di chiudere la porta d'ingresso con il piede.

"Grazie, cara", disse la signora Engel. "Oh, a proposito, vado via per qualche giorno e poi torno per il funerale. Se non c'è lei, entrerò con la chiave di riserva". Si avvicinò prima di sussurrare. "Dopo il funerale verranno tutti qui a mangiare. Non ho mai capito perché i funerali rendano i parenti così affamati. Immagino sia una reazione naturale, di fronte alla morte di una persona cara. A me fa sempre l'effetto contrario".

"Spero che tutto... vada bene per lei e la sua famiglia", disse Ribby cercando di chiudere di nuovo la porta.

"Grazie, cara". La signora Engel scese le scale e uscì sul prato.

Ribby tirò un sospiro di sollievo, ma continuò a guardare,

La signora Engle si voltò: "A proposito, avete notizie di Martha?".

"No, no, non l'abbiamo sentita", ammise Ribby.

"Oh, pensavo..." disse la signora Engel, guardando il furgone bianco.

"È meglio che metta questi in frigo per lei, signora Engel", disse Ribby. "Hanno un profumo così buono e ho così tanta fame che potrei mangiarli io stesso in questo momento!".

"Puoi mangiare gli avanzi da me dopo la riunione. Sarebbe un peccato rimanere senza cibo". Si voltò e si avviò verso casa.

"Whew!" Disse Ribby. Chiuse la porta d'ingresso con un calcio ed entrò in cucina. Zia Tizzy era rannicchiata in un angolo e si torceva le mani come Lady Macbeth.

Ribby mise via le casseruole, si strappò il cappotto e lo gettò in corridoio, poi si dedicò alla zia.

"Che cosa facciamo, Ribby?". Disse zia Tizzy. "Dobbiamo portarlo via da qui. Cosa facciamo? Che cosa? Che cosa? Cosa?"

Ribby diede uno schiaffo a Tizzy. Dopo lo shock iniziale si unirono in un abbraccio.

"Ho un piano, zia Tizzy. Non preoccuparti. Ma prima devo prendere alcune cose dal capanno qui fuori. Torno subito, te lo prometto".

Quando la signora Engle e sua sorella furono fuori dalla vista, Ribby uscì, lasciando zia Tizzy accasciata sul divano.

Zia Tizzy controllò gli aggiornamenti sul suo telefono. Il telefono emise un SMS da parte del marito. Jenny era con lui. Era al sicuro e stava bene.

Tizzy chiuse gli occhi, lasciando che il sollievo per il fatto che sua figlia fosse al sicuro la investisse. Era stata una giornata intensa.

Le emozioni travolgenti degli ultimi giorni si erano gonfiate dentro di lei come un'onda gigantesca. Ogni emozione salì in superficie. Il dolore, il sollievo, la sofferenza, il rimpianto.

Tizzy cercò di alzarsi, ma le ginocchia le cedettero sotto i piedi. Tremava e si agitava nel tentativo di nascondersi dalla verità e di accettarla.

CAPITOLO 17

RIBBY TORNÒ IN CUCINA. Aveva con sé alcuni attrezzi tra cui: una pala, un'ascia, un telo, un paio di tute da lavoro, guanti da giardinaggio e un paio di cesoie. Valutò la situazione.

A cosa diavolo serve tutta quella roba?

Ho solo preso delle cose a caso che pensavo potessero essere utili.

Certo che l'hai fatto.

Ribby mise le mani sui fianchi. "Ora mettiamolo nella carriola".

"Sei sicura che ci starà?". Chiese zia Tizzy.

Sì, ci starà.

Deve entrarci, non abbiamo un piano B.

"Useremo la coperta e lo trascineremo su di essa", propose Ribby. "Non dobbiamo sollevarlo, di per sé. Lo faremo rotolare sulla coperta e potremo regolarlo a seconda delle necessità. Dobbiamo solo metterlo nella carriola e da lì sarà facile".

"Ribby, mi stai spaventando! È come se l'avessi già fatto", disse zia Tizzy. "Non l'hai fatto, vero?".

"Dio no, zia Tizzy, ma ho letto libri e visto film. Ora muoviamoci. Afferra l'altra estremità della coperta e quando arrivo al tre, lo spostiamo entrambi. Va bene?".

Quando ebbero un po' di slancio, fu facile farlo rotolare sulla coperta. Ora veniva la parte difficile.

"E ancora. Dopo il tre".

"Ok Rib, come vuoi tu".

"1, 2, 3—heave ho!". Disse Ribby. La testa del morto emise un suono vuoto e sferragliante quando entrò in contatto con il contenitore metallico.

"Ancora una volta!" Ribby comandò: "1, 2, 3—Sì!". Ribby disse mentre depositavano il corpo per tre quarti sulla carriola.

"Ora io lo metto in piedi", disse Ribby, "e voi infilate le gambe e... le parti".

"Non c'è verso di infilare quella cosa da nessuna parte!". Disse zia Tizzy. "Può penzolare fino all'arrivo del Regno!".

Ribby rise suo malgrado e presto anche zia Tizzy scoppiò a ridere.

Le due donne erano isteriche.

Dilettanti.

Angela raccolse il coltello incartato e lo portò di sopra. Pulì il sangue e le impronte digitali prima di incartarlo di nuovo. Nascose il coltello in fondo al cassetto dei calzini di Martha.

Angela tornò al piano di sotto dove pulì la cucina sporca di sangue.

Quando ebbe finito, sia Ribby che Tiz erano sufficientemente calmi.

Continua, Rib.

"Forza, zia Tiz. Facciamolo".

"Sono con te".

Alleluia! Siamo decollati.

O K, ORA DOBBIAMO TROVARE le chiavi della macchina. Fruga nelle sue tasche, Tizzy".

"Non lo farò!".

"Togliti di mezzo", disse Angela. Trovò le chiavi nella tasca del cappotto.

"Ora lo riportiamo al furgone e poi...".

"Vuoi dire portarlo fuori, con questo?". Chiese zia Tizzy.

"Sì. Non abbiamo scelta, Tiz. Dobbiamo farlo mentre è buio. Dobbiamo portarlo nel suo furgone".

"Come faremo a sollevarlo, Rib? È impossibile".

"Dobbiamo farlo. Non abbiamo scelta", disse Ribby.

Ribby gettò il telo sul corpo.

Te l'avevo detto che sarebbe stato utile.

Che furbacchione.

Ribby e zia Tizzy dovettero spingere insieme per portare il cadavere al furgone. Ribby sbloccò la porta del conducente e aprì il retro del furgone. Premette un pulsante blu proprio all'interno del vano di carico e il sollevatore idraulico si mosse verso il basso. Insieme le due donne riuscirono a far salire la carriola sul sollevatore e presto il corpo fu sul retro del furgone.

Ribby tornò in casa e si cambiò con i vestiti insanguinati, nascondendoli in fondo all'armadio in una busta di plastica.

E il coltello?

È tutto a posto, me la sono cavata.

Una volta fuori, Ribby disse: "Devi guidare tu, zia Tizzy, perché io non so farlo".

"Ma ho troppa paura di guidare in una città così grande! Non posso! Non lo farò!".

"Senti, non abbiamo tempo per queste stronzate", interviene Angela. "Hai paura di guidare quando qui abbiamo un grosso e grasso morto di cui sbarazzarci! Per non parlare dei vicini ficcanaso! Dobbiamo sbarazzarci del suo furgone e del suo corpo mentre è buio".

"A meno che tu non voglia che chiami la polizia e dica loro che lo abbiamo ucciso, zia Tizzy?".

A zia Tizzy cadde la mascella.

Tecnicamente Rib, l'hai ucciso tu. Tanto per dire.

Lo so.

Zia Tizzy, chiudi la bocca, o ci entrerà una falena.

"Andremo fino a The Bluffs dove potremo disfarci del corpo e del furgone, zia Tizzy, ma tu devi reagire. Devi portarci lì! Che ne dici?"

Zia Tizzy annuì.

"Va bene allora, andiamo!". Ribby mise le chiavi del morto nel palmo della mano tremante della zia.

CAPITOLO 18

NONOSTANTE TUTTO, ZIA TIZZY era un'ottima guidatrice, anche se nervosa.

Durante il tragitto si fermarono a una stazione di servizio, non lontano da The Bluffs, dove Ribby ordinò a un taxi di venirli a prendere entro un'ora.

Mentre procedevano verso la zona isolata, Ribby disse: "Accendi gli abbaglianti, zia Tizzy". Avanzarono, mentre la luna all'orizzonte li invitava ad avvicinarsi.

"Fermati!" disse Ribby. Quando il veicolo si fermò completamente, lei e zia Tizzy scesero.

"Woo-ee!" esclamò zia Tizzy. "È proprio una bella discesa!".

"Non avvicinatevi troppo", disse Ribby, "la scarpata si sta sgretolando".

Fecero un paio di passi indietro proprio mentre le nuvole si separavano e la luce delle stelle scintillava. Rimasero insieme, tremanti, fianco a fianco, con il vento che li avvolgeva. Zia Tizzy si abbracciò.

"È proprio bello", disse zia Tizzy.

"Dovrò portarti qui di giorno, in modo che tu possa cogliere appieno la sua bellezza".

"Mi piacerebbe molto, Ribby. A proposito, ho dimenticato di dirti che Jenny è con suo padre. Mi ha mandato un messaggio poco fa".

"È un'ottima notizia".

OMG! Cos'è questo, The Young and the Restless? Continua così Rib!

Ok, ok. "Zia Tizzy, tutto quello che devi fare è mettere la marcia al furgone e, una volta che il veicolo si muove in avanti, saltare fuori. Andrà a finire nel dirupo e i dentisti se lo mangeranno a colazione. Ciao ciao, grasso bastardo. Ciao ciao, furgone del grasso bastardo. Ciao ciao problemi. Fine della storia! Poi potremo tornare alle nostre vite. Sarà il nostro piccolo segreto".

"Dio lo saprà", disse zia Tizzy.

E io.

"Dio capirà perché è stata legittima difesa. Ti stava violentando, zia Tizzy!".

Si sta spaventando, Ribby. Fallo ora.

"Dio sa sempre", disse zia Tizzy voltandosi e allontanandosi. Si guardò alle spalle, poi aprì la portiera del furgone e vi salì dentro. Chiuse la porta e il motore si accese. Lo accese una, due, tre volte. Poi si diresse verso il bordo della scogliera.

"Salta, zia Tizzy!".

Era troppo tardi. Il furgone continuava ad andare. Passo.

Ribby corse verso il bordo e arrivò giusto in tempo per vedere il furgone finire in acqua.

Cercò di urlare, ma non le uscì nulla.

Niente. Finché non iniziò a vomitare. Cadde in ginocchio.

Stupida donna.

Non doveva farlo. Non doveva morire.

Era una sua decisione. La sua scelta.

Continuo a ricordare la torta di bambole Barbie che fece per il mio compleanno.

Nessuno può portarmi via quel ricordo. Ora andiamocene da qui.

Non era andata secondo i piani. Ma niente lo fa mai, nemmeno nei film. Pensi che Cary Grant rimanga per la ragazza, ma non lo fa. Pensi che Humphrey Bogart impedirà a Ingrid Bergman di salire sull'aereo, ma non lo fa. Anche quando si vuole che sia così, non accade come si desidera

CAPITOLO 19

R IBBY APPESE IL CAPPOTTO all'ingresso e chiamò: "Sono a casa, mamma". Si diresse verso la cucina, dove Martha sedeva ingobbita sul tavolo, tenendo in mano l'arma del delitto.

"Hai ucciso dei maiali, Rib?", chiese alzando il coltello. Martha si alzò.

"Ho ucciso quel grasso bastardo", disse Angela. "L'ho pugnalato, morto".

Martha aprì la bocca, ma non uscirono parole o suoni, così Angela continuò. "Era un animale disgustoso, proprio un maiale, con il cazzo che gli penzolava fuori dai pantaloni".

"Ho dovuto fare la Ma", intervenne Ribby. "Stava violentando zia Tizzy!".

Non impara mai. Stavo gestendo la situazione.

Martha mise la mano sinistra sul fianco. La mano destra che teneva il coltello rimase a distanza. "Di cosa diavolo stai parlando? Grasso bastardo? Zia Tizzy?".

"Il tizio nel furgone bianco di Attics-R-Us. È lui il grasso bastardo", disse Angela. "E per quanto riguarda tua sorella, Tizzy, beh, era indifesa come un gattino quando lui l'ha violata".

"L'ho salvata da lui", disse Ribby.

Martha si girò, come se stesse per posare il coltello. Poi cambiò apparentemente idea e fece un passo indietro. "E dove sono adesso? Se l'hai ucciso tu, dov'è il suo corpo?".

Ribby fissò il coltello. "L'abbiamo caricato sul suo furgone e l'abbiamo fatto precipitare in un dirupo".

"Era un piano perfetto", disse Angela. "Finché quella pazza di tua sorella non si è rifiutata di scendere dal furgone e si è buttata anche lei". Angela aggirò Martha e si mise a sedere su una sedia in preda a uno sbuffo.

Ribby iniziò a parlare, ma cambiò idea quando il bollitore fischiò. Martha posò il coltello sul tavolo della cucina. Recuperò il latte dal frigorifero e due tazze dalla credenza. I cucchiai erano già sul tavolo, allineati come soldatini. Mentre versava, disse: "Vediamo se ho capito bene, Rib. Mia sorella è venuta qui. Carl Wheeler pensava che fossi aperto agli affari e ci ha provato con Tiz. L'hai accoltellato e poi ti sei sbarazzato di lui. Ti aspetti che io ci creda? Era un uomo eccezionalmente grosso".

"Certo che lo era", disse Angela. "Lo abbiamo messo nella carriola. È così che l'abbiamo tirato fuori".

"Oh, capisco", fece Martha. "E poi avete pianificato di sbarazzarvi del corpo, ma Tiz ha mandato all'aria il piano quando è andata anche lei? E poi cosa ci faceva Tiz qui? Sono anni che non sento una parola da lei".

"Suo marito l'ha lasciata per un'altra donna, più giovane", disse Angela. "Poi la figlia è scappata. Era un disastro".

Martha si sedette e bevve qualche sorso del suo tè. "Beh, dobbiamo fare qualcosa per questo coltello. Non può restare qui in casa mia". Martha raccolse il coltello e guardò Ribby che stava bevendo il tè con la mano destra. La mano sinistra era appoggiata sul tavolo con il palmo della mano. Martha sollevò il coltello e lo fece cadere, staccando la mano di Ribby dal suo amico, il polso.

La tazza da tè colpì il tavolo e rimbalzò. Ribby urlò. Martha afferrò la sua mano destra e la premette con il palmo della mano sul tavolo. "Dimmi cosa sta succedendo qui e chi diavolo sei", chiese. "Perché so che non sei mia figlia". Martha sollevò il coltello verso l'alto, in modo tale che la punta andasse quasi a toccare il naso di Ribby. "Vattene da mia figlia, qualunque cosa tu sia. Altrimenti la farò a pezzi, arto per arto".

"Mamma, no. Non farlo, ti prego. Non farlo!"

"Io sono Ribby. Solo Ribby", disse Angela con la voce più timida di Ribby.

Per un attimo pensò che Martha le credesse. Un altro CHOP, la seconda mano recisa trasformò Ribby in una fontana a due punte.

"Morire. Moriamo tutti", cantò Angela mentre Ribby piangeva e urlava in agonia. Angela non riusciva a sentire alcun dolore, né alcun vero piacere. Tutto ciò che faceva, tutto ciò che cercava di fare, era sempre Ribby a trarne beneficio. Non questa volta, però. "Povera Ribby", disse Angela. "Come farà ora a occuparsi dei bambini malati dell'ospedale?".

Ribby si svegliò nel suo appartamento con un urlo. Si controllò la mano destra. Poi la sinistra. Entrambe erano ancora lì. Troppo spaventata per alzarsi dal letto, si tenne per mano e guardò la luce del sole che disegnava disegni sul soffitto.

QUANDO FU COMPLETAMENTE SVEGLIA, Ribby si fece una doccia e si vestì. Decise di fare una passeggiata per schiarirsi le idee Era grata che fosse domenica. Oggi non poteva affrontare il lavoro o i bambini.

Una volta fuori, il brutto sogno passò in secondo piano. Evitava la spiaggia e il rumore delle onde perché le riportavano alla mente il ricordo di zia Tizzy.

Prima di tornare indietro, si fermò in un bar e ordinò un cappuccino. Il sapore era così buono che ne volle subito un altro. Mentre aspettava di ordinare di nuovo, passò Nigel. Non lo vedeva da settimane. Non era nemmeno sicura che lui si ricordasse di lei.

"Ehi! Nigel", chiamò Angela battendo sulla finestra.

Lui sorrise ed entrò nel bar. Baciò Ribby sulla guancia. Le sembrò una cosa troppo familiare.

"Come diavolo sei stato?" Chiese Nigel.

"Occupata a lavorare", disse Angela. "E ho bisogno di un po' di riposo. Ti va di fare qualcosa, stasera?".

Nigel si guardò i piedi. "Ora ho una ragazza, quindi se esco, lei viene con me".

"Povero Nigel", lo prese in giro Angela, "nemmeno sposato e già frustato!".

Nigel gettò la testa all'indietro e rise. Afferrò la mano di Angela e la accarezzò in modo fraterno.

"Allora, come si chiama?". Chiese Angela. "O è un segreto?".

"No, Signore no", disse Nigel, spostandosi indietro per permettere a una persona che si era aggiunta alla fila di entrare e ordinare. "Si chiama Anne-Marie".

Angela cambiò idea sull'ordinazione e si avviò verso la porta. "Un giorno dovrai presentarci".

Nigel avanzò nella fila.

Angela si lamentò per tutto il tragitto verso casa.

CAPITOLO 20

LA SERA SUCCESSIVA, DOPO l'ospedale, Ribby prese l'autobus per tornare a casa. Quando arrivò era quasi buio. La porta d'ingresso era spalancata. Dall'interno proveniva una musica abbastanza forte da rivaleggiare con il traffico stradale. Con cautela, salì le scale d'ingresso, quando le zampe di Scamp si diressero verso di lei. Saltò in piedi, facendola cadere. Martha arrivò ridendo mentre il cane leccava il muso di Ribby.

"Scendi subito, Scamp", disse Martha mentre gli spingeva via il sedere con un piede. Allungò una mano per aiutare Ribby. Una volta in piedi, Ribby si spazzolò.

"Sei quasi pelle e ossa", disse Martha. "Non hai mangiato?".

Ribby afferrò la madre e le gettò le braccia al collo. Martha ricambiò l'abbraccio, poi si lasciò andare chiedendo: "Una tazza di tè?".

"Stai benissimo, mamma!" disse Ribby mentre passeggiavano insieme verso la cucina. "Hai un'abbronzatura fantastica".

Martha rise. "Ci siamo divertiti moltissimo. Vivrei lassù in un minuto se avessi i soldi. Tom è stato un ospite meraviglioso". Si spostò in cucina, mettendo a bollire il bollitore e preparando le tazze. "Che cosa hai fatto? E di chi sono le cose in camera mia?".

"Di zia Tizzy".

Martha fece quasi cadere una tazza. "Mia sorella è qui? A fare i barboni, suppongo. E allora dov'è? A fare shopping?".

"No, non proprio", disse Ribby. "È venuta qui a cercare Jenny". Ribby ebbe una strana sensazione di déjà vu. Rabbrividì e infilò entrambe le mani in tasca.

"Beh, è proprio strano che sia venuta fin qui. Abbiamo sicuramente molto da recuperare".

"Non so se tornerà", balbettò Ribby. "Credo che forse sia dovuta tornare a casa. Voglio dire, all'improvviso".

Martha mescolò un po' di zucchero. "Senza il suo bagaglio?". Bevve un sorso. "L'hai vista oggi?".

"No, sono stata dalla mia amica Angela". Non bevve il tè e non ci provò nemmeno. Le mani erano ancora ben piantate nelle tasche.

Martha bevve la sua tazza di tè. Spinse indietro la sedia e sbadigliò con la bocca così larga che avrebbe potuto passarci un autobus. "Ora vado a letto".

"Buonanotte, mamma", disse Ribby. Sgombrò la tazza e si mise a girare per la cucina finché non sentì Martha chiamare dalla cima delle scale.

"A proposito, Rib, ho trovato questo", disse alzando un coltello. "Era avvolto nel cassetto dei calzini".

"Forse zia Tizzy ha ucciso qualcuno con questo", disse Angela mentre saliva i gradini.

Martha le porse il coltello e si lasciò andare a una fragorosa risata. "Hai una bella immaginazione. Domattina gli daremo una bella lavata. Notte, notte".

Angela accettò il coltello da Martha con un nuovo asciugamano.

Perché hai usato un asciugamano nuovo?

Lo so io e lo scoprirai tu.

Ribby nascose il coltello in fondo all'armadio insieme ai suoi vestiti insanguinati.

Ok, allora vai a dormire.

Smetti di parlarmi e lo farò.

Notte, Ribby.

Notte, Angela.

CAPITOLO 21

RIBBY CADDE IN UN sonno profondo. Sognò di essere in alto tra le nuvole, dove si sedeva e guardava le altre nuvole che le passavano accanto. A volte le nuvole avevano delle persone che le cavalcavano. Ogni tanto riconosceva qualcuno. Una persona famosa che sembrava guardarsi intorno per vedere se qualcuno la riconosceva.

Vedere Cary Grant che le sorrideva e la salutava mentre la sua nuvola passava davanti a lei era molto strano.

Ribby gridò: "Signor Grant, oh signor Grant, lei è il mio attore preferito in assoluto!".

"Sei molto dolce", disse Cary, mentre la sua nuvola continuava ad avanzare.

Gli occhi di Ribby lo seguirono fino a quando non riuscì più a vederlo, poiché la maggior parte delle nuvole si era allontanata. Svanite.

Ad eccezione di un'enorme nuvola nera che si stava dirigendo verso di lei.

Non sapeva cosa fare, come spingersi in avanti. Sbatté le braccia, ma non funzionò. Inspirò una grossa boccata d'aria ed espirò verso la nuvola, ma non funzionò nemmeno quello. Questa volta non riusciva ad abituarsi a stare su una nuvola. Prima si era mossa quando lei lo aveva voluto, ma questa volta non si muoveva.

La grande nuvola nera si avvicinò. Ribby si sedette, poi si abbracciò le ginocchia. Stava per piovere e per questo gli altri cavalieri delle nuvole erano andati a cercare riparo. Si sentiva molto sola. Se solo fosse saltata sulla nuvola di Cary Grant, almeno non sarebbe stata sola.

BOOM! Cadde di lato tra le braccia della soffice nuvola. Un tuono riecheggiò nel cielo vuoto.

CRACK.

Dalla nuvola nera che la invadeva, un fulmine colpì la nuvola di Ribby. Lei urlò. Era molto vicino. I peli delle sue braccia si rizzarono per l'elettricità statica. La sua pelle si scaldò, sempre più calda.

"Fermati!"

"NON LO FARÒ!", urlò una voce di donna arrabbiata.

Un fulmine colpì di nuovo la nuvola di Ribby, questa volta tagliandola a metà. Ribby rotolò su un lato e assunse la posizione fetale. Alzò lo sguardo e trovò una donna che assomigliava molto a zia Tizzy. Indossava abiti neri e larghi, non proprio un vestito o un mantello, che le sventolavano intorno.

"Mi hai fatto un torto e la pagherai. Non puoi nasconderti per sempre. Corri subito il rischio e salta!".

"Ma, zia Tizzy", gemette Ribby, "ti ho salvato la vita!".

"Mi hai tolto la vita e mi hai mandato all'inferno! Stupida, stupida ragazza! Ora rinuncia alla tua e salta!".

"Ma io non voglio morire".

"Nemmeno io! Ora sono bandita dal Paradiso. Da Dio. Destinato a rimanere qui intorno per l'eternità".

Un altro fulmine squarciò la nuvola di Ribby.

La nuvola si dissipò in una nebbia e poi in nulla. Ribby si tenne il naso, come se stesse saltando in un fiume invece di cadere nella morte. Gridò "Shiiiiiiiiittt!" come Redford e Newman in Butch Cassidy e Sundance Kid quando saltarono dalla scogliera.

Piombando tra le braccia aperte del nulla, Ribby cadde dal letto e atterrò con un tonfo sul pavimento.

CAPITOLO 22

MARTHA ERA AL PIANO di sotto a sbattere le pentole. Ribby origliò e sentì due voci. Sua madre aveva compagnia.

Era venerdì mattina e Ribby aveva chiesto di iniziare tardi al lavoro. Voleva sapere del viaggio di sua madre prima di andare a casa sua per il fine settimana.

"Buongiorno, mamma", disse Ribby girando l'angolo. Vide John MacGraw che leggeva il giornale.

Martha era dietro di lui e leggeva alle sue spalle.

"Buongiorno, John", disse Ribby mentre si versava una tazza di caffè e si metteva accanto al frigorifero.

"Non lo trovo da nessuna parte. L'hai presa tu, Ribby? La mia bottiglia di Jack Daniels? Era qui, ed era piena".

"L'ha bevuta zia Tizzy", disse Angela. "Era in stato confusionale e l'ha bevuta per calmare i nervi. Sono sicura che intendeva sostituirlo. Più tardi te ne porterò una nuova".

"Mi serviva per fare le uova, Rib".

"Sì, non c'è niente di meglio che versare un po' di Jack Daniels nelle uova. Un rimedio perfetto per i postumi della sbornia", disse John.

"Beh, stamattina dovremo farne a meno", disse Martha.

"Allora niente uova per me, amore", disse John. "Solo un'altra tazza di caffè".

Martha portò la caffettiera in tavola. "Siediti, figlia. Abbiamo qualcosa di importante da dirti".

Accidenti, di cosa si tratta?

Ribby studiò Martha e John mentre si scambiavano un'occhiata. Si sedette di fronte alla madre e aspettò che le spiegassero.

Oh, mio Dio, non si stanno sposando. Lo stanno facendo? Gros.

"Domani sera arriverà un visitatore speciale per conoscervi. Il suo nome è Mr. Edward Anglofone", disse Martha.

"Io? Ma... chi è?".

"Lasciatemi finire di spiegarvi. So che deve andare presto al lavoro. Non dovrebbe volerci molto".

Ribby annuì e Martha continuò.

"Quando eravamo sul lungomare, abbiamo alloggiato in un piccolo e grazioso B&B e abbiamo conosciuto Edward. Gli amici lo chiamano Teddy. Ha una libreria tutta sua, laggiù. Lo abbiamo conosciuto e siamo andati d'accordo. Ci ha invitato a bere qualcosa. Ci ha parlato della sua biblioteca e del bisogno di un nuovo bibliotecario".

"Sapeva di te Ribby", ammise John.

"Di me?"

"Conosce persone nelle biblioteche di tutto il mondo", aggiunse Martha. "E bibliotecari".

"Si tiene aggiornato, visto che sta cercando di assumerne uno nuovo", disse John.

"Sì", aggiunse Martha. "La sua biblioteca ha chiuso. Ecco perché vuole incontrarti".

"Per rilevare la sua biblioteca?".

"Potenzialmente", disse John.

"Capo bibliotecario? Io?" Ribby esclamò. "Non sono qualificato per fare il capo bibliotecario. Per quello ci vuole una laurea!".

Potremmo benissimo essere Capo Bibliotecario.

"Beh, tutto quello che so, Rib, è che se qualcuno possiede la propria biblioteca, può assumere chi vuole come capo bibliotecario. È piccola Rib, non come la biblioteca di Toronto, ma è l'opportunità di una vita. Allora, sarà qui alle 8. Devi comprare qualcosa di nuovo da indossare. Mettiti in ghingheri per fare una buona impressione". Martha sorseggiò il suo caffè. "Per non parlare del fatto che è completamente carico".

Ora, ci sta agganciando, fuori?

Sicuramente no.

A me sembra di sì.

"Sì, ha un sacco di soldi. E non ha famiglia. Neanche i parenti", disse John.

"Non voglio incontrarlo. Il mio lavoro va bene. E poi non voglio trasferirmi lontano. Mi piace qui".

Non vogliamo essere sfruttati! Tu, stupido vecchio pipistrello!

"Mi dispiace mamma, ma questa opportunità non fa per me".

"Figlia, lo incontrerai e questo è quanto!".

"Incontrarlo e basta", disse John. "Cos'hai da perdere?".

Ribby spinse indietro la sedia. Angela si voltò verso le scale.

"Quando l'inferno si congelerà", disse Angela.

La sedia di Martha sbatté contro il pavimento.

Ribby corse su per le scale e chiuse la porta.

Angela aprì l'armadio di Ribby e prese il coltello incartato. Aspettò.

Se quella puttana cerca di entrare in questa stanza, se ne pentirà.

Passi. Stomp Stomp. Stomp Stomp. Due serie. Correre. Ridere.

Ribby trattenne il respiro.

Pochi minuti dopo, fu chiaro cosa stavano facendo. Martha gridò: "Sì!" mentre la testata del letto batteva contro il muro.

Assolutamente disgustoso.

Usciamo di qui!

CAPITOLO 23

L A BIBLIOTECA ERA NEL caos quando Ribby arrivò.

La signora P. Wilkinson, capo bibliotecario, stava organizzando da mesi un Book Signing. Era la sua creatura, dato che era amica personale dell'autrice di best seller per bambini P.K. Schmidlap.

Mentre Ribby si dirigeva verso l'ingresso, due bambini gridarono: "Ehi, dove pensa di andare, signora? Siamo qui da ore. Non potete entrare!".

"Io lavoro qui", disse lei mostrando il suo tesserino da bibliotecaria.

Una volta entrata, andò a cercare la signora Wilkinson.

"C'è il caos là fuori", esclamò Ribby. "Dov'è la signora Wilkinson?".

"Ha chiamato il marito. È in ospedale con l'appendice scoppiata. Non conosciamo la sua password, quindi non possiamo ottenere il programma dal suo computer. Ci aspettavamo qualche centinaio di bambini, non migliaia!". Monica disse con la voce tremante: "Non so cosa fare. P.K.

è qui solo per altri sessanta minuti perché ha altri impegni". Scoppiò in lacrime.

"Oh cielo, avresti dovuto chiamarmi. Non si preoccupi, parlerò con P.K. e vedrò di trovare una soluzione".

"Non puoi superare il suo minder, o meglio, sua moglie", disse Monica. "Laggiù, alta, bionda e piena di sé".

La signora Schmidlap indossava un costoso abito firmato e tacchi da 15 centimetri. Guardò più volte l'orologio mentre Ribby si dirigeva verso di lei.

"Mi scusi, signora Schmidlap?".

"Sì, sì, sì".

"Posso parlarle un attimo? Abbiamo un problema".

"Noi non abbiamo un problema! Siete voi ad avere un problema!" La signora Schmidlap gridò, facendo cadere la penna al marito e facendo saltare i bambini.

La tensione si accumulò intorno a Ribby.

"Va tutto bene, miei cari", disse la signora Schmidlap, afferrando il braccio sinistro di Ribby e tirandola da parte. "Voi non siete organizzati. Mio marito firma ancora per un'ora e poi, zip, se ne va. I figli non devono essere delusi, ma lui non può restare. Ha altri impegni. Ha altri impegni", sussurrò con voce arrabbiata.

Ribby doveva trovare una soluzione. C'erano almeno 1.000 bambini fuori e altri 50-100 dentro. Doveva convincere P.K. a firmare i libri per i bambini che aspettavano da più tempo. Poteva farlo se avesse accelerato i tempi.

"E il compromesso?" Chiese la signora Schmidlap.

"Sì, buona idea".

"Dobbiamo andare alle 12, in punto, senza se e senza ma. Noi, P.K., non possiamo firmare per tutti, non oggi. E se i bambini comprassero una copia del libro oggi, o lo ordinassero, diciamo oggi? P.K. firmerà tutti gli ordini e saranno consegnati qui entro la fine della settimana, funzionerebbe?".

"Possiamo solo provare. Grazie per il suggerimento. Vedrò cosa posso fare".

Ribby tornò fuori. Si chiuse la porta alle spalle.

"Ehi, cosa sta facendo, signora? Non abbiamo ancora visto P.K.! P.K.! P.K.! P.K.!" gridarono, avanzando.

"Smettete di parlare tutti! Per favore, fate silenzio e vi spiegherò!".

I bambini si acquietarono.

"Ok, così va meglio!" disse Ribby. Notò che la polizia era arrivata per precauzione. "P.K. deve andarsene da qui a mezzogiorno preciso per rispettare un impegno preso in precedenza".

La folla fischiò e derise. La polizia si mosse.

"P.K. firmerà tutti i vostri libri. Abbiamo qui i vostri ordini. Se ci sono modifiche alle nostre informazioni, vi preghiamo di comunicarcele per iscritto entro le 17.00 di oggi. Potrete ritirarli qui la prossima settimana", suggerì Ribby.

"Tra una settimana!? Tutti avranno già finito di leggere le loro copie. Ci diranno il finale. Ce lo rovineranno".

"Potete prendere il vostro libro oggi e leggerlo senza firme o lasciarlo qui perché P.K. lo firmi, dipende da voi".

Ci furono dei mugugni, e Ribby sapeva che poteva andare in entrambi i modi.

La signora Schmidlap uscì per aiutare e le sussurrò un suggerimento all'orecchio.

Ribby trasmise il suo messaggio ai bambini. "Se oggi lasciate il vostro libro da autografare, riceverete in omaggio un regalo esclusivo da P.K.— un segnalibro in edizione limitata—!".

I bambini hanno applaudito. Ribby e la signora Schmidlap si abbracciarono. I poliziotti si sono tolti il cappello. A mezzogiorno in punto P.K. partì in limousine.

Quando tutto fu finito, Ribby rilassò le spalle mentre la tensione si scioglieva. Il resto della giornata, grazie al cielo, fu tranquillo.

Durante il tragitto verso il loro appartamento, Ribby pensò all'inafferrabile signor Anglofono.

Forse dovrei andare a trovarlo?

Essere capo bibliotecario sarebbe bello e dopo oggi te lo meriti.

Sì, il fatto di aver preso il comando oggi mi ha fatto sentire in grado di farlo. Voglio dire, fare il capo bibliotecario e quando mai avrò un'altra occasione?

Deve essere davvero ricco, per avere una biblioteca tutta sua.

Sì, ma perché io? Potrebbe chiederlo a chiunque.

Non avrei mai pensato di dirlo, ma Martha deve essere responsabile del suo interesse.

Per non parlare del fatto che mi ha preso in considerazione per il ruolo.

Quindi, d'accordo. Lo incontreremo.

Sì, d'accordo.

CAPITOLO 24

ERANO LE 20.34 DELLA sera successiva quando Ribby arrivò a casa. Indossava il suo abito nero e scarpe con i tacchi alti.

Una limousine era parcheggiata sul marciapiede.

L'autista si fece il cappello. "Bella serata", disse.

"Sì, è proprio bella", rispose Ribby.

"Anche lei", disse l'autista con un occhiolino.

Ribby fu colto di sorpresa.

Angela ricambiò l'occhiolino.

Ribby entrò sbuffando, ma subito dopo la signora entrò in salotto e le rivolse un sorriso. "Buonasera", disse.

L'anglofono si alzò e si avvicinò per baciarle la mano. Era alto circa 1 metro e 80 centimetri e aveva circa ottant'anni. Stava in piedi con un bastone e indossava un costoso abito sartoriale a righe blu, con una cravatta rossa.

"Qualcuno vuole bere qualcosa?". Chiese Martha.

"Mi piacerebbe", disse il signor Anglofona, "portare Ribby a fare un giro nella mia macchina. Se per lei va bene?". Lanciò un'occhiata nella sua direzione e poi guardò l'orologio. "Abbiamo prenotato al ristorante Revolving per le 9".

"Mi scuso per il ritardo".

Oh mio Dio! Probabilmente non ce la farà nemmeno a finire la cena! È assolutamente e completamente geriatrico!

"Oh sì, capisco che la bellezza richiede tempo", disse Anglofona alzandosi e allungando il braccio a Ribby.

Ribby lo prese.

Ribby e Anglofone si avviarono verso la porta.

"Non preoccuparti di riportarla a casa presto, Teddy. Sappiamo che ti prenderai cura di lei".

Oh mio Dio! Non torneremo di certo a casa con questo.

Ribby guardò la madre da sopra la spalla mentre si avvicinavano alla macchina. Una volta dentro, l'anglofono disse: "Autista, può andare a destinazione. Immagino che abbia guardato sulla mappa per vedere dove si trova".

"Sì, signor Anglophone, signore, il GPS è pronto".

"Bene, bene. Allora stai imparando", disse il signor Anglofone. "Ora chiudete il divisorio, così la signora e io potremo avere un po' di privacy".

Sporca vecchia zolla di terra.

Gli occhi dell'autista della limousine entrarono in contatto con quelli di Ribby nello specchietto retrovisore mentre premeva un pulsante. Tra loro si alzò un divisorio di vetro. Le tende di velluto rosso fluttuavano, trasformando il sedile posteriore in una stanza privata. Il signor Anglofona premette un pulsante per rivelare un bar con champagne ghiacciato.

"Ribby, mio caro, non vedevo l'ora di conoscerti".

Ribby, non sapendo cos'altro dire, disse: "Grazie, signor Anglofono".

"Puoi chiamarmi Teddy, visto che il mio nome è Edward. Mi dica però, da dove ha preso il suo nome, Ribby? È il diminutivo di qualcosa? È un nome piuttosto singolare, ma adorabile".

Ribby rise. "Strano. Nessuno me l'ha mai chiesto prima".

"Se è un segreto che non vuoi condividere, ti capisco perfettamente, mio caro".

È un vecchio frullato. Un seduttore. Glielo concedo!

"Quando ero bambina, non riuscivo a pronunciare il mio nome di battesimo. Si scrive come Rebecca, ma si pronuncia Reee-becca. Sai, con quella 'e' lunga terribilmente esagerata. Io l'ho sempre pronunciato come Rib-ecca", ha riso. "A mamma non piaceva abbreviarlo in Becky. Pensava che suonasse troppo comune, così ha iniziato a chiamarmi Ribby. Mi è rimasto impresso e da allora è il mio nome".

"Allora, se vuoi, ti chiamerò Rebecca, ma preferisco darti un nome speciale".

"Il nome che amo è Angela. Ti piacerebbe chiamarmi Angela?".

OMG! Perché mi stai facendo questo?

"Angela", disse Teddy mentre gli usciva dalla lingua. "Molto bene, allora, e Angela sia". Teddy passò la mano sul ginocchio di Ribby.

Ribby decise che lo sfioramento era stato un incidente.

Angela non ne era così sicura.

AL RISTORANTE, L'AUTISTA APRÌ la porta prima a Teddy e poi a Ribby.

"Ci metteremo almeno due ore", disse Teddy. "Ti mando un messaggio quando siamo pronti a partire".

"Sì, signore."

"La maggior parte delle volte è un dannato idiota", disse Anglofone riferendosi al suo autista, "ma fedele come pochi".

CAPITOLO 25

AL RISTORANTE C'ERA LA fila, ma la presenza di Anglofone ha spianato la strada.

Come un gentiluomo, offrì il braccio a Ribby e la accompagnò attraverso il ristorante affollato.

Per lei fu come un'esperienza fuori dal corpo. Gli ospiti giravano la testa, li salutavano, alzavano persino i bicchieri per brindare. Si sentiva una celebrità.

La coppia proseguì verso una sala privata. Il soffitto era alto, con un lampadario scintillante sospeso sopra il loro tavolo. Il tavolo era apparecchiato con bellissimi piatti, posate e flûte di cristallo scintillante. Una bottiglia di champagne era in fresco su un supporto.

Una volta seduti, Anglofone ordinò per entrambi.

Ribby si sentiva come Bella nella Grande Sala da Ballo de La Bella e la Bestia.

È vecchio, ma non è una bestia.

Shhh.

Anglofono parlò molto dei suoi affari e dei suoi soldi.

Ribby gli chiese se fosse mai stato sposato.

"Mi sono quasi sposato due volte. Le donne non erano quello che sembravano. Le cercatrici d'oro, insomma". Fece una pausa e si avvicinò a Ribby. "Le ho fatte uccidere entrambe".

"Tu cosa?" Ribby disse, quasi rovesciando il suo bicchiere di Champagne.

"Uno scherzetto, per vedere se mi stavi ascoltando", disse Teddy. Ridendo, le accarezzò il dorso della mano. "Di questi tempi non sono in molti ad avere voglia di un vecchio rimbambito come me!".

Ribby bevve un altro sorso di champagne. Si sentiva già stordita.

"Bene, allora. Andiamo a cercare quel mio autista pigro e incapace".

"Mi sto stancando molto", disse Ribby. "Le dispiacerebbe accompagnarmi a casa?".

"Certo che mi dispiace, Ribby, voglio dire, cara Angela. La notte è giovane e non abbiamo ancora discusso del ruolo nella mia biblioteca".

"Mi sono divertita questa sera, ma non credo di essere qualificata per assumere il ruolo. Sono lusingata, ma...".

"Sciocchezze! Non sta a lei decidere! Ho una buona sensazione su di te e questo è sufficiente".

Quando furono di nuovo all'interno della limousine, Ribby chiese a Teddy di spiegare la sua ultima affermazione.

"Io ho i soldi. Con i soldi è facile avere occhi ovunque. So tutto di te. Per esempio, che aiuti tua madre con il mutuo e che affitti anche un appartamento sul lungomare".

Ribby sussultò.

E continuò: "Come si intrattiene disinteressatamente con i poveri bambini malati e come ha evitato da solo un'invasione di persone alla firma del libro di P.K.". Sua moglie, la signora Schmidlap, non ama molte persone, ma lei le è piaciuta. Se riesci a lavorare con lei, puoi fare qualsiasi cosa. Il lavoro è tuo se lo vuoi".

A Ribby girava la testa mentre Teddy premeva il pulsante del citofono e diceva all'autista di tornare a casa sua.

Ci ha seguiti lui stesso o ha assunto qualcuno per farlo.

"Devo ancora pensarci".

"Allora sia. Ha sette giorni per decidere. Ecco il mio biglietto da visita; può contattarmi a qualsiasi ora del giorno e della notte". Dopo una pausa, disse: "Aspetti un attimo! Perché non viene a vedere di persona la Biblioteca? Non c'è momento migliore del presente. Potremmo tornare insieme in macchina proprio adesso!".

"Non lo so".

Ti ha offerto il posto di bibliotecario capo. È tuo e puoi prenderlo. So che in questo momento sembra inquietante, ma ce lo sta dicendo chiaramente. Non sta nascondendo nulla o mentendo. È già qualcosa. È il nostro biglietto d'uscita. Possiamo osservarlo, vedere com'è veramente senza impegnarci. Forza Ribby, corri il rischio. Inoltre, l'autista è molto carino. Guarda quei riccioli biondi che spuntano da sotto il berretto.

Per non parlare dei suoi occhi azzurri.

Lo so, lo so. Lo so. E poi, potrebbe essere divertente!

"Saremo lì di prima mattina. Potrete alloggiare nello stesso B&B in cui Martha e John hanno trascorso le vacanze. Tutto sarà pronto per il vostro arrivo. Ti aiuterà a decidere".

"Ma non ho altri vestiti oltre a quelli che indosso".

"Ah, non si preoccupi di questo".

Ribby aprì la bocca.

Lui anticipò la sua prossima obiezione. "Chiamerò tua madre e ti spiegherò".

Ribby non era più sicura di nulla. Andava avanti e indietro nella sua mente. Dovrei o non dovrei?

"Sarebbe un piacere", disse Angela, prendendo la mano di Teddy nella sua.

Ci stava mettendo troppo tempo a decidere.

Ribby, che era stata distratta dall'autista che la guardava nello specchietto retrovisore, rabbrividì.

Teddy ordinò all'autista di portarli a casa.

Ribby finse di dormire durante il viaggio di ritorno.

Angela sperava che Teddy facesse un pisolino, in modo da poter salire e sedersi con l'autista.

Teddy tirò fuori il suo portatile e iniziò a scrivere.

L'eccesso di clic mi sta facendo impazzire.

Sono sicuro che arriveremo presto.

Pochi secondi dopo: "Siamo già arrivati?

CAPITOLO 26

Arrivarono a Port Dover nelle prime ore del mattino.

L'autista aprì la porta a Teddy. "Porta la signorina Angela dalla signora Pomfrere. Non tornare prima che sia stata presentata".

"Sì, signor anglofono".

"Chiedi alla signora Pomfrere di fare in modo che la signorina Angela sia in piedi e pronta per la colazione tra quattro ore. Fatele sapere che sarete lì al più presto per prendere la signorina Ribby".

"Sì, signore", rispose l'autista, risalì in macchina e partì.

Ribby, che si era appisolata, aprì gli occhi. Guardò fuori dal finestrino, cercando di vedere com'era la casa dell'anglofono, ma era troppo buio.

Pochi istanti dopo arrivarono al B&B. La signora Pomfrere si precipitò ad accoglierli. L'autista fece le presentazioni, poi la informò discretamente della colazione nella tenuta di Anglophone e se ne andò.

"Sono incredibilmente felice di conoscerla, signorina Angela. Il signor Anglophone mi ha parlato molto di lei".

Ribby non poté fare a meno di notare l'abbigliamento della signora Pomfrere. Nonostante fosse molto presto, la signora indossava un abito da sera. "Grazie, signora Pomfrere. Se ha fretta di andare da qualche parte, la prego di non farsi trattenere. Mi indichi la direzione della mia stanza e sono sicura che ce la farò".

"Gestire? Gestire? Perché sono vestita così per salutarla. Ora, per favore, seguitemi e vi sistemeremo tutti!". Entrarono in casa, dove lei si mosse come un turbine lungo il corridoio e su per le scale verso la stanza di Ribby.

"Sei ancora più dolce di quanto immaginassi. Teddy è sicuramente innamorato di te e posso capire perché. Oh, mio Dio, le tue gambe non finiscono mai, vero?". La signora Pomfrere disse con un tono troppo familiare.

"Beh", balbettò Ribby.

"Questa è la tua stanza", disse la signora Pomfrere aprendo una porta.

Rose di ogni tipo e colore riempivano la stanza. L'odore era paradisiaco. L'anta dell'armadio era spalancata e traboccava di abiti firmati.

Spero che le taglie siano corrette". Teddy ha fatto una stima. Troverete tutto quello che vi serve. Se avesse bisogno di altro, sono a sua disposizione 24 ore su 24".

"Vuoi dire che tutto questo è per me?".

"Oh sì, sì, i vestiti e molto altro. Sei una ragazza fortunata, davvero. Avere il signor Anglofona al tuo fianco. Lui può fare qualsiasi cosa. È come una magia".

"Sì, lo sono", disse Ribby, seguita da un debole "Grazie", mentre la signora Pomfrere si chiudeva la porta alle spalle.

Wow! È un tipo in gamba.

Ha fatto questo per me.

Immagino sia per questo che ha cliccato sul suo portatile per tutto il viaggio.

Ribby scoppiò a ridere. Si sentì come una bambina in un negozio di caramelle. Ora che aveva un secondo fiato, corse da un lato all'altro della stanza, trovando ninnoli e regali in ogni angolo. Nel bagno c'era una vasca idromassaggio, piena di bolle, che aspettava il suo arrivo.

Appoggiò il gomito sotto le bolle e poi ruppe la superficie dell'acqua. Un gemito deliziato le sfuggì dalla gola. La temperatura era perfetta. Si tolse i vestiti e si calò nell'acqua. Le bollicine le formicolavano sulla pelle. Si sdraiò, inspirando profondamente e chiudendo gli occhi. Li riaprì per assicurarsi che non stesse sognando. Si sentiva come la Bella Addormentata e si era svegliata scoprendo di essere in paradiso!

Potrei diventare così.

Anch'io!

Rilassata e con un comodo abito da notte, si accoccolò sotto le coperte e si addormentò.

"È SVEGLIA, SIGNORINA ANGELA?". Chiese la signora Pomfrere attraverso la porta chiusa. Senza dare a Ribby il tempo di rispondere, la persona bussò di nuovo.

Un'altra voce, che sussurrava. Quella di Teddy.

Ribby si coprì, aspettandosi che facessero irruzione.

"Beh, prendi la chiave e svegliala!". Chiese Teddy. "Abbiamo posti da visitare e cose da vedere".

Fatemi entrare! Fatemi entrare! Sporco vecchio stronzo.

"Avresti dovuto svegliarla quando è arrivato il truccatore", esclamò Teddy.

Truccatore. Interessante...

"Ci ho provato, signor anglofono, ma dormiva così profondamente che mi dispiaceva disturbarla".

"Sarò fuori tra cinque minuti, Teddy".

"Ti aspetto a casa mia. Il mio autista ti porterà da me quando sarai pronto. Per favore, non farmi aspettare".

Bene. Tempo libero con l'autista.

Abbiamo cinque minuti per prepararci.

Fece una doccia veloce, frugò nella cassettiera e scoprì una serie di indumenti intimi di seta.

Il vecchio pazzo ha un gusto notevole.

E anche i suoi occhi sono abbastanza buoni. Queste taglie sono perfette!

Gli verrebbe un infarto se uscissimo indossando solo i capi di seta. Scommetto che anche l'autista avrebbe gli occhi fuori dalle orbite.

Non essere disgustoso. Ribby si abbottonò la camicetta di seta e chiuse la gonna.

Poi arrivò un altro colpo più deciso. "Mi scusi, sono qui per truccare la signora".

Pensa a tutto.

Una donna piccola, dell'età di Martha, completò il trucco di Ribby in un batter d'occhio.

"Io sono Angela!" Ribby disse sorridendo alla sua immagine riflessa.

"Certo che lo sei", rispose la donna con nonchalance.

No, non lo sei affatto.

Gelosa?

"Grazie. Le offrirei una mancia, ma non ho soldi con me".

"Oh, non c'è bisogno che mi dia la mancia; ci pensa il signor Anglofona".

Lo stomaco di Ribby brontolò mentre si infilava le scarpe con i tacchi a spillo.

Durante il tragitto verso la limousine, camminò come un'ubriaca. L'autista sorrise quando per poco non si ribaltò. Se gli piaceva, non lo dava a vedere. Le aprì la porta senza parlare.

Il viaggio verso la casa fu abbastanza piacevole. Il B&B della signora Pomfere si trovava al centro di un piccolo villaggio. Mentre l'auto procedeva lungo la strada di campagna, Ribby intravide il lago Erie.

"Il porto turistico e il faro sono laggiù", spiegò l'autista. "In inverno, il tuffo dell'orso polare è molto popolare".

"Oh, ricordo di aver visto qualcosa al riguardo al telegiornale. Visto che si tuffano per beneficenza, ammiro il coraggio che deve esserci". Lei rabbrividì.

"Un mio amico ha partecipato l'anno scorso, e si è quasi congelato", fece una pausa, "il suo, uh, placcaggio".

Ribby rise.

Crede che tu sia troppo educato per dire "palle" davanti a te.

Beh, io sono l'ospite del suo capo.

"Arriveremo presto", disse l'autista.

Attraversarono alcune frazioni, abbastanza piccole da essere notate ma scomparse in un batter d'occhio.

"Siamo arrivati", disse l'autista.

Ribby si mise a sedere. Ora che stava per arrivare alla casa principale, voleva cogliere tutto.

Angela canticchiò il tema musicale del telefilm Dallas.

Il vialetto che portava alla casa di Anglofone era troppo lungo. Gli alberi costeggiavano il viale, piegandosi al volere del vento. Lei rabbrividì.

Inarcò il collo, cercando di scorgere la casa. Quando ci riuscì, inspirò e trattenne il respiro. Non era una bella casa. Con le sue finestre strette e l'edificio di mattoni scuri, sembrava fredda e poco accogliente. Un contrasto totale con l'altra casa in cui aveva pernottato.

È proprio da Bronte.

Ma guarda, cespugli di rose.

Speriamo che sia bello dentro.

Sono sicura che lo sarà.

L'autista fermò l'auto e si avvicinò per aprire la porta. Ribby rabbrividì mentre inciampava sull'asfalto.

Prima che potesse bussare alla porta d'ingresso, un uomo le aprì. Era alto, magro e segaligno, vestito di nero dalla testa ai piedi. Aveva un'espressione che si avrebbe dopo aver succhiato un limone.

"Salve", disse Ribby.

Con voce acuta, disse: "Signora, il signor Anglofone attende la sua presenza. L'ha fatto aspettare troppo a lungo!".

"Mi dispiace."

Non scusarti, è lui l'aiuto. Passa avanti come se fossi il padrone del locale. Sei ospite di Theodore Anglofone. Meriti di stare qui.

Ed è esattamente quello che fece.

L'uomo sbalordito non era contento, ma era un professionista. Annunciò l'arrivo di Ribby.

Teddy si alzò immediatamente e con un gesto della mano disse: "Benvenuto a casa mia".

Ribby scrutò la stanza in cui si trovava Teddy. Anche se non era un uomo alto, in questo ambiente sembrava alto. Anche il mantello dell'armatura dall'altra parte della stanza era più basso di lui.

I cavalieri erano molto più piccoli di quanto immaginassi.

Ribby sorrise. "Grazie, Teddy. Che stanza fantastica!".

Jackpot!

"Mio caro", disse Teddy, "sembri un quadro in questa stanza. Anzi, devo farti fare un ritratto come sei adesso".

Teddy sembra aver dimenticato di essere arrabbiato con noi.

Ribby arrossì. "Grazie mille per tutto".

"È un piacere, cara Angela. Ora vieni qui e siediti di fronte a me, così posso guardarti con la luce del mattino che arriva alle tue spalle". Teddy schioccò le dita e il suo domestico tirò fuori la sedia per Ribby. "Immagino che tutto sia stato soddisfacente al B&B?".

"Sì, è meraviglioso, signor... Teddy".

"Non ero sicuro di cosa le piacesse per colazione, così ho chiesto al mio chef di prepararne due di tutto". Di nuovo, schioccò le dita e iniziò la sfilata di cibo.

"Oh, cielo!", disse lei. Le giunse alle narici un profumo di pancetta, sciroppo d'acero, muffin ai mirtilli e salsicce.

Un vero e proprio smorgasbord! Cibo sufficiente a sfamare un esercito!

Il domestico ordinò ai suoi sottoposti di servire prima il signor Anglofone.

Anglofono batté le mani.

Il personale andò subito a servire Ribby.

Anglofone batté di nuovo le mani. "Tibbles, dobbiamo avere dei Mimosa!".

Immediatamente un cameriere tagliò due arance a metà e ne spremette il succo. Un altro cameriere aprì una bottiglia di Champagne. Il primo cameriere unì le due bevande. Ribby osservò attentamente come il cameriere versava ogni sostanza con grande precisione.

Porse un bicchiere pieno a Teddy per testarlo. Teddy annuì che era soddisfacente. Riempì un secondo bicchiere e lo porse a Ribby. Brindarono a un piacevole soggiorno e si misero a mangiare.

"Spero che non ti dispiaccia, ma ho pagato il mutuo di tua madre".

Ribby rimase a bocca aperta.

Teddy fece cenno di prendere altro caffè e lo versò. Mentre lo mescolava, aggiunse: "Ho anche acquistato l'edificio in cui si trova il tuo appartamento".

Ribby sussultò. Usò il tovagliolo per pulirsi gli angoli della bocca.

Che svolta inaspettata.

"Naturalmente non dovrai più pagare l'affitto. Risparmiate i soldi se non vi trasferite qui. Viaggiate. Vedi il mondo!".

Dite qualcosa, qualsiasi cosa.

"Oh, e ho anche saldato la tua carta di credito".
Sorseggiò il suo Mimosa.

"Grazie. Molto. È molto gentile da parte sua".

Ribby si sentiva a disagio dopo gli annunci di Teddy e si vedeva.

"Dimmi, Angela, qual è il desiderio del tuo cuore?".

"Il desiderio del mio cuore?". Ribby disse arrossendo. "Non lo so".

"Devi sapere cosa vuoi. Una ragazza intelligente come te. Una cosa sempre troppo lontana dalla tua portata, eppure il tuo cuore la desiderava. Pensaci. Te lo chiederò di nuovo a tempo debito".

Ribby ascoltò Teddy parlare dei suoi viaggi intorno al mondo.

"Potremmo stare qui a parlare più a lungo, ma sono molto ansioso di mostrarle la biblioteca".

"Oh, sì. Non vedo l'ora di vederla", disse Ribby. La Mimosa le aveva dato alla testa. "Ma vorrei prendere un po' d'aria fresca. Non sono abituata allo Champagne così presto. È troppo lontano da percorrere?".

Teddy rise. "Per un giovane folletto come te non lo è, ma indossi quelle scarpe inadeguate". Schioccò le dita. Entrò una donna. "Per favore, porti al mio ospite un paio di scarpe adatte". La donna si inchinò, uscì dalla stanza e pochi istanti dopo tornò con un paio di scarpe da ginnastica. "Si metta queste. Porterò i suoi tacchi con me in macchina". Poi al suo domestico: "Tibbles, disegna una mappa per il nostro ospite".

"Durante il tragitto, pensa al desiderio del tuo cuore. Ricorda, voglio che tu gli dia un nome".

L'aria era frizzante e pulita. Le schiarì le idee.

È così gentile, delicato e generoso.

Potrebbe non essere ciò o chi finge di essere. Teniamo alta la guardia finché non sappiamo cosa vuole. Ricordate che nulla è gratis.

Ribby continuò a camminare, con la mente assorta nel trovare una risposta alla sua domanda.

Teniamolo sulle spine. Non scopriamo ancora le nostre carte.

Girò l'angolo, vide la limousine e poi la biblioteca.

Stephen aprì la porta a Teddy che uscì tenendo in mano le scarpe di Ribby. Lei si sedette nella limousine e si scambiò le scarpe, lasciando le ballerine nel retro dell'auto.

"Ecco qui, mia cara", disse Teddy. L'insegna sopra la porta recitava: E. P. Anglofona: Biblioteca privata. Sotto l'insegna c'era una targa: Bibliotecario capo: spazio vuoto.

Mi sorprende che il nostro nome non sia già lì sopra. Sembra piuttosto sicuro di sé.

Comportatevi bene.

"Venga", disse.

I grandi archi di legno la accolsero all'interno. L'anglofono le prese la mano.

Il cuore di Ribby ebbe un sussulto. La biblioteca era rotonda. Scaffali circolari. Libri, libri e ancora libri a perdita d'occhio. Migliaia e migliaia. E scale a pioli, pronte a portarti allo scaffale più alto. Fino all'altezza del soffitto, con vetri colorati alti una ventina di metri. Quando guardò in alto e si girò, le vennero le vertigini.

Teddy la guidò verso una sedia su cui lei cadde con un sospiro.

"Soddisfacente?".

"Oh, cielo, sì!" Disse Ribby, cercando di controllare le sue emozioni. "Sembra uscito da un sogno".

È bello Ribby, ma qualcosa non quadra.

"Dimmi ora. Qual è il desiderio del tuo cuore?".

"È questo!"

Che sciocco!

"Non preoccuparti", disse Teddy. "Può essere e sarà tuo. Se tu...".

Teddy si fermò perché il suo autista attirò la sua attenzione. "Un momento per favore, Angela. Fai come se fossi a casa tua".

Ribby si alzò e vacillò. Salì una scala, scese e ne salì un'altra. Tutti gli autori che le venivano in mente erano qui. Accorgendosi che l'autista era tornato ed era in piedi sotto di lei, si aggiustò la gonna.

"Oh, mi hai spaventato".

Non io! Vieni da me.

"Sono profondamente dispiaciuto, ma il signor Anglofone è stato richiamato. Mi ha chiesto di accompagnarla alla tenuta quando sarà pronta".

"Io, io stavo..." Ribby disse, scendendo senza prestare la massima attenzione. Lei fece un passo falso e cadde.

L'autista, di cui non conosceva nemmeno il nome, la prese al volo.

Ribby arrossì di brutto. I loro occhi si incrociarono. La mise a terra e si allontanò.

"Grazie".

Non rispose.

Pensa che l'abbia fatto apposta. Che mi piaccia.

Angela sogghignò.

Lo seguì oltre la porta e nel parcheggio, poi decise di non prendere la macchina.

"Preferisco andare a piedi", disse.

"Sei sicura?" Lui le guardò le scarpe.

Lei alzò il mento e, senza rispondere, iniziò a camminare.

"Come vuole la signora".

Avresti dovuto chiedergli i corridori.

Lo so! Lo so!

Tornata a casa con i piedi doloranti e pieni di vesciche, Ribby vide l'autista seduto davanti a casa.

Inclinò il cappello nella sua direzione, poi si coprì gli occhi e tornò a dormire.

Dio, quanto è carino!

Ha! Teddy lo licenzierebbe se dicessi che non mi ha dato le altre scarpe.

Non osare!

Ribby alla fine si tolse le scarpe e camminò per il resto della strada con le calze.

Lo sguardo che Tibbles le rivolse quando entrò in casa con le scarpe in mano fu una via di mezzo tra un sorriso e una smorfia.

Al diavolo!

"Mi scusi, signorina", disse Tibbles. "Il signor Anglofone è trattenuto. Vorrebbe che lei tornasse al B&B. Dirò all'autista di accompagnarla".

Beh, non posso andare fino a lì a piedi.

No, ingoia il tuo orgoglio e sali in macchina.

Per tutto il tragitto verso la signora Pomfrere ci fu un silenzio imbarazzante che nessuno dei due occupanti aveva voglia di rompere.

Ti stai comportando come un moccioso viziato!

Non mi interessa.

L'auto si allontanò e Ribby entrò barcollando.

CAPITOLO 27

R IBBY SBATTÉ LA PORTA dietro di sé quando tornò nella sua suite. Gettò le scarpe dall'altra parte della stanza, poi si buttò sul letto, soffocando i singhiozzi nel cuscino.

È proprio un sogno!

Sapeva che avevo bisogno delle mie scarpe eppure non me le ha date.

Non le hai chieste.

Comunque, lavora per Teddy. Io sono ospite di Teddy. Dovrebbe cercare di rendermi felice.

Stai esagerando. Lavati la faccia, ti farà sentire meglio e dimentica tutto.

Il problema è che non ci riesco. Mi sento una stupida. Io che cado tra le sue braccia come, tipo, Jane Eyre.

Chi se ne frega? Se l'ha pensato, probabilmente ne è stato lusingato. Segue. La biblioteca.

È bellissima, è tutto. Ma perché Teddy vuole che io, una persona non qualificata, gestisca la sua biblioteca?

Ecco perché ho detto che non bisogna mettere tutte le carte in tavola. Ora sa che quel posto è il tuo desiderio più sentito. Sta giocando al Padrino delle Fate e ci tiene per le palle.

Il mio cuore dice che è in regola. Che non ha secondi fini. Ma la mia testa, oh la mia testa.

Ribby afferrò la borsa e tirò fuori il pacchetto di sigarette. Se ne infilò una tra le labbra. Anche senza accenderla, l'odore la calmò. Tenendola contro le labbra si addormentò.

"Dobbiamo parlare", sussurrò Teddy attraverso la porta.

Ribby si alzò con la sigaretta ancora appesa alle labbra. La rimise nel pacchetto. Parlando attraverso la porta chiusa disse: "Scusa, devo essermi addormentata".

"Preparati. Devo portarti a casa adesso. Raccogli le tue cose e ci vediamo giù in macchina".

Lei ascoltò mentre lui si allontanava, poi si accasciò sul pavimento, trattenendo un singhiozzo.

L'anglofonia dà e l'anglofonia toglie.

Ma perché? Che cosa ho fatto? È a causa di Stephen?

Non essere ridicolo.

Non importa. È tutto per il meglio. Cambiati con i suoi vestiti. Esci di qui a testa alta.

Ma la biblioteca. Il mio desiderio più sentito. Ora che gliel'ho detto, non mi vuole più.

Ribby si cambiò con gli abiti con cui era arrivata.

Ci perde lui, Rib. Ricorda, a testa alta. Inoltre, tutto ciò che guadagniamo ora è nostro. Niente affitto, niente mutuo, niente carta di credito. Siamo praticamente senza debiti! Immaginate quanto possiamo divertirci!

All'uscita, diede un bacio sulla guancia alla signora Pomfrere.

"Non salutiamo mai i nostri ospiti. Speriamo di rivederla".

"Grazie".

L'autista si fermò accanto alla porta, in attesa di Ribby. Una volta dentro l'auto, lei si allacciò la cintura di sicurezza. Girò la testa e guardò fuori dal finestrino, per ammirare tutto ciò che non avrebbe più visto e per mascherare la sua delusione.

"Angela, si tratta di una questione strettamente professionale. Non ha nulla a che fare con te o con il nostro accordo".

"Vuoi dire che mi vuoi ancora?". Ribby chiese con voce tremante e il cuore che stava per saltarle fuori dal petto.

"Certo, voglio che tu sia la mia nuova bibliotecaria", disse lui, sfiorandole la coscia con la mano.

Il pervertito. Sta giocando con te. Schiaffeggia la sua mano.

Ribby arrossì. È stato un incidente. Non è stato niente.

La sfacciataggine del vecchio pervertito. Te l'avevo detto. Dagli un centimetro...

"Autista, per favore, alzi la barriera. Io e la signora vorremmo un po' di privacy".

Ribby alzò gli occhi, incrociò lo sguardo dell'autista nello specchietto retrovisore. Incrociò le braccia intorno a sé.

L'anglofono aprì una bottiglia d'acqua e la porse a Ribby, chiedendole di sciogliere le braccia. Lei la prese e sorseggiò.

"Ribby, voglio dire ad Angela che se la biblioteca è il tuo desiderio del cuore, allora è tua. Quello che ho, è tuo".

Si sedette in piedi, ascoltando, ma l'anglofona tacque. Bevve ancora qualche sorso d'acqua, aspettando.

Sta aspettando che io dica qualcosa?

Sta facendo un gioco. Stai zitto. Noi abbiamo messo le carte in tavola, lasciamo che lui faccia lo stesso. Nel frattempo, mantenete la calma. Godetevi il panorama.

È sicuramente bello qui, ma il mio cuore sta correndo.

Calmatevi. Fate qualche respiro profondo. Inspirare. Fuori. Dentro. Fuori.

I suoi esercizi di respirazione furono interrotti.

"Cosa mi darai in cambio del desiderio del tuo cuore?".

Ci siamo. Lasciate che me ne occupi io.

"Non ho nulla da darti, Teddy. Solo me stesso".

Seriamente Rib, per favore chiudi quella cazzo di bocca!

"Solo te stesso? Non ti senti degno?".

Ribby cercò di parlare, ma le parole le si bloccarono in gola.

Vuole di più Rib, vuole il sesso.

Ribby arrossì di rosso barbabietola.

"Oh, cielo", disse Teddy, accarezzandole il dorso della mano. "Sembri molto preoccupata, e non volevo farti preoccupare. Sono un uomo anziano. Ho vissuto senza amore, senza contatto, per un tempo terribilmente lungo. Non potrei mai aspettarmi che tu ami una persona come me. Anche se fosse per il desiderio del tuo cuore".

"Io", disse Ribby.

"Shhh, lasciami finire. Desidero averti nella mia vita. Per compagnia. Per amicizia. Se ti innamorassi di me, se potessi amarmi, sarebbe il desiderio del mio cuore. Forse un giorno lo realizzerai".

Questa sì che era una palla al piede. Psicologia inversa? Attenzione.

Nell'auto c'era silenzio e due passeggeri estremamente a disagio. Ribby bevve qualche altro sorso d'acqua e Anglofone controllò il telefono.

"Vuoi sposarmi?", sbottò.

OMG, la seconda battuta è stata così azzardata che sono senza parole, Rib.

Anch'io, voglio dire, cosa dovrei dire? Voglio la biblioteca, ma non lo amo.

Siamo giovani e vivaci. Lui è così in alto che è quasi sceso dall'altra parte. Aspetta, ora...

Oh no, non starai pensando quello che penso io?

Un mezzo per un fine. Vuole che tu sia sua amica, che gestisca la sua biblioteca. Non ti chiede sesso, ma compagnia e amore. Giusto? Quindi, se lei soddisfa il desiderio del suo cuore e lui soddisfa il suo, che male c'è?

Allora perché proporre il matrimonio? Anch'io so che non sarebbe un matrimonio legale se non fosse consumato. Solo il pensiero di me e lui...

Lo so, lo so.

T EDDY SI OCCUPÒ DEL suo telefono.

Ribby e Angela hanno discusso i problemi da risolvere.

Sta di nuovo tamburellando con le dita. Che fastidio! Ora fa clic con la penna: clic, clic, clic, clic.

Sta aspettando una risposta.

Non so come posso accettare. Dammi un motivo per cui dovrei dire di sì. Come posso dire di sì?

È facile. Una parola: biblioteca. Altre due parole: Bibliotecario capo.

Ma capo bibliotecario di cosa? Non ho personale, non ho collaboratori e al momento non ho clienti.

Ma lei sarà il capo dei libri.

Non mi stai aiutando.

Ci sto provando!

Lo so, ma per lui la nostra relazione non è altro che un affare. Saremmo marito e moglie, ma solo di nome. Voglio un uomo da amare, che mi ami a sua volta. Questo è accontentarsi.

Accontentarsi? Questo lo chiami accontentarsi? Hai trentacinque anni e i trentasei sono dietro l'angolo.

Non hai prospettive, non hai futuro. Questo ti darà un futuro. Teddy può aprire il mondo per te, per noi. L'amore non è tutto rose e fiori. Se non accetti, te ne pentirai per il resto della tua vita".

Ribby lanciò un'occhiata in direzione di Teddy.

Di' qualcosa. Qualsiasi cosa.

"Ho solo bisogno di tempo, Teddy, per pensarci".

Teddy guardò in lontananza.

Presto, ma non abbastanza, l'autista si fermò sul marciapiede davanti alla casa di Martha.

NELL'OSCURITà DEL SEDILE POSTERIORE, Ribby strinse e srotolò i pugni. Il movimento rapido, l'apertura e la chiusura la portarono a una decisione. "Teddy, sono certa che possiamo trovare un accordo adeguato".

Teddy le gettò le braccia al collo, sorridendo. "Oh, grazie per avermi reso il vecchio più felice del mondo".

Ben fatto, Rib! Brava! Lavorate con lui. Risolvete il problema. Ricorda, qui siamo noi a comandare.

La voce di Ribby tremò, ma lei riuscì a fare un leggero sorriso quando si staccò dal suo abbraccio. "Dovrai darmi qualche giorno per sistemare le cose in sospeso".

"Posso aspettarti Angela, ma ti prego di non farmi aspettare troppo. Per te ho già aspettato una vita", disse Teddy baciandole la mano.

Oh, mio Dio, è innamorato!

Si scambiarono un bacio sulla guancia.

L'autista aprì la portiera di Ribby e lui la tenne ferma mentre lei saliva sul marciapiede.

"Ti chiamo tra ventiquattro ore", disse Teddy.

Ribby annuì. Dietro di lei, sul portico, Martha gridò: "Sei tu, Ribby? Oh, ciao Teddy". Salutò con la mano.

Teddy ricambiò il saluto mentre l'autista chiudeva la porta e tornava davanti all'auto. Partirono.

"Sì mamma, sono io".

"Sei tornato prima di quanto pensassi. Vieni dentro e raccontami tutto".

Ribby salì le scale del portico inciampando.

CAPITOLO 28

R IBBY SALUTÒ SCAMP CON una pacca sulla testa e il trio andò in cucina.

"Ribby, siediti. Ho un milione di domande da farti. Com'è andata?" Martha farfugliò, non permettendo a Ribby di dire una parola. "Una tazza, sì, ti preparo una tazza di caffè e poi... Accidenti, sembri proprio esausto".

"Mamma, sì, sono stanco. È stato un lungo viaggio. Il signor Teddy, anglofono, è interessante".

"Pensavo che voi due andaste d'accordo. Ti ha fatto la domanda?".

Sapeva che le avrebbe fatto la domanda? Lo sapeva? Che cosa?

"Sapevi che l'avrebbe fatto?"

Fa parte di un qualche piano? Oh, questo è profondamente inquietante.

"Ama la biblioteca e non la farebbe gestire a nessuno".

Ah, ah, oh, intende la biblioteca. Che peccato.

"Certo che no. È stato molto generoso a offrirmi questa opportunità".

"Il signor Anglofona si è assicurato, prima ancora di incontrarti, che tu fossi quella giusta".

Che cosa significa? Siamo tornati al concetto di Master Plan?

Ribby trattenne la sua furia. "Lo sapevi?"

Mamma Carissima si abbassa di nuovo al di sotto di ogni limite.

"Rib, non ti agitare. Aveva buone intenzioni. Voleva essere sicuro. Con tutti quei soldi, deve stare molto attento".

Ribby rimase seduta in silenzio, mescolando la sua tazza di caffè.

Martha si alzò e si mise a riordinare. Guardò Ribby. "Sei esausto, vuoi che ti faccia un bagno?".

Fare un bagno per te? Ok, togliti la maschera. Chi è questa donna?

"Sarebbe un piacere".

Più tardi, nella vasca, Ribby si addormentò e sognò.

Fluttuava, nuda e cruda, in una bolla rosa nella biblioteca di Anglofone.

Anglofono si fece vedere. Si pavoneggiava, con la faccia rossa e i pugni stretti, mentre il suo autista gli faceva ombra.

Anglofone disse: "Voglio che i nuovi libri sostituiscano immediatamente quelli vecchi. Metteteli all'altezza degli occhi, in modo che la mia ragazza possa trovarli".

"Questo non rientra nelle mie mansioni", rispose l'autista, poi gli voltò le spalle.

L'anglofono lo afferrò per un braccio, lo tirò giù e gli diede uno schiaffo sulla guancia. Sebbene lo schiaffo fosse forte, l'autista era preparato a riceverlo e non indietreggiò nemmeno.

"Il tuo lavoro è quello che ti dico io, ragazzo!".

"Signor anglofono, naturalmente farò tutto ciò che lei vuole che faccia, per il suo bene e solo per il suo bene. Sono tuo e ne puoi fare ciò che vuoi", disse l'autista.

Anglofone gli lasciò il braccio. L'autista raddrizzò la schiena.

Che potere ha Anglofone su di lui?

Questo è un sogno. Stiamo sognando. Svegliati, Ribby! Svegliati!

Shhh, è interessante. Cerca di ingrandire i libri che vuole farci vedere.

Ci sto provando, ma... accidenti.

"Sono generoso con te Stephen, e generoso con lei. Non ti chiedo molto. Sono un uomo anziano. Sono il tuo datore di lavoro. Non essere impertinente in futuro".

"Mi scuso", disse Stephen, inchinandosi fino a terra con il cappello in mano. "Posso assicurarle che non succederà più. Credo che questo mi porterà via la maggior parte della giornata".

"Molto bene. Allora cominci a rifare i registri. Informi Tibbles quando avrà completato il lavoro".

"Cosa devo fare con i vecchi libri?". Chiese Stephen.

"Ci sono delle scatole vuote nel retro. Conservali per ora", disse Teddy. "Non hanno alcun significato.

Potremmo regalarli in futuro. Per ora, mettetele al riparo".

Teddy uscì.

Stephen continuò a lavorare. Guardò alle sue spalle dove Ribby sedeva nuda nella sua bolla immaginaria.

"Stephen", sussurrò.

Questo è un sogno strano.

Teddy è molto duro con lui.

Sì, si aspetta la perfezione.

E allora che ci fa con me?

"Svegliati, Ribby!"

La bolla di Ribby scoppiò quando Martha entrò nella stanza.

"Sono secoli che busso".

"Scusa mamma, mi sono addormentato".

"Bene. Significa che ti stai rilassando. Ecco qualcosa da sorseggiare".

Ribby si nascose quasi del tutto sotto le bollicine.

"Non è che non abbia già visto tutto, figlia mia". Martha rise.

Ribby rabbrividì, poi prese il bicchiere di champagne. Martha si sedette sul bordo della vasca.

"A te", disse Martha mentre si scambiavano i bicchieri.

È molto strano. Questa donna non può essere tua madre. Ti sta adulando come se sapesse che il vecchio ha fatto la proposta e che intende trasferirsi da voi due.

Il sapone colò lungo il braccio di Ribby e sul gambo del bicchiere. "Mamma, come hai conosciuto il signor Anglofono?".

"Te l'ho già detto, vero?".

"Non credo. Se l'hai fatto, non me lo ricordo".

"Beh, eravamo a cena e Anglophone è entrato", ricorda Martha. "Era molto chiassoso ed esigente con il personale e sembrava avere una certa importanza. Eravamo curiosi di sapere chi potesse causare una tale scenata. Quando l'ho visto per la prima volta, aveva un aspetto familiare. Pensavamo che fosse un personaggio politico o che lo avessimo visto in televisione. Sembrava agitato e stava maltrattando l'autista della limousine che lo seguiva. Tutti lo fissavano".

"L'ha notato?" Chiese Ribby. "Voglio dire, che tutti nel ristorante lo stavano fissando?".

"All'inizio si è totalmente disinteressato degli altri avventori. Quando si è reso conto che stava facendo una scenata si è scusato con noi, non con il suo dipendente. Poi ha offerto a tutti lo champagne".

Sembra un prepotente.

Concordo. "E questo è tutto?" Disse Ribby.

"No, no ragazza mia. Dopo di che gli abbiamo chiesto di unirsi a noi e lui ha accettato. Ha accettato, e abbiamo mangiato e mangiato. Fu una serata meravigliosa. Ci ha invitato a stare con la signora Pomfrere come suoi ospiti. Per questo abbiamo prolungato la nostra vacanza, perché non ci costava nulla".

"Ma allora, come sono entrato nella conversazione?".

"A cena, non so bene di cosa stessimo parlando, ma gli ho parlato di te. Del tuo ruolo in biblioteca e del tuo volontariato con i bambini dell'ospedale. Teddy era molto incuriosito. Voleva conoscerla. Ha parlato della sua biblioteca. Ha detto che era chiusa, finché non avesse trovato la persona giusta per gestirla. Ha chiesto di lei".

Ci dica di più sullo stalker Teddy.

"È molto riservato, visto che sapeva già di me".

"Sapere di qualcuno non significa conoscerlo, figlia mia".

"Sì, ma sembra che abbia già deciso".

"Questo non lo so".

"Lui, Teddy, mi ha chiesto di dirigere la sua Biblioteca Ma, ma c'erano altre condizioni. Complicazioni".

"Complicazioni come?".

"Tipo che devo lasciare il mio lavoro. Trasferirmi in un posto nuovo. Devo lasciare i bambini".

"Qualcun altro prenderà il loro posto. Devi essere egoista per una volta nella vita".

Ribby si rilassò un po' e bevve un altro sorso di champagne.

"Da quello che ho visto del signor Anglofone, era molto generoso. Non era uno che spendeva un centesimo".

Mi chiedo se sappia dell'ipoteca.

Non spetta a me dirglielo.

"È vero". Ribby rabbrividì. "Ho bisogno di pensare meglio a questa Ma, e di andarmene prima che il mio corpo si trasformi in una prugna secca".

Martha si alzò e prese il bicchiere di Champagne di Ribby. "Figlia, probabilmente non avrai mai più un'occasione come questa. So di non essere sempre stata la migliore delle madri. So che prenderai la decisione giusta".

"Grazie", disse Ribby. Una volta chiusa la porta, uscì dalla vasca, si asciugò e indossò la camicia da notte.

Quello era un momento assolutamente e completamente da 'imbavagliare con un cucchiaio' per madre e figlia.

La mamma si sforzava di essere solidale.

Sì, lo faceva di sicuro. Potevo vedere i segni del dollaro nei suoi occhi. Ma cambiamo argomento. Parliamo di quello strano sogno.

Sì, nel mio sogno si chiamava Stephen.

Ho sempre pensato che mi ricordasse Stephen Moyer di True Blood.

Non ho visto quella serie, ma so a chi ti riferisci.

È stato strano, però, che gli anglofoni abbiano sostituito i libri con altri nuovi. Non capisco.

Fuori il vecchio e dentro il nuovo. Questo è un doppio scopo. Nuovi libri con un nuovo bibliotecario. Per me ha perfettamente senso.

Sembrava più una premonizione.

Ribby rise. Non sono così intelligente da avere premonizioni.

Ma lo sono.

Sei così divertente.

CAPITOLO 29

D OPO UNA MATTINATA FRETTOLOSA, poiché aveva dormito troppo, Ribby arrivò al lavoro e si diresse verso l'edificio.

Immediatamente uno striscione che recitava: "CONGRATULAZIONI RIBBY!" attira la sua attenzione.

Ro-ro. Sembra che qualcuno abbia fatto uscire il gatto dal sacco.

Chi? Ma'? Io... io... ....

Una valanga di urla e applausi.

Oh no, devo andarmene da qui!

No, non devi. È troppo tardi per questo. Ti vedono. Sorridi!

Ribby sorrise mentre i suoi colleghi si riunivano intorno a lei.

"Brava Ribby!"

"Sapevamo che ce l'avresti fatta!"

"Siamo immensamente orgogliosi di te! Capo bibliotecario! Wow!"

Sulla bacheca c'era la seguente nota:

"Congratulazioni al nostro Ribby Balustrade!

Capo Bibliotecario, Biblioteca Privata E. P. Anglofona.

Firmato, signora P. Wilkinson, capo bibliotecario".

Ribby si strofinò gli occhi incredula. Riaprendoli, borbottò sottovoce. Come aveva potuto annunciarlo senza prima chiederglielo? Si strinse nei pugni mentre il calore le saliva alle guance. Non aveva più il controllo della sua vita, del suo destino. Andò dietro il bancone e appoggiò la testa sulla scrivania.

Cerca di reagire, Rib. Stai rovinando la loro gioia. Sono così orgogliosi di te ed è il tuo ultimo giorno qui. Prendila con filosofia. Tieni la testa alta.

Ma me l'aveva promesso! Ha detto che potevo prendermi del tempo. Ora questo è il mio ultimo giorno. IL MIO ULTIMO GIORNO!

Quello che è fatto è fatto. Potrai dirgliene quattro più tardi. Per ora, godetevi il momento. Sii un'ispirazione.

La signora Wilkinson si avvicinò alla scrivania. "Prima di tutto, voglio ringraziarti per avermi coperto quando ero in ospedale. In secondo luogo, sono molto orgogliosa di te, Ribby! Quando mi ha chiamato il signor Anglofona, cioè Theodore Anglofona, mi sono sentita così orgogliosa di te. Ho pianto. Davvero. Sei sempre stata come una figlia per me".

"Grazie, signora Wilkinson".

"Voglio dire, un uomo così potente. Che abbia scelto te, alla tua età, per diventare capo bibliotecario. Farai strada".

"Ha già sentito parlare del signor Anglofone?".

"Non lo conosco personalmente, ma so di lui. Inoltre, l'architettura della sua biblioteca è stata pubblicata in diverse riviste. Così come la sua casa".

"Sì, la biblioteca è molto bella, così come la sua casa, ma non sapevo delle riviste".

"Stiamo organizzando un pranzo in suo onore. Un catering completo, grazie al signor Anglofone, che ha insistito per coprire tutte le spese".

"Oh, l'ha fatto, vero?". Disse Ribby.

Quel vecchio mendicante astuto.

"Nel frattempo", continuò la signora, "godetevi il vostro ultimo giorno".

"Grazie, signora Wilkinson".

Ribby lanciò un'occhiata in direzione dei suoi colleghi che erano tornati ai loro compiti. Incuriosita, si collegò al computer e cercò su Google Theodore Anglophone.

La voce più ricercata era un articolo di giornale del quotidiano locale. Il titolo recitava: "Morte sospetta nella biblioteca locale".

Che cosa?

Ribby continuò a leggere.

È morto il bibliotecario capo?

Ecco perché l'ha chiusa. Sembra che quella donna fosse pazza.

Oh, Teddy ha trovato il suo corpo. Dev'essere stato terribile per lui.

No, guarda qui. Dice che ha chiamato la polizia, ma i giornalisti sono arrivati prima.

I giornalisti arrivano sempre per primi. Oh, hanno delle foto della donna. Sembra impazzita. Dove sono i suoi vestiti? E sembra che stia sputando ai giornalisti.

Molti vorrebbero sputare ai giornalisti.

Sono d'accordo, ma guardate i suoi occhi. Sembra disperata. Impaurita.

Isterica. Si dice che Teddy abbia chiuso la biblioteca dopo quel fatto, giurando di non aprirla mai più.

Fino ad ora. Ho bisogno di uscire per prendere una boccata d'aria prima che inizi il pranzo. Si avvicinò alla signora Wilkinson e chiese il permesso di uscire.

"Beh, non posso certo licenziarti adesso, no?". La signora Wilkinson ruggì. "Dopo tutto, questo è il tuo ultimo giorno!".

"Sì, è vero", disse Ribby. Altri sostenitori la acclamarono quando passò di lì. Una volta fuori, tirò fuori dalla borsa una sigaretta e l'accese.

Forse siamo stati un po' precipitosi.

Un po'!

RIBBY TORNÒ ALLA BIBLIOTECA in tempo per il pranzo. Il buffet era più che sufficiente per tutti. Tutti sgranocchiarono, si mescolarono e chiacchierarono.

La signora Wilkinson iniziò a cantare: "Perché è una brava persona". Le guance di Ribby si scaldarono. La signora Wilkinson fece un breve discorso, poi presentò a Ribby un regalo.

"Aprilo! Aprilo!" cantarono i suoi colleghi.

Lei aprì il pacco. Era un cellulare.

"Abbiamo già aggiunto tutti i nostri dati di contatto per tenerci in contatto", ha detto la signora Wilkinson.

Come se volessimo tenerci in contatto con questa gente!

"Grazie mille", disse Ribby.

"Discorso! Discorso!", gridarono.

Ribby non era abituato a parlare in pubblico e borbottò alcune frasi incoerenti.

Mi sento intontito.

Ha detto che le sarebbero mancati tutti.

Ce l'hai fatta, Rib. Ora, andiamocene da qui.

Hanno applaudito. La signora Wilkinson richiamò l'attenzione di tutti schiarendosi la gola. "Lascio a Ribby il resto della giornata libera! Grazie Ribby, per gli anni di eccezionale servizio alla Biblioteca di Toronto. Ti prego di tenerti in contatto".

Il personale forma una processione.

È come un matrimonio.

O un funerale.

Fuori una limousine aspettava sul ciglio del marciapiede.

Ribby strinse i pugni.

Respira profondamente.

L'autista scese.

Stephen.

Si fece il cappello, poi aprì la porta posteriore. All'interno Teddy lo aspettava con un enorme sorriso sul volto. Accarezzò il sedile, incoraggiando Ribby a entrare.

Sali e rinfrescati prima di dire qualcosa.

Giusto. Lei strinse i pugni. Si sedette e allacciò la cintura di sicurezza. Inspirò profondamente. "Ciao, Teddy".

"Chiudi la porta, Stephen!" Teddy abbaiò.

Stephen. Si chiama davvero Stephen.

Un po' alla Twilight Zone, no?

"Avanti", ordinò Anglofona. La barriera si alzò e l'autista proseguì.

"Spero che tu abbia trascorso una giornata piacevole, Angela".

"È stata piuttosto strana", disse Ribby. "Era il mio ultimo giorno, dopotutto". Fece un respiro profondo. "Non sapevo che avresti informato la signora Wilkinson del nostro accordo. Volevo rassegnarmi. Era una cosa importante per me". Le sue guance arrossirono e la sua voce tremò mentre lottava per mantenere la calma.

"Perché dovresti fare quello che io posso fare per te?". Teddy sussurrò. Le posò una mano sulla gamba.

Questa volta non c'erano dubbi sulle sue intenzioni. La lasciò lì. Lei non la tolse.

"So che queste persone della Biblioteca non sono sempre state buone con te. So che si sono approfittati di te e che non ti hanno apprezzato. Voglio che li lasci. Voglio che sappiano che tu sei migliore di loro. Tu vinci e loro perdono".

Che cosa? Sapevamo che ci stava osservando, ma questo è... estremo...

Vero. Chissà cos'altro sa?

Ribby fece un respiro profondo.

"So molte, molte cose su di voi. Sul mondo", confessò Teddy. "Gli sciocchi furbacchioni sono una dozzina. Non sono adatti a leccarti gli stivali. Se qualcuno ti ha fatto del male, indicamelo e me ne occuperò".

E un sicario! Rib, questa storia sta andando in una direzione del tutto stravagante.

Ribby aveva conficcato le unghie nella maniglia della porta. La rilasciò. "No, no, non c'è nessuno così. Conduco una vita piuttosto semplice. Lavoro, vado in ospedale, torno a casa e non ho una vita sociale molto intensa".

Mantenere la calma. Mantenere la calma.

"Lo farai". Sollevò la mano a palmo aperto, come se volesse darle il cinque. Lei seguì la sua mano mentre si alzava e quando lui la posava di nuovo al suo fianco. "Quando saremo insieme, il mondo si inchinerà a te e tutti ti ameranno e vorranno compiacerti".

La descrizione di una regina o di una principessa.

Guardò Ribby negli occhi. Il suo stomaco ebbe un sussulto. Lo baciò.

Ah, accidenti, Rib... wtf?

"Mi dispiace", disse Ribby, disgustata dalle sue azioni. È colpa tua. Mi vedevo come una regina o una principessa.

Anch'io, ma eravamo chiusi in una torre d'avorio.

"È stato un bel gesto", disse Teddy. "E ancora più bello perché hai avuto l'impulso di farlo tu stesso e l'hai seguito. Sì, vedo che saremo felici insieme. Torna con me adesso. Vieni a casa nostra. Cominciamo oggi la nostra vita insieme".

"Aspetta, Teddy, aspetta. Devo ancora mettere in ordine alcune cose".

"Ceniamo insieme questa sera. Festeggiamo!".

"Sono esausta Teddy e voglio passare un po' di tempo con i bambini dell'ospedale. Ho bisogno di salutarli e di risolvere alcune questioni in sospeso".

Teddy distolse lo sguardo per un attimo quando lei fece una pausa.

Lo sa.

Forse, ma l'ho baciato.

Sì, l'hai fatto di sicuro. Perché?

Sinceramente non lo so.

Strano.

"Sì, capisco che è una cosa che devi fare. Ma sono attratto da te. Voglio stare vicino a te. Voglio che stiamo insieme. Lascia che ti porti a casa, Angela", implora Teddy.

"In realtà, apprezzo l'offerta, ma preferisco prendere l'autobus".

Lei gli toccò il dorso della mano.

"Dove vuoi che ti lasciamo?".

"Qui, proprio qui va bene".

Stephen fermò la macchina. Prima che potesse scendere e aprire la portiera, Ribby la aprì e scese.

"Fino a quando non ci incontreremo di nuovo", disse Teddy, soffiando un bacio nella sua direzione e senza interrompere il contatto con i suoi occhi.

Ribby si ritrovò a prenderlo e a portarsi le dita alle labbra.

Accidenti, Rib. Stai esagerando.

Era come se fossi posseduta o qualcosa del genere.

È stata un'interpretazione da Oscar. Voglio dire, ho detto alcune cose e ne ho fatte altre, ma tu, Ribby, sei la migliore.

Mordimi!

CAPITOLO 30

R IBBY ARRIVÒ A CASA e sentì sua madre singhiozzare.

"Cosa c'è, mamma?".

"È tua zia Tizzy. È morta".

"Non ci credo".

Bella recitazione, Ribby.

"Sì, anch'io non potevo crederci, ma hanno trovato il suo corpo. Era nel furgone della Soffitta-R-Us insieme a uno dei miei sposi".

"Oh."

"Era un uomo strano", disse Martha.

Puoi dirlo forte.

"È terribile. Povera zia Tizzy".

"Sono appena tornata dall'identificazione del suo corpo. Stanno chiamando il marito e la figlia. Non dovrebbero vederla, non se possono evitarlo. Dovrebbero ricordarsi di lei, di com'era. Non come l'ho vista io. Tutta gonfia e ...." Andò al bar e si versò un giga di whisky liscio. Lo mandò giù.

"Come, come è successo?"

Ribby, questa è un'altra interpretazione da Oscar. Mantenere la voce ferma. Tieni la voce ferma.

"Pensano che sia caduta da una scogliera con il suo furgone dopo averlo accoltellato, visto che lui aveva una ferita da taglio alla schiena. La scientifica mi ha chiamato per dirmi che è stata violentata".

"Stuprata? Oh, santo cielo, che orrore".

"Aspetti un attimo. Ricorda il coltello che ho trovato l'altro giorno? Dov'è quel coltello? Potrebbe essere l'arma del delitto. Cosa ne abbiamo fatto?", disse scuotendo Ribby. Poi si fermò e divenne più pallida che mai. "E il signor Anglofone... oh, questo scandalo potrebbe rovinare tutto per voi!".

"Che cosa c'entra lui?".

"Voglio dire, su di me. Sui miei gentiluomini che chiamano. Se viene fuori, rovinerà le tue possibilità".

Ribby diede un forte schiaffo a Martha.

Ancora. Di nuovo.

"Devi darti una regolata, mamma. Tutto questo non ha nulla a che fare con te, con noi, e al signor Anglofone non importa nulla di tutto questo. Inoltre, non è nuovo agli scandali".

"Allora lo sai?" Chiese Martha.

"Sì, so dell'ex bibliotecario morto nella biblioteca di Anglophone. Sembra tutto molto strano".

"Gli uomini", disse Martha. "Gli uomini potrebbero raccontare, e le loro mogli potrebbero raccontare, e tutti saprebbero che tua madre è una puttana".

"Oh, per favore mamma, smettila di divagare. Mi stai facendo impazzire".

"Promettimi una cosa, Ribby. Promettimi che chiamerai Teddy e gli dirai che vuoi raggiungerlo subito. Che te ne vai da qui e dalla città. Prima che scoppi lo scandalo".

"Ma mamma, la tenuta anglofona non è lontana dalla città. Teddy lo scoprirebbe. L'ho appena lasciato. Ho delle questioni in sospeso da risolvere. Non sono ancora pronta a partire".

"Noooooooooo!" Martha urlò. "Devi uscire da questa casa ORA!". Martha corse su per le scale e cominciò a buttare le cose di Ribby in una valigia.

Ribby la seguì.

Sta perdendo la testa, Rib.

Capisco. Sta cadendo a pezzi.

Martha continuò a fare le valigie piegando e arrotolando i suoi abiti di seconda mano. Borbottando tra sé e sé: "Sto salvando te. Sei l'unica cosa che conta".

Ribby, non sapendo cos'altro fare, urlò: "BASTA!".

Martha rimase immobile come un cerbiatto preso alla sprovvista.

Ribby spiegò. "Il signor Anglofone mi ha regalato un guardaroba pieno di vestiti nuovi e meravigliosi". Afferrò la borsa che aveva portato con sé durante le prestazioni ospedaliere e se la gettò sulle spalle.

Non ne avrai bisogno!

Forse mi servirà e forse no, ma non la lascerò qui.

"Oh, capisco", disse Martha, disfacendo le valigie. "Richiamalo. Non può essere lontano. Figlia, se mai mi hai amato. Se mai sei riuscita a perdonarmi e a fare questo per te stessa, allora per favore fallo ORA!".

Penso che dovresti farlo, Rib.

Sono d'accordo. Quando non ci sarò più, si rimetterà in sesto.

Nello stato in cui si trova, non lo so.

Deve farlo.

Ribby chiamò Teddy.

"Certo, non sono lontano. Vengo a prenderti".

Martha e Ribby si abbracciarono.

Mentre la limousine si allontanava, Martha guardò sua figlia finché non riuscì più a vederla. Chiuse la porta d'ingresso e si inginocchiò. Rimase lì per uno o due secondi con la schiena appoggiata alla porta.

La vita di Martha le passò davanti agli occhi, tutto ciò che di buono aveva fatto e tutto ciò che di cattivo aveva fatto. C'erano più cose cattive che buone. Solo Ribby rientrava in quest'ultima categoria. Si ricordò di sua sorella quando erano molto unite anni prima. Una sorella con cui aveva litigato per niente. Una sorella che non avrebbe mai più rivisto.

La sua mente tornò al coltello che aveva trovato. Come sua figlia fosse stata schiva al riguardo e come avesse persino scherzato sul fatto che Tizzy avrebbe ucciso qualcuno con quello. Strano. Per non parlare della vaghezza con cui la figlia aveva parlato del ritorno della sorella. Era tutto piuttosto strano. Qualcosa non quadrava. Si chiese dove fosse ora il coltello. Sua figlia era coinvolta, su questo non c'erano dubbi.

Immaginò cosa sarebbe potuto accadere. Carl Wheeler avrebbe potuto farsi vivo. Tizzy aveva aperto le tende? Se fossero state aperte per sbaglio, Carl sarebbe entrato come un ospite invitato. E poi ebbe un sussulto. Si sedette, pensando a quello che sarebbe potuto accadere. Come sua figlia avrebbe potuto entrare... cosa avrebbe potuto vedere...

Corse su per le scale fino alla stanza di Ribby. Sua figlia nascondeva le cose nell'armadio, lo faceva da quando era piccola. Di sicuro, Martha trovò il coltello avvolto in un asciugamano. E non solo il coltello, ma anche i vestiti insanguinati della figlia.

Portò il coltello fuori e lo seppellì sotto il pavimento del capanno insieme ai vestiti insanguinati.

Tornò dentro e si versò un altro whisky. Questa volta un bicchiere grande. Il telefono squillò, ma lei non rispose. Rimase seduta lì, sorseggiando e sorseggiando finché non squillò da solo.

CAPITOLO 31

I L VIAGGIO VERSO CASA di Teddy fu tranquillo. Nella sua visione periferica notò che Teddy si era addormentato. Non riuscendo a dormire, decise di chiamare Martha.

Squillò diverse volte senza ottenere risposta. "Rispondi mamma, rispondi. So che sei lì".

"Ah, ehm, cosa?" Disse Teddy, svegliandosi di soprassalto.

"Mi dispiace di averti svegliato, Teddy. Sto cercando di chiamare mia madre".

"Oh, come sta Martha allora?".

"Non risponde", disse Ribby, rimettendo il telefono nella borsetta.

"Non importa", disse Teddy, dando una pacca sulla coscia a Ribby. "Puoi chiamarla domattina. Puoi dirmi, Angela, a cosa stavi pensando?".

"Quando?" Chiese Ribby.

"Prima di addormentarmi", osservò Teddy. "Sembravi perso nei tuoi pensieri".

Ribby iniziò a dire qualcosa, ma Teddy lo interruppe: "Angela, non è una critica nei tuoi confronti, ma quando siamo insieme spero che tu pensi solo a me. A noi".

Ora vuole controllare i tuoi pensieri.

Non credo che intenda questo.

"Da quando ero piccola, mamma ha dovuto crescermi da sola".

"Lo so, Angela. Me l'ha detto Martha. Ha detto che spesso è stata una cattiva madre. Eppure, ti preoccupi per lei. Che strano". Le prese la mano nella sua.

Tira fuori i violini.

Si addormentò di nuovo, tenendole la mano.

Più tempo per il pisolino è un bene!

CAPITOLO 32

LA MATTINA DOPO CI fu un disturbo fuori dalla casa di Martha. Clacson che suonano. Pneumatici che stridono. Telecamere che lampeggiano. Voci forti.

Martha sollevò l'angolo della tenda. C'era il caos. Una donna portava un cartello con scritto: "Fuori dal nostro quartiere, puttana!".

"Eccola!", gridò qualcuno, mentre le telecamere scattavano e lampeggiavano.

"È a casa!".

Martha andò in cucina e preparò una tazza di tè. Mentre sorseggiava, Scamp si sedette abbastanza vicino da poterlo accarezzare.

Chiamò John MacGraw e lasciò un messaggio. "Sono io. Non venire oggi. Tieni un profilo basso per le prossime settimane. I giornalisti, bastardi, stanno strisciando dappertutto. Non voglio che tu sia coinvolto. Chiamami quando puoi...". Il messaggio terminò con un bip. Martha rimise a posto il telefono sperando che lui sentisse il messaggio prima della moglie.

Si sedette, sfogliò i canali televisivi finché non bussarono alla porta.

"Martha, sono io, Sophia".

Dal buco della serratura vide la sua vicina, la signora Engle.

"State indietro voi, avvoltoi!". Sophia gridò con i pugni in aria. "Questa donna è nell'intimità della sua casa. SCIOPERO! Brutti schifosi! Andate a cercare un'ambulanza o qualcosa del genere!".

Martha aprì la porta. Un giornalista gridò: "Perché il tizio della Soffitta-R-Us veniva qui così spesso? Hanno trovato la sua agenda di appuntamenti, e lui veniva a trovarvi ogni settimana".

"No comment", disse Martha chiudendo la porta dietro la sua vicina.

La signora Engle entrò. "Whew! Ho bisogno di una tazza di caffè, Martha, amica mia".

"Di sicuro se la merita. Me ne sono appena preparata una. E grazie Sophia".

"Non è niente. Ho saputo della tua povera sorella. Quelle vipere dovrebbero lasciarti in lutto invece di creare un polverone su cose e sciocchezze".

"Immagino che sia una giornata di scarse notizie", disse Martha mentre versava il caffè e offriva a Sophia zucchero e latte.

Sophia li salutò entrambi. "Dov'è Ribby?"

"Se n'è andata. Grazie al cielo. Ha un nuovo lavoro, fuori città".

"Buon per Ribby. Nel frattempo, sono sicuro che un altro evento distoglierà la loro attenzione da voi.

Quegli avvoltoi potrebbero imparare qualcosa sulle buone maniere!".

"Certo che sì", disse Martha.

Sophia compose il 911.

Martha sorrise quando Sophia iniziò a parlare.

"Sì, è la polizia?". Fece una pausa. "Beh, è meglio che veniate tutti qui o dovrò farmi giustizia da sola. Mhmmmm. Giornalisti ovunque. Calpestano le mie rose. Disturbano la pace. Non so come si permettano. Ok, si', Sophia Engle, 44 Midas Lane. Sono intrappolata nella porta accanto, 42 Midas Lane, ok. Lo faro'. Ok. Grazie, signore. Ci vediamo. Sia lodato il Signore!".

Martha e Sophia aspettarono l'arrivo della polizia.

Non sembrava così grave ora che aveva qualcuno con sé.

CAPITOLO 33

ERA MEZZANOTTE QUANDO LA limousine si fermò davanti alla villa anglofona. Non era del tutto buio e un leggero bagliore simile a quello di una candela emanava dalle finestre.

La casa aprì le braccia e Ribby entrò, seguito da Stephen con la sua borsa.

Teddy si fermò sulla soglia della porta dove si trovava il suo domestico.

Il domestico aiutò il padrone a togliersi il cappotto.

Quando guardò Ribby, un brivido le corse lungo la schiena. Sorrise, un sorriso poco accogliente. Un sorriso che assomigliava ancora a qualcuno che aveva succhiato limoni.

Doveva essere il suo stato abituale.

Quando l'anglofono si trovò di fronte a lui, le sue labbra si trasformarono in un sorriso dentato.

"Questa è la tua nuova casa, Angela. Benvenuta!" Disse Teddy, raggiante. "Stephen, lascia la borsa e puoi andare. L'auto ha bisogno di una pulita, sia dentro che fuori".

"Sì, signore", disse Stephen.

Stephen si inchinò prima a Teddy e poi a Ribby e se ne andò.

"Questo è il mio domestico, Tibbles. L'avete conosciuto l'altro giorno. È responsabile della gestione della casa. Tibbles, signorina Angela. Spero che sia tutto in ordine".

"Sì, signore, è tutto pronto per l'arrivo della vostra signorina", mentre prende la borsa di Ribby e se ne va.

Ribby, non sapendo cosa fare, guardò Teddy per farsi guidare.

"È stata una lunga giornata e desidero ritirarmi, mia cara", disse Teddy, baciandole la mano. "TIBBLES!", esclamò. "Per favore, accompagnate la signorina Angela nella sua stanza".

Tibbles aspettava in cima alle scale con la borsa di Ribby.

Ribby salì le scale verso Tibbles: "Non vieni su?".

Teddy rimase in fondo alle scale come Rhett Butler che guarda Rossella O'Hara.

"Il mio alloggio è al piano terra. Buonanotte, angelo mio. Dormi bene".

Quando l'anglofono fu fuori dalla portata delle orecchie, Tibbles sbuffò. "Seguitemi", disse, conducendola lungo il corridoio. Qualche porta più avanti, spalancò la porta e fece cenno a Ribby di entrare. La seguì all'interno e attese istruzioni.

Ribby osservò la sua nuova sistemazione. La sua nuova casa. I fiori riempivano ogni spazio disponibile.

Rose. Centinaia. Tutto nella stanza era rosa, grazioso e bellissimo.

"Spero che questo sia soddisfacente", disse Tibbles. Lasciò cadere la borsa sul pavimento.

"Sì, oh mio, sì". Si girò e rovesciò un vaso di gemme che si frantumò sul pavimento. Si inginocchiò e cominciò a raccogliere i pezzi, scusandosi nel frattempo.

"Ci penso io", disse Tibbles, spingendola da parte e tirando fuori dalla giacca una piccola scopa e una paletta. "Se non c'è altro, signorina Angela, posso ritirarmi per la serata?".

"Oh sì, grazie e grazie mille. Di tutto".

Tibbles si inchinò e quasi sorrise.

Forse ha il gas.

Ribby rise.

Tibbles chiuse la porta mentre usciva.

Una volta uscito, Ribby aprì una porta che sperava conducesse al bagno. Era una cabina armadio. Aprì un'altra porta: era una toilette, ma senza bagno. Dov'era allora il bagno?

"Tibbles?" Ribby chiamò, ma lui se n'era già andato. Immagino che dovrò aspettare fino a domattina.

Non c'è un campanello o qualcosa che si possa suonare per richiamarlo?

Non ne vedo uno.

Quando sarai la regina del maniero, te ne verrà installato uno.

Sì, sarà in cima alla mia lista di priorità.

Ribby rabbrividì nella sua camicia da notte. Accese la coperta elettrica e si sforzò di non sentirsi come una principessa che doveva fare pipì.

RIBBY SI SVEGLIÒ NEL cuore della notte con dolori lungo i fianchi. Doveva alzarsi e trovare il bagno, e prima lo faceva meglio era. Mettendo i piedi sul tappeto di pelle d'orso accanto al letto, rabbrividì e cercò un mantello. Ne trovò uno attaccato a un gancio nell'armadio. Le andava bene. Di nuovo, Teddy conosceva le taglie delle donne.

Pensa a tutto.

Sì, tranne a dirmi dov'è il bagno!

Avrebbe dovuto farlo Tibbles, la faccia di cacca.

Ribby aprì la porta e scrutò il corridoio in cerca del bagno. Ogni passo che faceva era doloroso.

Quell'uomo dovrebbe essere licenziato.

No, è colpa mia, avrei dovuto chiedere.

Ribby camminò fino alla fine del corridoio. Cominciò ad aprire le porte. La porta numero uno era una stanza per gli ospiti. La porta numero due era la stanza di un ragazzo, tutta blu.

Ma che...?

Forse ha un figlio? E ha lasciato la sua stanza com'era quando si è trasferito?

Sì, alcuni genitori fanno dei santuari ai loro figli.

Alla porta numero tre, Ribby avvolse le dita intorno alla maniglia.

"Posso aiutarla?"

Ribby si voltò e trovò Tibbles, con la mano sul fianco, che indossava una camicia da notte, un berretto e una candela. Sembrava un personaggio di un romanzo di Charles Dickens.

"Mi dispiace disturbarla, ma devo andare al bagno. Non so dove sia".

Tibbles sbalordì. "Mi segua". La condusse di nuovo lungo il corridoio, oltre la sua porta e, due porte più in basso, a destra, verso il bagno. "Ci sarà qualcos'altro questa sera, signorina?".

"No, no, Tibbles. Grazie mille", disse Ribby entrando di corsa e dirigendosi verso il bagno. Fare pipì non era mai stato così bello e notò che l'acustica della stanza era molto forte. Ebbe l'impulso di dire qualcosa per vedere se avrebbe avuto un'eco, ma decise di non farlo.

Angela però non ha resistito e ha iniziato a cantare il ritornello di "Like A Virgin" di Madonna. Questa acustica è fantastica!

Dopo aver completato le sue abluzioni, si guardò intorno nel bagno.

Wow, asciugamani con la scritta "Angela" ricamata sopra.

Come ha fatto a organizzarli?

Probabilmente il domestico cuce.

Sembra molto...

rigido? Stodgy?

Sì, e sì.

L'anglofono pensa certamente a tutto, voglio dire, in modo inquietante.

Sì, è riflessivo.

Non è quello che intendevo. Non importa.

Ribby tornò nella sua stanza e si rimise a dormire.

Angela si stava annoiando con la visione di Ribby su tutto. Voleva un po' di eccitazione; le mancavano le discoteche e tutto ciò che ne derivava.

Angela si chiedeva di Stephen. Era single? Gli piaceva divertirsi?

Non voleva però rovinare il concerto con il vecchio.

Quando sarà il momento giusto, tutto questo sarà mio!

Risate sinistre!

CAPITOLO 34

L A MATTINA DOPO, RIBBY aprì gli occhi al suono di qualcuno che bussava alla sua porta. Prima che potesse rispondere - sembrava un déjà vu - la persona bussò di nuovo.

"Uscirò tra poco", disse, buttando indietro le coperte, stiracchiandosi e sbadigliando.

"Il padrone anglofono attende la sua presenza, signorina. Non gli piace farsi aspettare. La prego di sbrigarsi".

"Farò del mio meglio", disse Ribby, poi la donna se ne andò. Ribby si fece una doccia, si legò i capelli e si sistemò il viso pizzicandosi le guance. Tornò in camera sua e prese la prima cosa che le capitò sotto mano dall'armadio. Era un tailleur pantalone scamosciato che le stava benissimo. Scese le scale.

"Buongiorno, Teddy", disse Ribby, mentre Tibbles le faceva strada nella sala da pranzo.

"Finalmente!", mormorò sottovoce un'inserviente.

Tibbles la guardò con gli occhi che quasi gli uscivano dalla testa, poi guardò Anglofone. Quando fu certo che Anglofone non l'avesse sentita, la congedò.

"Sì, beh, Angela, siediti e goditi la prima di molte colazioni che condivideremo in questa casa come coppia. Hai dormito bene? Ho saputo che Tibbles ti ha assistito alle 2 di notte". Teddy batté le mani. Il personale iniziò a servire.

"Sì", disse Ribby, diventando scarlatta. Guardò Tibbles. Lui si guardò le scarpe.

"Tibbles è stato rimproverato per aver trascurato i suoi doveri. Non succederà più".

"Mi scuso, signorina Angela", disse Tibbles, inchinandosi a Teddy e poi ad Angela.

"Non è stata colpa sua. Avrei dovuto chiedere".

"Le assicuro che è sempre colpa di chi aiuta. Quando si è un datore di lavoro, non si dovrebbe mai avere bisogno di chiedere".

Ribby si concentrò sul suo cibo. La cameriera si avvicinò e si offrì di versare la panna nei fiocchi d'avena. Ribby la ringraziò. "Non credo che ci siamo già incontrati". Ribby disse alla cameriera che fece un passo indietro e si coprì il volto. Ribby guardò in direzione di Teddy. Il suo labbro superiore tremò. Si rese conto di aver preso un abbaglio.

"Signora Haberdash, posso presentarle la signorina Angela?", disse Teddy in tono sarcastico. "Ora lasciateci fare colazione in pace. Non voglio che vi aggiriate tutti qui dentro. Fa male alla digestione!".

"Signore?" Chiese Tibbles.

"Sì, intendo anche voi. Le farò sapere se abbiamo bisogno di qualcosa".

"Sì, signor anglofono, signore".

È tutto così formale qui, mi fa venire i brividi.

Sì, sembrano spaventati.

Teddy gestisce una nave molto rigida.

Tibbles fa più paura.

Gli anglofoni devono pagarli bene.

Ribby alzò lo sguardo, accorgendosi che Teddy aveva parlato.

"... Non abbiate paura di dare suggerimenti per il futuro, in modo da rendere la biblioteca vostra".

"Teddy, prima che tu dica altro, voglio ringraziarti".

Teddy era raggiante e gonfiava il petto.

"Tu, angelo mio, sei tutto e di più. Voglio darti ciò che è mio. Tutto ciò che desideri, te lo darò. Devi solo chiedere".

Ribby si alzò e baciò Teddy sulla cima della testa. Lei lo abbracciò. Lui la incoraggiò a sedersi sulle sue ginocchia. Si baciarono. Si guardarono negli occhi.

Prendete una stanza! La servitù potrebbe tornare da un momento all'altro!

Teddy si alzò e pose le mani sulle guance di Ribby. La fissò negli occhi e lei in quelli di lui. La condusse via per mano.

Sto vomitando.

Lungo il corridoio, nel cuore dell'ingresso, su per le scale.

Riprenditi, Rib! È troppo presto per lasciarsi trasportare.

Nessuna risposta.

Ribby, mi stai ascoltando? Ti ha ipnotizzato o ti sta controllando. Ribby! Ascoltami. Torna da me!

Angela cercò di prendere il controllo. Di distogliere lo sguardo. Doveva solo rompere il legame, ma non ci riuscì.

Gridò il nome di Ribby ancora e ancora e ancora.

Eppure, nessuna risposta.

CAPITOLO 35

TITOLI GRIDAVANO: "UN bordello in mezzo a noi". Martha prese il giornale sulla soglia di casa e lo gettò direttamente nella spazzatura.

Lo tirò fuori di nuovo e, contro il suo giudizio, lesse l'articolo. Martha Balustrade, 62 anni, gestiva un bordello vicino al centro. (Foto a pagina 3)".

Martha sfogliò la foto. Ebbe un sussulto. Avevano usato la foto del suo matrimonio. Si sentì tradita. Una lacrima le scese lungo la guancia mentre strappava la carta in piccoli pezzi.

Martha sentiva ogni centimetro di vuoto, come se la sua casa non fosse più la sua casa. Aveva staccato il telefono e si era rifiutata di accendere la televisione per paura di quello che si diceva di lei. Avrebbe voluto non essersi mai alzata dal letto, ma aveva bisogno di salire in soffitta.

Si arrampicò sulla scala. In un angolo lontano, sepolta sotto coperte, ragnatele e oggetti vari, c'era una cassettiera chiusa a chiave che conteneva documenti privati.

Martha iniziò a estrarre i documenti dalla cassettiera uno per uno, fermandosi di tanto in tanto a leggere. Eccolo. Aprì il libro e aprì il documento all'interno: Il certificato di nascita di Ribby. Chiuse il libro e lo girò. Per qualche secondo guardò l'immagine sul retro. Richiuse il documento, lo rimise all'interno del libro e lo aggiunse alla pila degli "scarti".

Quando calò la notte, Martha scese, portando con sé quanto più poteva. Salì di nuovo e si riempì le braccia, facendo attenzione a tenere due pile separate. Dopo diversi viaggi su e giù per le scale, aveva con sé tutti i documenti. Intendeva leggere la pila "conservare" in modo più approfondito con un whisky o due. L'altra pila sarebbe stata distrutta.

Sistemò la pila "da scartare" sul divano vicino al camino e quella "da conservare" in fondo.

In cima alla pila degli scarti c'era il libro contenente il certificato di nascita di Ribby. Lo guardò brevemente. Allo spazio vuoto dove avrebbe dovuto esserci il nome del padre di Ribby.

Martha si diresse verso il camino e accese i ceppi. Gettò il certificato di nascita di Ribby, poi aprì la canna fumaria. Il vento scese immediatamente facendo tremare le carte sul divano. Raccolse il libro e lo gettò nel fuoco. Lo guardò incendiarsi, poi gettò il resto del mucchio di "scarti".

Quando la partita fu finita, Martha osservò il sole che sorgeva sulle colline. Il verde del prato contrastava con il rosso violaceo dell'alba. I suoi occhi vagarono verso una piccola ombra proiettata davanti alla porta. Non riuscì a vedere nessuno e si chiese cosa fosse.

Si avvicinò alla porta e sbirciò dallo spioncino. Era certa che si trattasse di una bottiglia di qualcosa. Latte? No, il lattaio non passava da queste parti da almeno dieci anni. Alla fine la curiosità ebbe la meglio e aprì la porta. Era una bottiglia di spumante, con un biglietto che diceva: "Un brindisi a te, con tutto il mio amore".

Doveva essere di John. Doveva essere passato mentre lei era in soffitta. Alzò la cornetta per ringraziarlo, ma ricevette solo la sua segreteria telefonica. Questa volta riattaccò senza lasciare un messaggio.

Martha si versò un bicchiere e contemporaneamente ingerì alcuni sonniferi. Continuò con il vino e le pillole finché entrambe le bottiglie non furono vuote. Poi tornò al Jack Daniels e lo bevve.

Si addormentò e si addormentò.

Una scintilla nel caminetto entrò in contatto con il bordo della pila di "coperte". Presto la pila prese fuoco. Poi il divano.

Martha continuò a dormire.

La signora Engel chiamò i vigili del fuoco.

Martha aveva avuto cura di tenere le pile separate. Alla fine, entrambi finirono nello stesso posto

CAPITOLO 36

TEDDY GUIDÒ ANGELA LUNGO il corridoio.

Ribby, cosa stai facendo? È troppo presto. Stai dormendo? Svegliati! Svegliati!

Teddy smise di camminare e spalancò una porta.

Non è quello che mi aspettavo.

Nemmeno io!

Finalmente ti sei svegliato! Mi hai fatto davvero preoccupare.

Perché? Che cosa è successo? Cosa mi sono perso?

Non hai sentito che ti chiamavo?

No, ma ho sentito l'oceano.

Deve averti fatto qualcosa.

Non credo.

Si incespicò in avanti, aspettandosi di vedere un sontuoso boudoir, mentre in realtà quello che aveva davanti non era nulla di tutto ciò. A casa sua, aveva creato una replica esatta della biblioteca.

"È per te", disse Teddy baciando la mano di Ribby. Rimase a guardarla mentre lei assimilava il tutto. "Questo è il tuo santuario, il tuo posto speciale, Angela, e nessuno avrà la chiave tranne te. Vieni qui per calmare i tuoi pensieri. Per fuggire dal mondo. Da me, se lo desideri. Vieni qui per scrivere, per dipingere, per qualsiasi cosa il tuo cuore desideri. Venite qui spesso. Conosci ogni libro—leggi tutto—perché io li ho già letti tutti—e avremo molto da discutere. Un giorno viaggeremo e vedremo tutti i luoghi di cui hai letto in questi libri. Voglio mostrarti tutto".

Ribby si precipitò a baciarlo. Nessuno era mai stato così premuroso, così meraviglioso, con lei.

Rallenta, Ribby. Rallenta!

Le prese il viso tra le mani e la baciò appassionatamente.

Le ginocchia di Ribby cedettero.

Tibbles si schiarì la gola. "Mi scusi, signore".

Grazie a Dio c'è Tibbles! Ribby ha lasciato l'edificio. Riprenditi, Rib.

"Cosa c'è?" Teddy disse, battendo il piede.

"Una questione di grande importanza, signore". La voce di Tibbles tremò. Teneva gli occhi bassi sul pavimento.

"Non ora, Tibbles. Tienilo sotto il cappello, vecchio mio, tra poco sarò fuori", disse Teddy, accarezzando la schiena di Ribby.

"Ma signore..."

"Molto bene, allora", gridò Teddy lasciando cadere le mani sui fianchi e lasciando Ribby da solo.

Ribby si sentiva calda, sicura e felice mentre guardava i libri della sua biblioteca. Si diede un pizzicotto per controllare che non stesse sognando.

Non capisco. Perché avere qui una copia esatta dell'altra biblioteca?

È molto premuroso, non credi?

Credo significhi che ti vuole qui, non lì.

Non posso fare il capo bibliotecario qui. Non ci sono clienti. Rabbrividì.

Sì, niente di tutto questo ha senso.

L'altra biblioteca aveva una buona sensazione. Sembra che qui faccia freddo.

C'è un termostato sulla parete, forse è più fresco perché alcuni libri sono fragili, forse addirittura antichi? Guardate quello scaffale laggiù. Le rilegature sembrano autentiche. Aspetta un attimo, mi sono appena resa conto... è questa la biblioteca del sogno?

Un colpo inaspettato alla porta la fece sobbalzare. Si alzò e aprì, trovando Tibbles con un'espressione grave.

"Il mio padrone è dovuto uscire di casa per affari urgenti. Non tornerà prima di domani. Siamo a vostra disposizione". Si inchinò a bassa voce.

"Per ora sto bene così, grazie, Tibbles". Chiuse la porta e tornò a leggere.

CAPITOLO 37

"Q UANDO L'HAI VISTA L'ULTIMA volta?" L'anglofono abbaiò mentre Stephen si allontanava dalla villa.

"Venerdì. Ero lì venerdì. Era sconvolta, ma non avrei mai pensato che avrebbe fatto questo!". Disse Stephen, affondando le dita nel volante.

"È una donna sciocca", disse Anglofone mentre il suo pugno si abbatteva sul bracciolo.

L'ultima cosa che Stephen voleva era parlare con lui. Ma non aveva scelta, visto che "Teddy" stava pagando le spese dell'ospedale in cui era ricoverata sua madre. La madre di Stephen era cambiata per sempre un giorno alla biblioteca di Anglophone. Era quasi morta. Ora era un guscio della madre che aveva conosciuto un tempo.

Mentre guidava, Stephen ricordava che sua madre gli aveva raccontato come il futuro suo e di Teddy si fosse intrecciato. Sebbene fosse entrato in casa Anglofona come un bambino, Stephen non era mai stato trattato come uno di famiglia. Certo, aveva una bella stanza con tutti i colori blu, ma un ragazzo aveva bisogno di qualcosa di più.

Stephen era stato un bambino solo. Un bambino che desiderava una figura paterna. Anglofone si chiuse verso il figliastro. Infatti, usciva dalla stanza ogni volta che Stephen entrava. Stephen si sentiva una spina nel fianco di quell'uomo e nulla più.

Si asciugò una lacrima dalla guancia mentre si avvicinava sempre più all'ospedale psichiatrico. L'infermiera Beemer gli disse che sua madre aveva ingoiato un flacone di pillole. Quando chiese dove le avesse prese, non ne furono sicuri. Non importava. Ciò che importava era che sua madre era incosciente. Il suo stomaco era stato pompato. Il suo futuro era più incerto che mai. Sarebbe sopravvissuta o sarebbe morta?

"Stupida donna", borbottò Anglofona. "Stupida, stupida donna".

D OPO AVER APERTO LA porta all'anglofono, Stephen corse avanti. Voleva trovare sua madre, doveva trovarla immediatamente. Sentiva il Vecchio Piede di Piombo che avanzava spavaldo dietro di lui. Non era mai riuscito a capire come sua madre potesse essersi innamorata di lui. Ma non era il momento.

Stephen si avvicinò all'infermiera. "Mia madre? Dov'è? Come sta?".

"È fuori pericolo, ma c'è mancato poco, signor Franklin. Stanza 208. In fondo al corridoio, a sinistra". L'infermiera aprì il cicalino.

Stephen entrò. Era deciso a parlare da solo con sua madre. Si mise a correre.

L'anglofono gli stava alle calcagna.

Sua madre giaceva priva di sensi, abbracciata alla biancheria del letto. Dal petto e dalle braccia le uscivano tubi e fili che portavano a una serie di macchine.

Stephen la baciò sulla fronte, si sedette e prese la sua mano floscia nella sua. Le macchine ronzavano e suonavano.

"Sembra che stia bene", disse Anglofone da dietro la spalla sinistra di Stephen.

"Ora alzati e lascia la sedia a un vecchio. E portami una tazza di caffè", aggiunse, lanciando a Stephen alcune banconote. "E dei fiori per tua madre, belli, in un vaso".

Stephen fece come gli era stato detto.

Una cosa che un uomo può fare stando vicino a un anglofono tutti i giorni per così tanti anni è imparare a tenere a freno la lingua.

"ROSEMARY, MI SENTI?". TEDDY sussurrò alla donna sul letto. "Rosemary, sono Teddy".

La donna non cambiò né si mosse. Teddy ricordava il giorno del loro primo incontro. Era stata così vivace, così viva. Solo poche settimane prima aveva festeggiato il suo compleanno. Lui le aveva mandato dei narcisi, i suoi preferiti.

Per fortuna, Rosemary ha detto di non ricordare granché del momento dell'incidente. La notizia della sua morte fece il giro del web. Durante il caos mediatico, Anglofone fece inviare dal suo amico, il medico legale, un'auto per portarla via. In questo luogo, dove ha potuto guarire con il tempo.

"Non è davvero viva ora, così", borbottò Teddy tra sé e sé mentre si avvicinavano dei passi. Stephen stava tornando. Teddy non aveva ancora parlato con sua moglie. Perché sì, visto che non era morta, Teddy era ancora un uomo sposato. Metà di tutto ciò che possedeva apparteneva alla donna inconsapevole e alla sua erede.

"Come sta?" Stephen si inginocchiò accanto al letto della madre e le prese di nuovo la mano nella sua.

"Respira, ma non per scelta. È ora di parlare di lasciarla andare in pace".

"Ma non puoi. È mia madre e non te lo permetterò".

"Abbassa la voce. Tu, imbecille impertinente!". Gridò Teddy.

Rosemary aprì gli occhi. Aprì la bocca.

"Sta cercando di parlare!". Le lacrime rigavano le guance di Stephen. "Mamma, sono qui, sono Stephen. Tuo figlio Stephen. Se riesci a sentirmi, stringimi la mano".

Lui aspettò, trattenendo il respiro, ma lei non gli strinse mai la mano.

Invece, strinse la mano di Teddy.

CAPITOLO 38

Tornata a casa, Ribby si sentiva sola. Voleva andare in biblioteca, ma non aveva la chiave. Pensò di chiedere a Tibbles se ne avesse una copia da qualche parte, ma decise di non farlo.

Ribby prese il telefono all'ingresso, pensando di chiamare Martha.

Tibbles apparve dal nulla. "Posso aiutarla, signorina?".

"Sì. Vorrei chiamare mia madre e sembra che abbia smarrito il mio cellulare".

"Non si possono fare telefonate durante il periodo di ambientamento, signorina".

"Ma perché?"

Siamo tenuti prigionieri?

"Sto seguendo le istruzioni del mio padrone. Ora, se non c'è altro...".

"Beh, c'è qualcos'altro. Vorrei una chiave della biblioteca in fondo alla strada, così posso andare a dare un'altra occhiata".

"Non c'è nessuna chiave a sua disposizione, signorina. Può fare una passeggiata o usufruire delle strutture della casa, come la sua biblioteca personale. Il centro benessere è rilassante, se vuole che le mostri dove si trova".

"No, grazie. Aspetterò che Teddy, ehm, il signor Anglofono torni".

"Stavo venendo da lei per parlare del signor Anglofone. È stato trattenuto un altro giorno. Ho istruzioni per far sì che si senta a casa sua. Mi faccia sapere se c'è altro, signorina".

"In tal caso, vado a fare una passeggiata. Quanto dista il villaggio più vicino?".

Tibbles si avvicinò a Ribby, si chinò e sussurrò. "È troppo lontano per camminare, signorina, e temo che l'auto e l'autista siano con il signor anglofono. Esplorate l'area del giardino e fateci sapere quando volete cenare". Si allontanò.

"Grazie", mormorò Ribby. Si voltò e combatté l'impulso di prendere a calci qualcosa. Invece, uscì dalla porta.

Mi manca la mamma.

Comunque stiamo meglio senza quella strega! Guardate il posto in cui viviamo e se giochiamo bene le nostre carte, possiamo fare qualcosa qui. Anche se è un po' strano, Teddy ti vuole molto bene. Devi solo stare al gioco, finché non capiamo qual è il suo gioco.

Come sarebbe a dire il suo gioco? Vuole che io sia la sua compagna. È estremamente dolce. Potrei innamorarmi di lui. Se smettessi di fare insinuazioni. Perché sei così sospettosa?

È una sensazione istintiva. Come se avesse già fatto questo genere di cose.

È così dolce e tenero.

Si preoccupa per te. Eppure, dopo quello che è successo prima che ti mostrasse la replica della biblioteca, sai, quando eri fuori? Stai in guardia. Addomesticatelo. Fallo andare piano. Fallo aspettare. Indovinate.

Il suo tocco è piuttosto delicato.

Dopo aver esplorato per un po', Ribby guardò davanti a sé e non c'era altro che acqua. Dietro di lei, la casa di Teddy. Poi il nulla per chilometri e chilometri.

Stava pensando a qualche idea per introdurre qualcosa nella biblioteca. Come un club per bambini. Un posto dove i bambini potessero andare il sabato mattina. Per sentirsi leggere delle storie, per giocare. Sarebbe uno spazio sicuro, dove i genitori potrebbero prendersi una pausa. Sì, questa era la sua idea migliore! Voleva anche parlare con Teddy per riprendere le sue esibizioni all'ospedale locale. Le mancavano tutti i suoi figli e si chiedeva come stessero. La sua vita era cambiata così tanto e si sentiva in qualche modo sopraffatta.

È solo l'inizio, pensò Ribby mentre la nebbia delle onde le baciava il viso.

Un'auto si fermò sul viale e sfrecciò davanti a lei.

Chissà chi è?

Era una donna.

Sì. È una donna. Viene a trovare Tibbles quando il suo capo è via. Interessante.

Potrebbe non essere niente, ma d'altra parte. Se ha in mente qualcosa, Teddy vorrebbe saperlo.

Sarebbe divertente scoprirlo.

Andiamo!

CAPITOLO 39

S I ERA SCATENATO L'INFERNO. Dopo che la mamma di Stephen aveva stretto la mano di Teddy, lui aveva ricambiato. Pensava di farlo con discrezione, finché la paziente non ha detto: "Teddy, smettila, maledizione, mi fai male!".

"Mamma, oh, mamma, sei sveglia. È meglio che chiami qualcuno". Spinse il pulsante del citofono. "Infermiera, infermiera, venga nella stanza 208! Per favore!". Stephen si asciugò le lacrime e baciò sua madre su entrambe le guance.

"Smettila di sbavarmi addosso, ragazzo", disse la madre di Stephen, guardandolo con attenzione. "Non so chi sei. Teddy, digli di andarsene così possiamo stare da soli. Portalo via di qui!".

Il suo diniego lo ha tagliato fuori. "Ma, mamma, sono io, Stephen, tuo figlio". Le toccò la mano e le lasciò cadere qualcosa dentro. "Mi hai dato questo medaglione di San Cristoforo. Vedi? C'è il tuo nome sopra, mamma. Leggilo".

Lei guardò il gioiello e lesse ad alta voce: "A Stefano con amore da mamma". Hmmfff. Beh, non mi ricordo di te. Portalo fuori di qui, Teddy!".

Stephen se ne andò lottando contro l'impulso di battere i pugni contro le pareti dell'ospedale.

CAPITOLO 40

R IBBY SALÌ DI CORSA i gradini.

Aprì le porte. Il fondoschiena di una donna che indossava una lunga gonna con stampa a girasoli apparve in tutta la sua ampiezza. L'indumento sfiorava il pavimento mentre camminava dietro Tibbles. Un grande cappello floscio e una camicetta di giada a maniche lunghe con polsini fluenti completavano il suo insieme. Anche se era dietro Tibbles, sembrava che fosse lei a condurre la conversazione.

Andiamocene da qui. Sembra più noiosa di Tibbles.

No, Teddy mi ha detto di fare come se fossi a casa mia. Quindi, presentarmi, per non parlare del controllo e dell'accoglienza dei nuovi arrivati, sarebbe appropriato.

Questo è il compito di Tibbles.

Ribby decise di interrompere; per attirare la loro attenzione, gridò: "Ciao!".

I due si voltarono nella sua direzione, Tibbles con lo sguardo incrociato e la donna con la bocca aperta perché era a metà frase.

Ribby si affrettò a raggiungere il punto in cui stavano guardando. Tendendo la mano al nuovo ospite, disse: "Mi chiamo Angela. E lei è?".

La donna chiuse la bocca e guardò in direzione di Tibbles.

"Ah, signorina Angela. È tornata", disse Tibbles. "Spero che vi sia piaciuta la vostra passeggiata". Non attese una risposta e non cercò di presentare le due donne. "Il pranzo è servito in Biblioteca. Ho l'ordine preciso di occuparmi dei suoi ospiti da parte del signor Anglofone. Godetevi il pranzo. Se avete bisogno di qualcos'altro, fatecelo sapere".

Tibbles, con la mano sulla schiena della donna, la condusse lungo il corridoio e nel suo ufficio. La porta si chiuse con uno scatto.

Hmpft! È un tale autoritario che sa tutto.

Perché mai dovremmo voler passare del tempo con lei? Sembrava in grado di trasformare chiunque in pietra! O di annoiarli a morte.

Probabilmente hai ragione.

Vediamo cosa c'è nel menu per pranzo.

Si diresse verso la biblioteca. Sollevò il coperchio d'argento e trovò un panino all'aragosta, pieno di maionese. Una bottiglia di champagne era in fresco.

Ribby si mise a mangiare, esaminando i libri mentre mangiava. Un volume attirò la sua attenzione. "La stregoneria nel Medioevo". Ribby lo prese in mano.

Wow, l'hai sentito?

Certo che sì. Respirava. Ribby girò le pagine. È pieno di Magia Nera. Incantesimi e incantesimi. Le pagine sono molto fragili. La maggior parte delle immagini sono disegnate a mano.

Credo che la carta sia fatta di pelle.

Non è pelle umana?

Non posso dirlo con certezza, ma è possibile. L'inchiostro sulle pagine potrebbe essere sangue.

Sangue umano? Che schifo.

Penso che dovresti rimetterlo a posto.

Ho visto molti libri vecchi, ma nessuno come questo. Mi fa tremare le mani. Inoltre, è solo un libro. Che male c'è?

Mi fa venire i brividi.

CAPITOLO 41

"**S**ONO QUI PER TE, mia cara Rose", sussurrò Teddy, tenendole la mano.

"Basta con le stronzate", disse Rosemary. "Il mio ragazzo non è a portata di orecchio".

Teddy rise. "Ah, sono felice di riaverti tra noi. Continua, per favore".

"Prima di tutto, Teddy", disse Rosemary. Si avvicinò a lui. "Voglio andarmene da qui, oggi, domani—presto. Ho assecondato i tuoi desideri, per il bene di nostro figlio. Ho lasciato che mi drogassero, mi mettessero sotto i ferri—facendo tutto tranne una lobotomia—per tenere mio figlio al sicuro e in salute, e ora è arrivato il momento. Stephen è ormai un uomo e deve sapere chi è suo padre e perché non glielo abbiamo mai detto".

"Rose, il nostro accordo prevede che nostro figlio riceva il cinquanta per cento di tutto. A una condizione. La condizione è che non scopra mai che sono il suo padre biologico", disse Teddy. La sua voce terminò con un tono burbero, quasi un abbaio. "Dopo l'incidente in biblioteca hai accettato di andartene. Di lasciarmi andare avanti con la mia vita—in pace—fino a quando tuo figlio, nostro figlio, sarebbe stato accudito. Io ho rispettato la mia parte dell'accordo e voi... non avete altra scelta che rispettare la vostra. Altrimenti, la mia offerta sarà annullata. È nel mio testamento. Se lo scopre, non avrà nulla. NULLA!"

Un'infermiera che passava fuori dalla stanza disse. "Shhhhhh."

"Oh, mi dispiace", disse Teddy.

Rosemary sussurrò: "Ero d'accordo, ma non posso vivere qui, in questo ospedale... in questa prigione. Essere sorvegliata ventiquattrore su ventiquattro—come un animale in gabbia. Voglio che nostro figlio abbia ciò che si merita, ma mi uccide ogni volta che gli dico che non so chi sia. Fa male a una madre vedere il proprio figlio soffrire".

Anglofona le porse il suo fazzoletto.

Continuò: "È l'unico modo per poterti parlare da sola. Continuare con questo stratagemma mi ha stancato. Voglio una vita mia. Altrimenti, seppellitemi qui e ora, così non dovrà più venire da me. Non posso sopportarlo! Non posso più sopportare di vivere così". Rosemary alzò le mani per coprirsi il viso.

"Allora è per questo che hai ingoiato quelle pillole, per liberare il mondo da te stessa! Peccato che non ci sia riuscita. Peccato".

"Sì, è un peccato. Sarei stato felice di non vederti mai più".

L'anglofono si alzò. "Ora me ne vado e ti lascio a questo". Voltò le spalle alla sua ex moglie e amante e si diresse verso la porta.

"Se te ne vai ora, glielo dirò. Glielo dirò".

"E fargli perdere tutto?" Tornò al suo capezzale. "Non glielo dirai. Hai già sacrificato troppo". Esitò, battendo il dito ossuto sul mento. "Chiederò all'infermiera di portarti fuori a fare una passeggiata ogni giorno, così potrai prendere un po' d'aria fresca, se questo può aiutarti. E dei libri. Posso mandarle dei libri. Faccia una lista. La mia biblioteca è la tua biblioteca".

"Grazie, Teddy. Grazie a te. Sì, mandami gli ultimi romanzi. Riviste. Pettegolezzi. Anche i giornali. Qui non ci lasciano guardare i telegiornali... Non so nemmeno che anno sia".

"È il 2016. Ti terremo alla catena qui, ma allenteremo il collare. Si assicuri che non crei un'altra scena con un tentativo di suicidio. Io manterrò la mia parte dell'accordo se tu manterrai la tua. Per ora, buonanotte, mia Rose. Non tornerò. Farò in modo di farti avere tutto ciò di cui hai bisogno se manderai una lettera a Tibbles con la dicitura "confidenziale"".

"Grazie, Teddy. Grazie", disse Rosemary. Le porte a battente ruttarono l'uscita di Teddy e pochi istanti dopo il ritorno di Stephen.

"Stai bene, mamma?" Chiese Stephen, avvicinandosi al suo letto.

"Mi sento un po' meglio. Mi dispiace di averti spaventato come ho fatto. Certo, ti conosco. Tu sei Stephen, il mio ragazzo".

"Se non mi conoscessi più, mai più, io...".

"Zitto adesso. È stato un errore indotto dalla droga. Mi sto ancora riprendendo".

"Sì. Vedi le cose in modo diverso alla luce del giorno?".

"Sì, Stephen, sì, e mi impegnerò di più per guarire, così potrò andarmene da qui. Ricomincerò a leggere. Forse anche a scrivere di nuovo. Un giorno mi faranno uscire di qui. Potrai mostrarmi la tua vita".

"Per stare meglio, mamma, devi parlare di quello che è successo. Tutti quegli anni fa. In biblioteca".

"Stephen. Stephen. Stephen. Stephen", Rosemary continuò a ripetere il suo nome. Stephen la scosse, ma lei se ne andò.

P ER STEPHEN FU DIFFICILE concentrarsi in seguito.

Nella sua mente, la madre ripeteva il suo nome. Stephen. Stephen. Stephen. La sentiva sempre pronunciare quel nome. Ogni notte. Ogni giorno.

Lei che chiamava il suo nome senza sapere che lui cercava di rispondere.

CAPITOLO 42

RIBBY SI SEDETTE A gambe incrociate sul pavimento della biblioteca. Un altro libro attirò la sua attenzione: Tutto quello che avreste voluto sapere sulla magia nera (ma che avevate paura di chiedere). Si mise a ridere per il titolo e per la sagoma del ragazzo in quarta di copertina.

Che imbranato.

Chissà cosa ci fa l'anglofono con questi libri strani?

Ha detto che questa è la mia biblioteca.

Sì, anche questo è strano. Perché li ha messi nella tua biblioteca?

Ci sono un sacco di libri qui, non è che poteva sapere quali si sarebbero distinti, facendomi venire voglia di guardarci dentro.

Sei stata attratta da quei due, immediatamente. Quasi come se fossero illuminati.

Ah, stai esagerando. Ascolta e basta:

Anche tu puoi diventare un esperto di Hexing. Tutto ciò che devi fare è perseverare. Per prima cosa, scegliete un soggetto su cui volete fare una maledizione. Nota: le maledizioni sono cose negative.

Non mettete una maledizione su qualcuno che amate (a meno che non si tratti di un rapporto di amore/odio o a meno che non vi diverta vedere qualcuno a cui tenete soffrire).

Una volta scelto il soggetto, iniziate a raccogliere i suoi artefatti personali. I capelli di un pettine, di una spazzola o di un cuscino. Le unghie delle mani. Unghie dei piedi. (Nota: quelli scartati per favore!) Anelli. Orologi. Non siate ovvi. Ricordatevi di nasconderli in un luogo sicuro.

Nota speciale: esercitatevi davanti a uno specchio su come rispondere quando vi chiederanno: "Hai visto il mio orologio?". Soprattutto se non siete particolarmente bravi a mentire. Preparate sempre una risposta. Un alibi. Siate pronti a lanciare asperità.

Ribby cercò di versare un altro bicchiere di Champagne: la bottiglia era vuota.

Inserì l'indice nella pagina dove si era interrotta. La casa era silenziosa, quasi troppo per i suoi gusti. Salì le scale di nascosto come una bambina cattiva e si infilò nel letto completamente vestita.

Che leggerezza.

✳✳✳

"S VEGLIATI, RIBBY. SONO STEPHEN. Svegliati".

Ribby si coprì, aspettandosi di trovare Stephen, ma lui non c'era.

Era un sogno. Peccato.

La testa le martellava. Il sudore le colò dalla fronte alla copertina del libro. Con le gambe traballanti, lo portò nel corridoio fino al bagno. La macchia si era già formata. Usò una salvietta per tamponarla.

Tirò fuori il phon e si concentrò sulla zona umida. Tornò in camera sua e mise il libro sul comodino ad asciugare.

Ora che non aveva più nulla su cui concentrarsi, la nausea aumentava e la faceva ondeggiare da un lato all'altro. Fece un respiro profondo, cercando di combattere il bisogno di vomitare, ma non funzionò. Corse lungo il corridoio, facendo appena in tempo. Si sentì un po' meglio quando si sciacquò la bocca e si lavò i denti.

Dato che la testa le pulsava ancora, tornò in camera sua. Si infilò di nuovo nel letto e si tirò le coperte sulla testa.

CAPITOLO 43

NON RIUSCENDO A DORMIRE nella suite del motel, l'anglofono era ossessionato da Angela. Aveva molte cose da fare e il tempo stringeva. Per prima cosa, doveva annunciarla al mondo, come sua nuova bibliotecaria e come sua futura moglie. Lei era già sotto il suo incantesimo, facile da soggiogare e il suo bisogno di lei cresceva di giorno in giorno.

Per anni aveva cercato una compagna adatta: un angelo della terra. La sua Angela faceva al caso suo. Il suo altruismo con i bambini dell'ospedale, la sua ingenuità nei confronti degli uomini. Per non parlare del fatto che era senza dubbio una trentacinquenne vergine. Praticamente inaudita di questi tempi. Una candidata perfetta da studiare per il suo nuovo libro. Eppure, dopo il matrimonio, dopo... si chiese se si sarebbe rivelata una donna come tutte le altre.

Accese la televisione e passò il resto della notte a guardare le repliche di Supernatural.

CAPITOLO 44

L A MATTINA DOPO, IL cercapersone di Stephen suonò. Il signor Anglofona lo stava chiamando. Stephen ignorò un segnale acustico, ma poi ne arrivarono due lunghi e infine altri tre. Sapeva per esperienza che far aspettare Anglofone non era consigliabile.

"Beeeeeeeeeeeeeeeeeeeeeeeep". Il signor Anglofono stava perdendo la pazienza.

Stephen gemette. Non poteva permettersi di perdere il lavoro insieme a tutto il resto.

"Oh, va bene", urlò Stephen chiudendosi la porta del motel alle spalle. Girato l'angolo, trovò Anglofone ad attenderlo accanto alla limousine.

"Signore, mi scusi per l'attesa", disse Stephen.

"Si sbrighi, non sono riuscito a dormire in questo dannato motel e voglio tornare a casa per dormire nel mio letto. Venite, ora. Non possiamo fare altro per tua madre".

Stephen aprì la porta all'anglofono. Aspettò che si allacciasse la cintura di sicurezza, poi tornò al posto di guida. Mise in moto l'auto e partì. Guardò Anglofone nello specchietto retrovisore. "Ho chiamato l'ospedale poco fa, la mamma sembra migliorare. Hanno detto che ha dormito bene e ha fatto colazione".

"È sottoposta alle migliori cure", disse Teddy.

"Grazie per—".

"Non c'è di che, Stephen".

CAPITOLO 45

P ASSARONO SETTIMANE CHE PRESTO si trasformarono in mesi.

L'anglofono era assente per la maggior parte del tempo. Quando lui e Ribby erano insieme, lei chiedeva cose, cose che pensava avrebbero reso la sua esistenza più soddisfacente.

"Vorrei imparare a guidare", chiedeva durante la cena.

L'anglofono si tamponava l'angolo della bocca con un tovagliolo. "Ma hai già un autista a tua disposizione".

"La maggior parte delle volte è via con te", si imbronciava lei.

Non chiederglielo, diglielo. Digli che ci stiamo annoiando a morte. Diciamo che...

"Lascia che ci pensi", rispondeva lui. Non lo faceva mai.

Durante il giorno, Ribby passava la maggior parte del tempo in biblioteca. Spostava le cose, le riordinava. Ma era un posto tranquillo e solitario. Qualcosa nello stare lì la faceva sentire ancora più sola. Era troppo silenzioso e desiderava il suono rilassante della fontana di Toronto.

Ribby non parlò più di imparare a guidare. La volta successiva che tornò, lei aveva in mente altre richieste.

"Vorrei ordinare alcune cose per la biblioteca. Intendo la biblioteca principale", chiese.

"Qualsiasi cosa desideri", rispondeva Anglofona.

"Comprerò un computer, un portatile...".

"Non è necessario. Può usare il computer nell'ufficio di Tibbles". Bevve un sorso di caffè. "TIBBLES!" Arrivò il suo domestico. "Lasci che la signorina Angela usi il computer nel suo ufficio ogni volta che desidera ordinare cose per le biblioteche".

"Sì, signore", rispose Tibbles. Guardò Ribby, si inchinò e se ne andò.

Il giorno seguente, Ribby chiese di usare il computer e fu accompagnata nell'ufficio di Tibbles. Lui rimase dietro di lei per tutto il tempo e lei trovò difficile concentrarsi, tanto meno ordinare qualcosa. Alla fine rinunciò all'idea.

In un'altra occasione, a cena, "vorrei prenotare la macchina per andare all'ospedale di Simcoe e visitare i bambini malati".

"È un ospedale così piccolo, niente a che vedere con quello a cui sei abituata. Inoltre, tu hai la biblioteca e le tue responsabilità aumenteranno man mano che ci prepareremo alla riapertura", rispose Anglofona.

Comunque non volevo andarci.

Triste quando era via e triste quando tornava. La sua nuova vita non era poi così bella.

CAPITOLO 46

IN QUESTA OCCASIONE TIBBLES stava aspettando fuori quando Anglofone è tornato.

Dopo che Stephen se ne fu andato, Anglofone cercò di ritirarsi completamente vestito.

"Sono pieno di fagioli, Tibbles".

"Certamente, ma perché?".

"Oh, le cose stanno migliorando. Ti aggiornerò più tardi".

Tibbles insistette per togliere i vestiti al suo padrone. Li sostituì con il pigiama di raso rosso preferito dall'anglofono.

Una volta che il padrone si fu sistemato sotto le coperte, Tibbles mise in funzione il carillon. Dall'apparecchio uscì un coro di Lullaby e Goodnight.

Cinque fiati dovrebbero bastare, pensò.

Tibbles raccolse i vestiti di Anglofone e uscì dalla stanza. Guardò l'orologio. Su richiesta del suo padrone, una nuova ragazza avrebbe iniziato tra poche ore. Tornò nella sua stanza.

CAPITOLO 47

R IBBY SBADÌ E SI stiracchiò. Sopra di lei, sul soffitto, figure simili a fantasmi camminavano in cerchi infiniti. Li osservò con un senso di curiosità.

Qui ti sentirai a casa, rilassata, ma devi tenere alta la guardia. Fai attenzione perché Teddy non è il Principe Azzurro. È più un nonno azzurro.

È maleducato e tu sei paranoica.

Ribby si diede un'annusata alle ascelle e poi si diresse verso la doccia. Vestita e asciugata la chioma, Ribby pensò di nuovo a Martha.

Come si può sentire la mancanza di quella vecchia borsa?

Comunque sia, è sempre mia madre.

Sei troppo fiducioso! E a volte sei uno sciocco sentimentale.

Sento che dovrei chiamarla. Era certa che le cose sarebbero andate a rotoli.

Sa dove sei; se ha bisogno di te, ti chiamerà.

Ribby tornò in camera e guardò fuori dalla finestra. Vide Stephen accanto alla limousine.

Un colpo alla porta interruppe i suoi pensieri. "Chi è?".

"Desidera fare colazione in camera stamattina, signorina?".

"Il signor Anglofone è ancora via?".

"È tornato, ma è indisposto. Visto che pranza da sola, preferisce mangiare in giardino?".

Ribby aprì la porta e trovò una giovane ragazza dal volto amichevole. "È un'idea meravigliosa. Sei nuova, vero? Come ti chiami?".

"Sì, sono io. Sono A-Abbey, signorina. Mi chiamo Abbey".

"Bene, Abbey, sono felice di fare la tua conoscenza", Ribby fece una pausa quando sentì qualcuno avvicinarsi. Era Tibbles.

"Posso essere d'aiuto?".

"No, grazie. Abbey ha tutto sotto controllo".

Tibbles lanciò un'occhiata in direzione di Abbey e la ragazza tremò. Poi si congedò con un inchino e scomparve dietro l'angolo.

"È il mio primo giorno. Grazie, signorina".

"Per quale motivo?" Ribby chiese con un sorriso. "Visto che siamo entrambi piuttosto nuovi da queste parti, possiamo imparare insieme", invitò la ragazza nella sua stanza.

"Preparo tutto, signorina. Tra quindici minuti?". Abbey fece un inchino. I suoi occhi sorrisero quando Ribby parlò di nuovo.

"Sì, arrivo subito", disse Ribby, chiudendosi la porta alle spalle. Invitò Abbey a sedersi e a raggiungerla.

È lei l'aiuto, Rib, non essere assurda.

"Ma, signorina, non posso", disse la ragazza, muovendo gli occhi da una parte all'altra come se si aspettasse l'arrivo di Tibbles da un momento all'altro.

"Neanche se fosse un ordine?". Ribby disse strizzando l'occhio.

Stai cercando di far licenziare questa ragazza?

"Signorina, sarebbe sbagliato. Tibbles è il mio superiore", sussurrò lei.

"Capisco. Quello che Tibbles non sa non lo danneggia, giusto? Domani porti la colazione in camera mia, se il signor Anglofone non pranza".

"Con piacere", disse Abbey sollevata.

Non si chiede alla servitù di mangiare con te. Sciocco. Nemmeno io sopporto Tibbles, ma è il braccio destro di Anglophone.

Non mi interessa.

Dico solo che a Teddy caro non piacerà.

Attraverserò quel ponte quando ci arriverò.

CAPITOLO 48

DOPO QUALCHE ORA DI sonno, Anglofone chiamò Tibbles.

"Una festa! Questa sera. Qui. Oggi. Catering. Ecco la lista degli invitati. Dite loro che devono partecipare... cioè tutti quelli che sono qualcuno. Consegnate immediatamente gli inviti con un corriere o a mano. Il mio autista è al vostro servizio. Chiamate i primi dieci invitati. Devono partecipare. Capito?".

"Sì, sarà fatto. Quindi hai deciso che lei è quella giusta?".

"Ho aspettato il momento giusto, e stasera è la notte giusta. Me lo sento nelle ossa. È il momento di dire a tutti e a tutte della riapertura della Biblioteca. Allo stesso tempo, presenteremo il nuovo bibliotecario capo, la mia fidanzata".

"E la signorina Angela, devo informarla dei suoi progetti?".

"È al corrente della mia intenzione di annunciare la sua nuova posizione e il nostro fidanzamento".

Tibbles sprimacciò il cuscino e lo riposizionò dietro la testa dell'anglofona.

"Voglio farle una sorpresa. Dica alla troupe di moda di essere qui alle 17.00, non prima e non dopo. La festa inizierà alle 20 in punto. Chi arriva in ritardo non potrà entrare. Assicuratevi che capiscano che PROMPT significa PROMPT", ha detto Teddy. "Per ora sono troppo eccitato, ma ho bisogno di riposare. Per favore, lasciatemi fino alle 3. A quell'ora, preparate un tè pomeridiano per Miss Angela e me in giardino".

"Sì, signore", disse Tibbles con un inchino. "Volete che carichi il carillon, per aiutarvi a riaddormentarvi?".

"Certo, certo Tibbles. Grazie. Tre giri dovrebbero bastare; dopotutto, è solo un pisolino".

Dopo aver caricato il carillon, Tibbles uscì dalla stanza con un inchino. Borbottò tra sé e sé mentre controllava che non ci fosse polvere sulla balaustra mentre scendeva le scale.

Non ce n'era.

Tibbles si sedette nell'atrio e ripassò i dettagli della festa. Aveva già organizzato il catering. Tutto si stava organizzando.

Q UALCHE TEMPO DOPO, L'ANGLOFONO stava cercando di dormire. La sua linea privata suonò. Aspettò che si attivasse la segreteria telefonica. Quando non lo fece, si alzò dal letto per rispondere.

"Ciao, Teddy", disse Martha. "So che hai detto che avrei dovuto chiamarti su questa linea solo se si trattava di un'emergenza".

"Ti ascolto".

"Ho bisogno del tuo aiuto".

"In che senso?" Chiese Teddy.

"Sono in prigione, accusato di aver ucciso mia sorella e l'uomo che l'ha violentata. Giuro che non sono stato io. Lo giuro".

"Capisco, ma non so come posso aiutarla. Ha bisogno che assuma un avvocato?". L'anglofono camminava. Il fatto che il suo pisolino sia stato interrotto lo ha fatto arrabbiare.

"La chiamo perché sto per essere condannato per questo. Mi sono dichiarato colpevole e il mio avvocato dice che non ci vorrà molto prima che il giudice mi condanni".

"Come può la tua situazione avere a che fare con me? Sono un uomo impegnato".

"Trentaquattro anni fa, lei ha raccolto una ragazzina. Era bagnata fradicia. Era rimasta bloccata sulla strada a notte fonda".

"No, non ho l'abitudine di raccogliere passeggeri nella mia limousine".

"Lei stava guidando. Oh, lei non se lo ricorda. Ma io mi ricordo. Ero io. Lei mi ha fatto salire e insieme... Lei è il padre di Ribby".

Anglofono cadde sul letto incredulo. Si scervellò per cercare di ricordare. Era un trucco. Sapeva che era un trucco. "Che tipo di auto stavo guidando?".

"Era una Mercedes Benz. Grigia".

Era vero.

"Quella notte mi hai salvato la vita in più di un modo. Devi credermi. Devo sapere che ti prenderai cura di lei. È tua figlia. Lo farai per me? E mi prometti che non le dirai mai che sono qui dentro?".

"Non so cosa dire. Sono senza parole". Si mise a camminare. "Perché ammettere qualcosa che non hai fatto? Perché impedire a tua figlia di farti visita?".

"È tutto ciò che ti chiedo".

"Lascia fare a me. Lascia che ci pensi su. Se è mia figlia...".

"Lo è. Sicuramente". Fece una pausa. "E grazie".

L'anglofono sbatté giù il telefono.

Quella sgualdrina impertinente. Come osa farmi questo?

Teddy non riusciva a dormire. La testa gli pulsava. In certi periodi dell'anno era soggetto a emicranie e la notizia di Martha gli aveva procurato un'emicrania.

Chiamò Tibbles.

Tibbles capì subito le condizioni del suo padrone. "Ecco, ecco", disse, "tra qualche ora andrà tutto meglio". Offrì un bicchierino di whisky e una compressa per dormire. Anglofone lo bevve in un sorso e poi rimise il bicchiere al suo servitore.

Quando Anglofone fu calmo e tranquillo, Tibbles chiuse il carillon e mise in ordine la stanza.

"C'è altro, signore?"

Anglofone si era già addormentato velocemente.

Tibbles sorrise e si chiuse la porta alle spalle.

TIBBLES RICONTROLLÒ LA LISTA delle cose da fare per la festa pensando alla sua nuova dipendente, Abbey. Prima aveva notato le due giovani donne che bisbigliavano. Poteva essere una cosa positiva o negativa. Sapeva di non essere popolare, eppure la sua dedizione all'Anglofonia non aveva confini.

Abbey era arrivata, con le alte raccomandazioni di una famiglia della città. Una ragazza del posto che sperava potesse tenere d'occhio la signorina Angela.

Quando la trovò in giardino, era curioso e agitato. "Signorina Angela, come mai oggi fa colazione in giardino?".

"È stata una mia idea", ammise Abbey interrompendolo. "È una mattinata così bella!".

Tibbles la guardò male e continuò a rivolgersi a Ribby. "Anche il tè del pomeriggio sarà in giardino. Il signor Anglofone voleva che fosse una sorpresa—perciò vi prego di comportarvi in modo sorpreso. Si unirà a voi".

"Oh, mi scusi. Non si cena mai abbastanza all'aperto quando il tempo è bello come oggi", disse Ribby strizzando l'occhio ad Abbey.

"Molto bene, allora", disse Tibbles congedandosi.

"Whew! Ci è mancato poco", disse Abbey asciugandosi la fronte.

"Non preoccuparti, Abbey; posso gestire il caro vecchio Tibbles. Continua a proporre idee. Metterò una buona parola per te con il signor Anglofono".

"Grazie, signora", disse lei, senza riuscire a nascondere il brivido nella voce.

"Niente di quelle cose da signorina o signora Abbey, non quando siamo soli. Dopo tutto, siamo amiche".

"Amiche", dissero all'unisono le due ragazze.

Imbavagliami con un cucchiaio.

CAPITOLO 49

ANGLOFONO SI SVEGLIÒ DAL suo pisolino e convocò Tibbles.

In un giorno normale, Anglofone tirava la corda di evocazione una volta. Se si trattava di un'emergenza, lo tirava due volte. Oggi lo tirò tre volte.

Tibbles inciampò sui suoi stessi piedi mentre si lanciava lungo il corridoio. Avrebbe voluto poter volare. Tra le braccia portava tutti i progetti e le conferme per la festa della stagione. Era tutto perfetto. Aveva realizzato più di quanto si era prefissato. La presenza di tutte le personalità sociali era confermata. Non vedeva l'ora di informare l'anglofono sui dettagli.

Tibbles bussò e poi fece capolino all'interno. Anglofone era ancora a letto. Le coperte erano tirate fino al collo e aveva un colorito bianco latte.

"Tibbles, non sto bene, non sto affatto bene. Mi gira la testa e temo...".

"Mi scusi, signore", lo interruppe Tibbles, "potrei portarle altre compresse?".

"No, no, Tibbles. Questo non è il tipo di mal di testa che passerà presto. Sarò fuori dal lavoro per il resto della giornata. Voglio stare da solo. Al buio".

"Ma questa sera, signore", protestò Tibbles. "La festa".

"Annullala."

"Ma..."

"HO DETTO C-A-N-C-E-L!".

"Molto bene, signore", disse Tibbles, trattenendo la rabbia in gola mentre usciva dalla stanza con un inchino. Chiuse la porta e se ne andò.

Tibbles chiamò Viveca Hartman al Local Voice. Le chiese di aiutarlo a diffondere la notizia.

"Farò tutto il possibile per aiutare", ha detto la signora Hartman.

Grazie", rispose Tibbles.

CAPITOLO 50

V IVECA CONCLUSE LA TELEFONATA con Tibbles, il famigerato servo di Theodore P. Anglophone. Si precipitò nell'ufficio del City Editor, Frank Munson, e gli comunicò le ultime notizie.

"Allora, mi vuoi dire", disse il robusto Munson, fumando la sua sigaretta. "L'evento anglofilo dell'ultimo minuto è stato annullato?".

"Anglofono è malato".

"L'ho visto in giro per la città ed è sano come un cavallo. Si dice che se la faccia con una ragazza che ha portato dalla città. Lei vive a casa sua. Dio solo sa cosa sta combinando Anglofone", disse Munson, poi tirò fuori un anello di fumo e lo guardò svolazzare.

"Beh, dovremo aspettare per scoprirlo. E quando riprenderanno, mi assicurerò di andare lì e di farvi avere uno scoop. Potrei controllare la ragazza. Chissà se conosce la storia dell'Anglofonia?".

"Nessuno è riuscito a incastrarlo per l'ultimo omicidio, ma era sospettato. Se non fosse stato per i suoi soldi, che pagavano tutti, lo avrebbero accusato. Dopotutto, la donna è stata uccisa nel suo locale. Loro due erano gli unici ad avere le chiavi della biblioteca. Sembrava anche colpevole. Per quanto mi riguarda, vorrei che questo caso fosse aperto e che la donna avesse giustizia".

"Mio padre pensava che Anglofone nascondesse sicuramente qualcosa. Probabilmente la verità non si saprà mai", disse Viveca con rimorso. "Questa nuova ragazza lassù con lui non mi piace".

"Quella povera ragazza!" Disse Munson, non riuscendo più a nascondere l'eccitazione per questa nuova informazione. "Entriamo e vediamo cosa riusciamo a scoprire. Ehi, perché non cominci a fare una passeggiata da quella parte, per vedere se riesci a individuarla. Perlustra la situazione. Puoi farlo, Hartman?".

"Farò quello che posso. Voglio mantenere un basso profilo", disse Viveca con convinzione.

"Se c'è qualcuno che può scoprire cosa sta succedendo, quello sei tu", disse Munson mentre spegneva la parte accesa del sigaro.

"Sua moglie li sta ancora razionando?". Viveca si informò con un sorrisetto.

"Sì, ma quello che non sa non le farà male".

"Giusto." Viveca si diresse verso l'uscita.

Munson rimise il sigaro parzialmente fumato nel suo involucro di cellophane. "Oh, e fammi rapporto una volta al giorno—cerchiamo di inchiodare questo figlio di puttana".

"Sì, signore", Viveca si chiuse la porta alle spalle.

Si sentiva incredibilmente felice della conversazione con Munson, perché lui aveva molta fiducia nelle sue capacità. Era arrivata senza molta esperienza, ma con conoscenze e un forte desiderio di diventare una reporter. Era passata dalla correzione di bozze alla pagina sociale, ma voleva di più.

Questa è la mia occasione e non ho intenzione di sprecarla!

Viveca, che viveva da sola in un appartamento a due piani a Port Dover, salì in macchina e tornò a casa. Salì le scale, pensando a quanto fosse contenta di vivere da sola. Aveva programmato una serata tranquilla.

Era inaspettato per lei tornare a casa e trovare suo padre ad aspettarla. Suo padre viveva a Brantford, a quarantacinque minuti di distanza.

"Ciao papà", disse Viveca.

"Viv, è bello vederti. Speravo che stasera potessimo cenare insieme", disse Frank Hartman. Da dietro la schiena, ha tirato fuori un grande mazzo di fiori. "Ho pensato che questi potessero rallegrare la tua tavola".

"Stasera fagioli sul pane tostato, papà", disse Viveca. Lui si alzò e lei lo baciò sulla cima della testa calva.

"Oh, allora è un pasto da gourmet". Anche Frank rise e si spostò per permettere alla figlia di passare ad aprire la porta d'ingresso. "Sai, Viv, se facessi avere al tuo caro vecchio papà una copia della tua chiave, potrei cucinare qualcosa di squisito e farti una sorpresa. Uova strapazzate su pane tostato".

Risero, felici di essere in compagnia l'uno dell'altra.

"Ma, papà", li stuzzicò Viveca, "e se avessi un appuntamento? Ti sentiresti malissimo per esserti intromesso e io mi sentirei in colpa".

"Ah, se avessi un appuntamento, sarei felice di vederti uscire. Sono orgoglioso di te, Viv, ma penso che tu sia sprecata in quella pagina della società. Meriti di più".

"Lo so, lo so, papà", disse Viveca, mentre metteva i fagioli al forno in un piatto del microonde e impostava il timer per due minuti. Infilò due fette di pane nel tostapane e spinse la leva verso il basso. "Due minuti alla cena. Cabernet Sauvignon, ok? O preferisci lo Chardonnay?". Allo scadere dei due minuti, diede una mescolata ai fagioli, poi li rimise nel microonde per altri trenta secondi.

"Una bottiglia di birra mi andrebbe bene". Frank aprì una lattina di birra per sé. "Birra fredda e fagioli al forno su pane tostato con salsa HP a parte, non c'è niente di più goloso!".

Viveca imburrò il pane tostato, poi versò i fagioli al forno sulle fette. Era un piatto inglese, il preferito di sua madre. Lei e suo padre lo condividevano spesso. Senza nominarla, era come se sua madre fosse seduta a tavola con loro.

Frank prese le posate dal cassetto e si sedettero a tavola.

"Allora, che novità hai?", chiese.

"Niente di che, a parte il lavoro. Sto lavorando a una nuova storia. E tu, papà? Cosa c'è di nuovo per te?".

"La mia vita è sempre la stessa, ma quella nuova storia sembra interessante. Dimmi di più".

"Odio parlare di affari con te, papà. Sicuramente avrai qualcosa di interessante da raccontarmi. Cosa sta succedendo nel tuo giardino? La vecchia signora Warner ti insegue ancora per il quartiere?".

Frank mise coltello e forchetta a lato del piatto. Bevve qualche sorso di birra.

"Scusa, ora ti ho messo in imbarazzo". Viveca versò dell'altro vino nel suo bicchiere e ne bevve un sorso. "Va bene, parleremo di me. Del lavoro. La mia storia riguarda Theodore Anglofone".

"Cosa sta combinando questa volta?".

"È buffo che tu lo dica. Lo vedi ancora molto spesso, papà?".

"Non di recente. Da quando c'è stato l'incidente in biblioteca è diventato un vero e proprio recluso. Va in città, dove non è molto conosciuto. Ho sentito che ha un'altra ragazza che sta con lui, Viv. È vero?". Bevve un altro sorso di birra, con gli occhi fissi sul viso di Viv.

"È vero, e il mio capo mi ha chiesto di informarmi su di lei".

Frank ansimò, quasi soffocando. "Beh, non vuoi un anglofono come nemico, non in questa città, Viv. Quindi, vacci piano. Ricorda che si possono prendere più mosche con il miele che con l'aceto. Un vecchio detto, ma assolutamente vero". Tossì per schiarirsi le idee e poi prese un altro boccone di cibo.

"Lo so, papà. Anch'io non voglio rischiare questa opportunità. Come hai detto tu, ho bisogno di staccarmi dalla pagina sociale e di dedicarmi a qualcos'altro, qualcosa di più impegnativo. Qualcosa di più mio". Muove il cibo nel piatto, i suoi pensieri si perdono nella prospettiva di una nuova storia che potrebbe cambiare la sua vita.

"Aiuterò in ogni modo possibile. Ma ho sempre pensato che la morte di quella donna in biblioteca sia stata una negligenza da parte dell'Anglofona. Ci deve essere stato un insabbiamento. Non ha senso che qualcuno rapini una biblioteca e la leghi. Forse abbiamo fatto un torto a quella donna lasciandogli dire quello che ha fatto su di lei. Non mi sono mai sentito a mio agio, anche se io e Anglofone ci conosciamo da anni. Da allora non è più lo stesso, corre a prendere le donne e le riporta indietro. Le porta fuori, le fa sfilare come cavalli da esposizione. È davvero vergognoso", disse, annusando come se un cattivo odore gli avesse invaso le narici.

"Lo so, papà. Grazie per il consiglio. Ora sono stanco e voglio andare a letto. Passerai la notte qui?".

"Dopo due birre, non vorrei certo guidare".

"Allora vada per la stanza degli ospiti. Lascia i piatti".

"Dovresti prendere una lavastoviglie."

"Ne ho già una! Notte, papà", disse Viveca, baciando il padre sulla guancia.

"Notte, amore."

CAPITOLO 51

MENTRE TORNAVA IN CAMERA sua dopo la colazione, il telefono squillò nel corridoio e Ribby lo prese in mano.

"Stephen?" Pausa di una voce femminile. "Stephen?"

Ribby aprì la bocca, ma prima che potesse dire qualcosa Tibbles le strappò il telefono di mano.

"Pronto?" Tibbles attese. "Qui è la residenza anglofona". C'era qualcuno. Poteva sentirli respirare. "Signorina Angela, non deve rispondere al telefono in questa casa. Lei è una residente e noi siamo il personale. Ci permetta di fare il nostro lavoro".

"Mi scusi, Tibbles".

Tibbles strinse il telefono in mano. "La persona all'altro capo ha detto qualcosa?".

"Niente", disse Ribby allontanandosi.

"Se desidera un po' di compagnia, signorina, Abbey è a sua disposizione".

"No, grazie. Desidero camminare da sola".

Una volta che lei se ne fu andata, Tibbles portò di nuovo il telefono all'orecchio. Respiro affannoso. "Rosemary?"

"Sì."

"Ti avevo detto di non chiamare qui".

"Lo so, ma sono disperata. Devo andarmene da questo posto dimenticato da Dio. Sto impazzendo".

Tibbles si mise a camminare, parlando il più silenziosamente possibile. "Devi semplicemente chiedergli di aiutarti".

"L'ho fatto, e si è offerto di mandarmi dei libri. Non ho bisogno di libri per distrarmi, ho bisogno di andarmene da qui. Potrei andare all'estero. Nessuno mi riconoscerebbe".

"Non posso aiutarti. Devo andare". Fece cenno di mettere giù il telefono.

"Aspetta!" Rosemary esclamò.

Lui spostò di nuovo il telefono all'orecchio. "Sai, quello che mi ha fatto".

Tibbles esitò. "Devo andare. Non suonare più qui". Riattaccò.

Tibbles andò alla finestra d'ingresso e guardò fuori. Ribby era seduto su una sedia nel portico. Andò in cucina.

Pensi che dovremmo dire a Stephen della telefonata?

Non ne sono sicuro.

Forse anche a chi ha chiamato non piace Tibbles.

Potresti avere ragione.

Ribby si diresse verso la limousine. Avvicinandosi, riuscì a vedere Stephen addormentato al volante con il berretto da autista sugli occhi.

Ribby si sporse attraverso il finestrino aperto.

Se dobbiamo svegliarlo, almeno facciamolo con un bacio. Nessuno lo saprebbe.

Si schiarì la gola. Hai perso la testa?

Ma guarda che labbra. "Sveglia", disse Angela mentre Stephen si agitava e si toglieva il cappello dal viso.

Stephen fece un doppio salto.

"Qualche istante fa, una donna ha chiesto di te al telefono".

"Oh?"

"Tibbles me l'ha strappato di mano. Poi deve aver riattaccato".

Stephen afferrò il volante.

"Ha detto solo il suo nome".

"Gli hai detto che ha chiesto di me?".

"No".

"Grazie per avermelo detto". Il suo braccio sfiorò il gomito di Ribby. "Oh, scusa".

"Non c'è problema". Fece una pausa e si chinò, la curiosità ebbe il sopravvento: "Allora, sai chi era?".

"Sì, signorina. Era mia madre".

CAPITOLO 52

L A VERSIONE RIGIDA E severa del senso di ragno di Tibbles stava formicolando. Era certo che Angela avesse mentito, ma perché? Si spostò verso una finestra della sala d'ingresso mentre Angela si allontanava. Continuò a osservarla. Si era fermata a chiacchierare con Stephen. Interessante. Quando erano diventati amici? O lo erano diventati?

Poi capì cosa stava succedendo. Quando la signorina Angela aveva risposto al telefono, Rosemary aveva parlato. In effetti, aveva pronunciato il nome di Stephen e ora la signorina Angela era là fuori a trasmettere questo messaggio. Ancora più interessante.

Tibbles pensò che la cosa migliore da fare fosse tenere il ragazzo occupato. Decise di assegnare a Stephen un compito.

L'anglofono era stato molto chiaro. Non doveva essere disturbato. Lo avrebbe aggiornato a tempo debito. Una lode, o addirittura una ricompensa in denaro, potrebbe essere d'uopo.

Tibbles continuò a girare per la casa, trovando Abbey intenta a spolverare. La pregò di uscire e di fare compagnia alla signorina Angela durante la sua passeggiata.

"Se è uscita da sola, signor Tibbles, probabilmente la signorina Angela vuole stare da sola".

"Ti ha ordinato di non raggiungerla?". Tibbles la esortò a posare lo straccio per spolverare e a togliersi il grembiule.

"No, signore", disse Abbey. I suoi piedi si muovevano scalcagnati mentre si dirigeva.

Tibbles gridò: "Alza i piedi, sciocchina".

La condusse fino alla porta d'ingresso e la fece uscire.

"Sì, signor Tibbles", disse Abbey.

Non riuscendo a individuare Angela, chiese a Stephen dove fosse.

Stephen indicò. "Credo però che volesse stare un po' da sola".

"È quello che ho detto al signor Tibbles, ha insistito".

Stephen rise.

S TEPHEN GUARDÒ ABBEY ALLONTANARSI pensando a Tibbles. Non c'è da stupirsi che il personale della casa avesse un ricambio così alto. Altri non erano come lui. Altri non dovevano tutto ad Anglophone. Senza Anglophone non avrebbe mai potuto permettersi di mantenere sua madre in un centro di assistenza così costoso.

Il suo sguardo seguì Abbey mentre si avvicinava ad Angela, che ora stava guardando l'acqua. Quando si avvicinò al bordo, un istinto protettivo lo fece temere che potesse cadere.

Il suo telefono squillò. Una convocazione di Tibbles. Si diresse verso l'interno.

"Stephen, ho bisogno che tu prenda alcune cose", disse Tibbles, mettendosi sopra Stephen per far valere la sua autorità. "Il signor Anglofone è indisposto. Ecco la lista".

Tibbles gliela consegnò. Stephen diede un'occhiata al biglietto prima di metterlo nella tasca della giacca.

"Ti darà qualcosa da fare, visto che non sei occupato".

"Nessun problema, signor Tibbles". Stephen uscì. Avrebbe preso le cose e sarebbe tornato subito dopo aver controllato sua madre.

CAPITOLO 53

IL GIORNO SUCCESSIVO, VIVECA decise di avventurarsi nella zona anglofona. Avrebbe preso la strada panoramica sul lungomare. Aprì il finestrino e indossò gli occhiali da sole. Il sole era alto, le nuvole erano poche. Lungo il ciglio della strada erano sparsi fiori di campo, viola, gialli e blu.

Il viaggio era abbastanza piacevole, con poco traffico. Quando girò l'angolo verso il punto con la vista più spettacolare, notò una giovane donna che non aveva mai visto prima.

Doveva essere lei. Rallentò fino a strisciare.

Una seconda ragazza si incontrò con la prima. Più giovane. Le due si abbracciarono e si incamminarono lungo il sentiero.

Viveca accostò e parcheggiò l'auto sotto un acero molto frondoso. Camminò per un po' di strada con le sue scarpe con i tacchi alti, colmando la distanza tra sé e le due donne. Quando fu abbastanza vicina da farsi sentire, gridò: "OH!" e scese.

Non l'avevano sentita. Ci riprovò. "AIUTO!"

Le due ragazze si voltarono e si diressero verso di lei. Lei prese la borsetta e premette il tasto "record". Ok, ragazzo, stanno arrivando, quindi è meglio che tu faccia bene. Con una mano si strofinò la caviglia per far affiorare il sangue e con l'altra si spazzolò via le lacrime di coccodrillo.

"Ha bisogno di un'ambulanza?" Chiese Ribby.

"Oh, sono proprio imbranata", disse Viveca. Cercò di alzarsi in piedi. "La mia caviglia, credo sia slogata. Avevo l'impressione di essere bloccata qui fuori tutta la notte con i coyote che ululavano intorno a me, finché non ho visto voi due".

"Che immaginazione", disse Ribby chinandosi per dare un'occhiata.

Abbey fece lo stesso. Sembrava un po' rosso.

"Mi chiamo Viveca, Viveca Hartman, comunque". Allungò la mano.

"Io sono Abbey e lei è Angela. Piacere di conoscervi".

Un gabbiano piombò intorno alla testa di Viveca, infastidendola con uno starnazzo. Lei lo scacciò.

"Oh, posso?" Chiese Abbey.

Viveca annuì.

Abbey si chinò e la massaggiò per qualche secondo. "Ecco, va meglio?".

"Sì, grazie", disse Viveca.

"Dov'è la tua macchina?" Chiese Ribby.

"L'ho parcheggiata laggiù all'ombra". Abbey aiutò Viveca a cercare di alzarsi. Quando fu in piedi, disse: "Sono una giornalista e sto scrivendo un articolo sulle meraviglie naturali. Ho sentito dire che la vista da quassù è spettacolare".

"Lo è", disse Ribby. "La prossima volta dovresti indossare scarpe più appropriate".

Sì, come quando hai fatto tutta la strada a piedi per tornare dalla biblioteca.

Ma non è vero.

Aiutarono Viveca a salire in macchina.

"È stato un piacere conoscerla e grazie mille per aver aiutato questa donzella in difficoltà. Oh, ecco il mio biglietto da visita nel caso volesse mettersi in contatto".

"Grazie. È sicura di poter guidare?". Chiese Abbey.

"Sì, grazie. Oh, visto che è vicino, mi chiedevo se voi ragazze sapeste qualcosa della biblioteca. Ho sentito che potrebbe riaprire?".

"No, non ne sappiamo nulla", disse Ribby.

"Beh, è stata chiusa per anni. In circostanze sospette. Ci si interroga sul nuovo bibliotecario".

"Cosa sta insinuando?" Chiese Ribby.

"Mi chiedo solo se lei, cioè il nuovo bibliotecario...".

"Cosa ti fa pensare che il nuovo bibliotecario sia una donna?". Chiese Ribby.

"Oh, voci di corridoio. Mi piacerebbe parlare con lei. Magari anche fare un'intervista per il giornale".

"Mi dispiace, non possiamo aiutarla. Dobbiamo rientrare. Buona fortuna per il suo articolo".

"Spero che la sua caviglia si rimetta presto", aggiunse Abbey.

"Ah, sì, grazie per il vostro aiuto. Spero di rivederti qualche volta".

Una volta che Viveca fu in macchina, Abbey e Ribby si allontanarono.

"Molto strano", disse Ribby, guardandosi alle spalle.

"Non ci penserei più", rispose Abbey.

"Lo so", disse Ribby aggrottando le sopracciglia. "Mi sento come se sapesse già chi sono. Come se stesse facendo una spedizione di pesca".

"Hai ragione, ma ora non c'è più. E poi, scommetto che Tibbles non vede l'ora di tornare là dietro ad aspettarmi. Non credo che si aspettasse che rimanessi fuori di casa così a lungo".

"Oh, voleva che mi seguissi. Sei la sua piccola spia", disse Ribby mettendo un braccio intorno alla spalla di Abbey.

"Non lo farei mai", disse lei, sconvolta dall'idea.

"Certo, ma lui non sa che siamo amici".

"Beh, di sicuro non gli parlerò di quel giornalista".

"Dirò a Mr. Anglofona che l'abbiamo incontrata qui. Non sono affari di Tibbles".

Superarono il vialetto che portava alla facciata della villa ed entrarono.

CAPITOLO 54

S TEPHEN ARRIVÒ IN OSPEDALE e chiese di vedere sua madre. La sua richiesta è stata respinta. Si è agitato e ha provocato una scenata.

Due grossi e corpulenti addetti alla sicurezza lo sollevarono da terra da dietro e lo portarono via dalla struttura.

"Chiamate il mio datore di lavoro, il signor Theodore Anglofone. Chiamatelo!".

"Certo, lo faremo", disse il più piccolo dei due uomini mentre il corpo di Stephen atterrava con un tonfo sull'asfalto.

Le sue gomme stridettero mentre si allontanava dall'ospedale. Avrebbe fatto tutta la strada per tornare alla tenuta. Non gli importava quanti sassi fossero rimbalzati sull'auto durante il tragitto.

V IVECA BATTÉ LE MANI sul volante. Il suo piano non
era andato bene. Sperava di non aver mandato
all'aria l'intero affare.

Devo avvertire quella ragazza, quindi dovrò parlare
con papà e vedere se può aiutarmi a mettere un
piede nella porta, pensò Viveca. Se continuo così, non
otterrò mai una promozione.

Impostò il telefono in modo che qualsiasi chiamata
passasse automaticamente al vivavoce. Avvicinò il
sedile mentre usciva dal parcheggio sotto l'albero.
Quasi al ritorno, il telefono squillò e aprì la linea.

Una limousine nera in arrivo superò la linea di
mezzeria e si immise nella sua corsia.

L'autista della limousine strabuzzò gli occhi e girò il
volante nello stesso momento in cui lo fece lei. Le due
auto passarono a pochi centimetri l'una dall'altra.

"Ehi! Attento! Tu, pazzo bastardo!" Gridò Viveca.

"Spero proprio che non stia parlando con me", disse
Munson.

"No, capo, era l'autista di Anglofone. Mi ha quasi
fatto fuori!".

"Cosa gli è successo?".

"Non ne ho idea, ma sono sicuramente contento che andiamo in direzioni opposte".

"Allora, l'hai trovata?".

"L'ho trovata".

"E?"

"Ho fatto un po' di scena. Ho fatto finta di slogarmi la caviglia".

"Oh, cavolo. Se l'è bevuta?".

"Sembrava abbastanza convincente".

"E lei com'era?"

"Si chiama Angela. Sembrava simpatica, anche se ingenua".

"Non è un'arrampicatrice sociale, quindi? O una del posto?".

"No, per niente. È diversa. Credo che abbia una trentina d'anni, è tranquilla e parla piano. Spero di non aver insistito troppo e di non averla fatta scappare".

"Dannazione, Viveca, il tuo addestramento alle pagine sociali dovrebbe insegnarti a gestire le situazioni difficili. Spero che tu non abbia rovinato tutto e, se l'hai fatto, rimedia".

"Certo, capo", disse lei mentre lui si scollegava. Si diresse verso casa.

✳✳✳

Tornato a casa, Stephen decise di entrare subito in casa e di confessare tutto ad Anglofone. Se avesse affrontato la situazione, ammesso la sua indiscrezione, Anglofone sarebbe stato comprensivo. Anglofono aveva un debole per sua madre. Avrebbe aiutato a risolvere la situazione.

D'altra parte, se avesse menzionato la telefonata, avrebbe tradito la signorina Angela, che era venuta da lui e gli aveva detto della telefonata.

Quindi non posso parlare della telefonata. Dovrò dirgli che avevo la sensazione che la mamma fosse in pericolo. L'istinto di un figlio. Dovevo andare a trovarla lì per lì. Sicuramente l'anglofono riuscirà a perdonarmi.

Stephen entrò in casa. Non c'era nessuno in giro. Tornò alla sua postazione.

CAPITOLO 55

ANGLOFONO SI SVEGLIÒ E chiamò Tibbles.

Tibbles era in cucina e stava interrogando Abbey. Il continuo suono del campanello di Anglofone distolse la sua attenzione.

Tibbles puntò il dito in faccia ad Abbey. "Non abbiamo finito! Non muoverti! È un ordine!".

Quando arrivò davanti alla porta di Anglophone, qualcosa di duro si schiantò all'interno. Tibbles spinse la porta e che spettacolo vide.

Un anglofono più impaziente del solito aveva tirato fuori dal soffitto l'apparecchio per suonare la campana. Era seduto lì, con la faccia rossa, in mezzo all'intonaco e alle macerie.

Mi dispiace, signore", disse Tibbles.

Anglofono lo fulminò con lo sguardo e gridò. "Certo, sei Tibbles. Ti dispiace sempre, ma non è questo il punto. Ora dimmi perché l'ospedale mi ha chiamato sul mio numero privato per lamentarsi di uno dei miei dipendenti?". Fece una pausa per ottenere l'effetto desiderato e quando Tibbles non ebbe alcuna reazione.

"IO, IO..."

"Stephen ha scatenato un bel putiferio".

"IO, IO..."

"Tu, Tibbles, cos'hai da dire in tua difesa? Perché manda il mio staff a spasso nel mio tempo libero? O il mio autista si è allontanato di sua spontanea volontà? Spiegati, amico!".

"Avevamo bisogno di alcune cose per la casa. Lei era indisposto. Stephen non era occupato. Aveva istruzioni specifiche. Non avevo idea che avrebbe abusato della mia fiducia". Fece una pausa. Il sudore gli colava sulla fronte. "La sua fiducia. È un impertinente....".

"Lo è, ma tu, Tibbles, sei uno sciocco imbranato! Ora rimprovera Stephen. Mettetelo a lavorare tagliando l'erba per i prossimi quindici giorni e trovatemi un altro autista per sostituirlo. E con una riduzione dello stipendio. Avrà cinquanta dollari in meno di paga e, in quanto suo complice, anche tu. Chiama qualcuno e aggiusta questa cosa... e non dimenticare i sonniferi. Ora vai, prima che ne faccia cento!".

***

QUALCHE TEMPO DOPO, RIBBY dormiva profondamente sul pavimento della biblioteca della casa, con i libri aperti che le facevano da cornice.

I sonniferi che l'anglofona aveva chiesto a Tibbles di mettere nel suo tè erano stati efficaci. Gli servivano solo pochi minuti per prenderne un campione mentre sistemavano la sua stanza e poi avrebbe saputo se Angela era sua figlia.

L'anglofono si fermò su di lei, guardandola, desiderandola così tanto da soffrire. Non poteva essere il padre di questa ragazza. Era impossibile. La sola idea di poter essere attratto dal sangue del suo sangue...

Mentre la guardava, gli tornò in mente il ricordo di Martha. Lei aveva detto la verità. Si erano già incontrati. Perché, fino a quando lei non glielo aveva detto, lui non si era ricordato di lei? I ricordi erano così, quando si invecchiava, andavano e venivano senza motivo o ragione.

Accarezzò i capelli di Ribby, chiedendoglielo. Continuò a toccarle il dorso della mano, mentre le arrotolava la manica della camicetta.

La fiala era in attesa e l'ago era pronto.

Svegliati, Ribby. Svegliati! Il vecchio bastardo è. È ....

"Mia cara, Angela", sussurrò Anglofone mentre le infilava la punta dell'ago nella vena. Il sangue fluì nella fiala. Guardò la ferita e si chinò su di lei, leccando la ferita aperta con la lingua. Il sangue aveva un sapore dolce, come quello di Angela. Sentiva l'irrigidimento dei pantaloni e sapeva che doveva uscire da lì. Odiava vederla così a disagio sul pavimento per tutta la notte.

Raccolse il campione e mise le etichette sulla bottiglia. Prese il telefono di lei che era appoggiato sul tavolo.

Tibbles rimase fuori dalla porta mentre Anglofone usciva. "Il veicolo che ha ordinato è in attesa di istruzioni".

"Un momento", Anglofone mise i campioni nella borsa termica. Li consegnò a Tibbles. "Dica all'autista di andare direttamente al laboratorio. Ho già informato il mio contatto al laboratorio che si tratta di una priorità assoluta. Mi aspetto una risposta immediata". Fece una pausa. "Quando hai finito, portala nella sua stanza. Oh, e", passò a Tibbles il suo telefono. "Lo metta al sicuro fino a quando non le dirò altrimenti".

Tibbles annuì: "Lo nascondevo, di tanto in tanto, come mi avevi chiesto, ma questo lo renderà più permanente". Poi si diresse verso l'ingresso della casa.

L'anglofono tornò nella sua stanza. Aveva fame, ma il tè pomeridiano in giardino avrebbe risolto il problema. Nel frattempo, non avrebbe avuto un attimo di pace finché non avesse avuto la certezza di essere innamorato di sua figlia.

CAPITOLO 56

Stanco di aspettare che la scure si abbattesse, Stephen sbatté la portiera dell'auto e, dopo aver preso la borsa delle cose che aveva acquistato per Tibbles, si precipitò dentro. Si fermò a metà strada quando incontrò Tibbles.

Tibbles sbraitò: "Eccoti qui, imbecille! Entra nel mio ufficio, ORA!".

"Non ora, pallone gonfiato, togliti di mezzo. Devo vedere l'anglofono".

Tibbles alzò la mano per schiaffeggiare Stephen.

Stephen bloccò il colpo e i due uomini si guardarono negli occhi. Stephen tenne la mano di Tibbles per qualche secondo, poi la lasciò cadere.

I due uomini si trovarono occhi negli occhi, con i nasi quasi a contatto, in una battaglia su chi avrebbe ceduto per primo.

"Mi dispiace, Tibbles", disse Stephen.

"Dovrei dirlo. Scuse accettate. Ora vai nel mio ufficio e aspettami. Prima ho degli affari da sbrigare, poi potremo risolvere la questione".

Tibbles uscì di casa. Si appoggiò al finestrino aperto dell'auto in attesa, trasmettendo le istruzioni dell'anglofono. L'auto si allontanò. Tibbles tornò nel suo ufficio.

"Siediti, Stephen, per favore". Tibbles camminò per qualche secondo prima di parlare. "Il signor Anglophone è estremamente agitato. Primo: è arrabbiato con me, perché ti ho lasciato scorrazzare in giro nel suo tempo. Numero due: è arrabbiato con lei perché l'ospedale si è lamentato della scena che ha causato. A cosa diavolo stavi pensando?".

"Avevo la sensazione che la mamma non stesse bene. Dovevo controllare. Per vedere se stava bene".

"Bugie, tutte bugie", disse Tibbles sottovoce. "So che la signorina Angela le ha detto della telefonata. Osa negarlo?".

Stephen si guardò i piedi.

"Il suo atteggiamento dice tutto! Quindi, quando ti ho chiesto di andare a prendere alcune cose, intendevi abusare della mia fiducia".

"Mi dispiace Tibbles. Lo sono, ma dovevo andare".

"Beh, il signor Anglofona ti ha sospeso per due settimane. Poiché ho riposto la mia fiducia in te, ha detratto anche il mio stipendio. Inoltre, sarai un corpo di cane qui intorno— tagliando il prato, facendo qualsiasi compito ti venga assegnato. Devo assumere un altro autista. Con un po' di fortuna il nuovo uomo non sarà impertinente come te!".

"Mi dispiace che ti sia stata decurtata la paga. Non credo sia giusto. Posso parlarne con lui".

"Non lo farai."

"Trattenga la mia paga, ma per favore non mi lasci senza un veicolo. Mi lasci andare a parlare con lui. Gli chiederò perdono".

"Il signor Anglofone dice che non vuole parlare con lei per quindici giorni. Se lo vedi, continua a lavorare. Mostragli la tua dedizione. Mostragli il tuo rimorso. Siamo fortunati che non ci abbia licenziato. Col tempo le cose torneranno alla normalità".

Tibbles prese il telefono e ignorò la presenza di Stephen.

Stephen, incerto sul da farsi, si mise la testa tra le mani. Tibbles chiacchierava al telefono. Sconfortato, si alzò e uscì dall'ufficio. Si avventurò fuori con i pugni stretti in tasca.

Vagò per ore, ammirando il panorama e soppesando le cose nella sua mente.

Doveva trovare il modo di far uscire sua madre da quel posto.

Doveva trovare un modo per essere indipendente dall'Anglofonia.

Doveva prendere il controllo della sua vita. Se solo fosse riuscito a capire come.

CAPITOLO 57

RIBBY APRÌ GLI OCCHI. All'inizio non sapeva dove fosse. L'ultima cosa che ricordava era la lettura in biblioteca.

Cercò di alzarsi a sedere, ma le faceva male la testa e la stanza girava. Si abbracciò e notò un grosso livido viola a chiazze sul braccio. Cercò di ricordare un'occasione in cui quel livido poteva essersi verificato. Non ci riuscì.

Anche Angela non riusciva a ricordare nulla. C'era qualcosa che la tormentava. Un ricordo debole, irraggiungibile.

Come può essere successo?

Probabilmente sei andata a sbattere contro qualcosa. Non sarebbe stata la prima volta.

È vero, posso essere un'imbranata.

Non si preoccupi. Hai pesci più importanti da friggere.

Ribby sentì l'odore della frittura di pesce e corse in bagno per sentirsi male. Si lavò la faccia e bevve qualche sorso d'acqua.

Va meglio ora?

Credo di sì, grazie.

Ma dov'è Teddy? Sembra quasi che stia perdendo interesse. Lo tenevi in pugno.

È un uomo impegnato.

Ribby si pulì e si lavò i denti.

Inoltre, non è stato bene.

Qualcosa ancora assillava Angela. Qualcosa che stava per ricordare, ma che poi le era sfuggito.

Ma è un uomo e devi mantenerlo interessato. Flirtare un po'. Aggiungere un po' di sex appeal. Continuare a farlo indovinare e sperare. Non vi sto suggerendo di andare fino in fondo in tempi brevi. Giocate con lui.

Non ho molta esperienza nel campo degli uomini.

Credo che in fondo sia un vecchio arrapato.

Vuole che ci sia qualcuno per lui. Qualcuno su cui poter contare.

Potrebbe scegliere con tutti quei soldi. Quindi, non sprecarli, ragazzo— o se lo fai, fallo fruttare!!!

Sei così disgustoso.

"Signorina Angela, signorina Angela", chiamò Abbey bussando alla porta.

"Il signor Anglofona la sta aspettando in giardino".

"Entra pure, Abbey. Non me la sento di prendere il tè pomeridiano".

"Devi."

Ribby si sedette sul letto tenendosi la testa tra le mani.

"Per favore, dica al signor Anglofone di raggiungermi tra un'ora".

"Come vuole, signorina Angela".

"Quando avrà finito, torni ad aiutarmi a prepararmi".

"Certo, signorina Angela. Torno subito".

Pochi istanti dopo, Abbey tornò nella stanza di Ribby.

"Spero che il signor anglofono non sia arrabbiato con me", disse Ribby.

"No, signorina Angela. Capisce che ci mettiamo più tempo a renderci presentabili", disse lei con una risata. "Ora si sieda qui e lasci che l'aiuti". Abbey si mise a chiacchierare, mentre Ribby si lasciava coccolare. "Voilà", disse.

"Grazie, Abbey".

"Stai benissimo!" Disse Abbey mentre percorrevano il corridoio e uscivano in giardino.

Ribby notò Teddy con il volto nascosto dietro un giornale. Si sedette silenziosamente accanto a lui. Lui non l'aveva sentita. Sorrise.

Tibbles si avvicinò al tavolo e annunciò: "Buon pomeriggio, signorina Angela".

Teddy fece quasi cadere il giornale quando si alzò. "Da quanto tempo è seduto lì?".

"In realtà sono stati solo pochi istanti. Ti sono mancato?" Ribby sussurrò, prendendo la sua mano nella sua.

L'anglofono allontanò la mano e disse: "Ero molto, molto malato".

Il colorito di Ribby bruciò.

Che cosa?

"Ma ho pensato a te, spesso".

"E cosa hai pensato di me?".

"Ho pensato a te e alla biblioteca".

"Esattamente, e ho alcune idee che vorrei discutere con te".

"Dov'è finito Tibbles? TIBBLE!"

Tibbles tornò indietro. Abbey si mise dietro. Portavano vassoi pieni di cibo e bevande. Il piatto di Anglofone fu presto riempito di cibo, mentre Ribby scelse una tazza di tè forte.

"Stavo pensando", disse Ribby, mescolando il suo tè. "Mi piacerebbe leggere e recitare per i bambini in biblioteca. Vorrei organizzare una Giornata dei bambini".

"E cosa comporterebbe?".

"Gli autori potrebbero fare letture di libri".

"Interessante, interessante", disse Teddy.

"Inoltre, vorrei che donassimo libri agli ospedali".

"Sì, mi piacciono queste idee, Angelo mio, ma ci vorrà un po' di riflessione, di organizzazione. Per ora dovremmo concentrarci sulla biblioteca. Quando saremo operativi, forse tra un anno o due, potrai realizzare le altre idee. Vai piano, Angela. Ricorda che questa non è una grande città. Stiamo parlando di un'altra razza di persone".

"Le famiglie sono ovunque".

"Capisco il tuo punto di vista", disse Teddy, accarezzando la mano di Ribby come se fosse un bambino da supplicare.

"Mi scusi", disse un uomo con il berretto in mano dall'ingresso.

"Sì? Oh, capisco, lei è il nuovo autista".

Tibbles entrò battendo i tacchi. "Le avevo detto di aspettarmi in cucina".

Le mie scuse", disse l'uomo nuovo, facendo un cenno di saluto prima all'anglofono e poi a Tibbles. Uscì dalla stanza.

"Stephen è malato?".

"No, non è malato". Teddy diede un morso alla quiche. "Ha abusato della mia fiducia. È nella cuccia del cane per i prossimi quindici giorni".

"Mi dispiace sentirlo". Lei bevve un sorso di tè. "Vorrei chiamare mia madre e mi sembra di aver perso il cellulare".

"Certamente. Usi il telefono all'ingresso. Nel frattempo, daremo un'occhiata in giro per vedere se riusciamo a trovare il suo telefono".

Ribby era così felice che si alzò, lasciando cadere il tovagliolo a terra, e si precipitò da Teddy. Gli volò incontro, piena di passione, gli mise le braccia intorno al collo e lo baciò sulle labbra. Aprì gli occhi. Lui la stava guardando. Era freddo come una pietra.

La spinse via e si alzò in piedi. Il suo volto era rosso.

Ribby corse fuori dalla stanza e salì le scale. Si buttò sul letto e pianse fino ad addormentarsi.

Lo chiami sexy?

CAPITOLO 58

I L MATTINO SEGUENTE, DOPO aver aperto le porte del balcone, Ribby si stiracchiò e sbadigliò. La luce del sole le scaldava la pelle e sentiva un forte desiderio di essere più vicina alla riva. Si vestì, fece la doccia, poi si mise il cappello, si pizzicò le guance e uscì dalla villa.

Sul vialetto, scorse Stephen. Lui le dava le spalle, ma lei poteva sentire il rumore delle cesoie. Stava potando i cespugli di rose.

"Stephen", disse Ribby.

Raddrizzò la schiena e tenne la mano in aria per schermare i raggi del sole dagli occhi.

"Mi chiedevo se potevi accompagnarmi da qualche parte".

Lui non rispose. Invece, si voltò e riprese le sue faccende di giardinaggio. Aspettò che lei si allontanasse, continuando a tagliare e ritagliare. Dopo qualche istante disse: "Perché io? Chiedilo al vecchio. Non posso aiutarvi. Non posso nemmeno aiutare me stesso".

"Ma io non ho nessuno, Stephen". Gli toccò la spalla. "Voglio andare a casa".

Lui si voltò bruscamente verso di lei, facendole quasi perdere l'equilibrio. "Non posso aiutarti. Dannazione. Vorrei, sinceramente, vorrei, ma... Ci sono altre persone che dipendono da me. Non posso aiutarvi. Ora vattene!".

Ribby fece un passo indietro, combattendo l'impulso a piangere. "Ho solo pensato... Mi dispiace di averla disturbata".

Stephen la lasciò andare. La lasciò allontanare sempre di più prima di chiamarla. Ribby lo ignorò. Le corse dietro.

"Senti, mi dispiace". I suoi occhi incontrarono quelli di lei. "È solo che sono stato retrocesso e odio davvero il giardinaggio".

Ribby osservò i suoi lineamenti addolciti.

Rivolse uno sguardo nervoso alla casa, mentre un'auto sfrecciava accanto a loro. L'autista scese e corse su per le scale dove Tibbles aprì la porta. Pochi istanti dopo l'auto sfrecciò davanti a loro per uscire.

Ribby si avvicinò a Stephen.

Stephen si avvicinò a Ribby.

Si incontrarono a metà strada.

CAPITOLO 59

TIBBLES CONSEGNÒ LA BUSTA ad Anglofone e tornò alle sue mansioni.

Anglofone era alla finestra e osservava la figlia e il figlio, ormai confermati, mentre si facevano gli occhi dolci. Poteva sentire la chimica che c'era tra loro fin dentro la sua stanza. Rideva mentre li guardava bisbigliare e scambiarsi sguardi.

Suonò il campanello e Tibbles tornò in pochi secondi.

"Tibbles", disse Teddy, "oggi vado in città. Ho alcune cose da sbrigare lì. Avvisa l'autista che tornerò domani.

"Nel frattempo, tieni d'occhio Stephen e Miss Angela per me. Guarda cosa combinano, ma non far loro sapere che li stai osservando". Si toccò il naso con l'indice. "Discrezione, mio caro Tibbles, discrezione".

"Certo, signor anglofono". Tibbles uscì dalla stanza con un inchino.

CAPITOLO 60

"**C**OME POSSO AIUTARLA?" DISSE Stephen, conducendo Ribby lontano dal sentiero principale. "Come ho detto, non posso nemmeno aiutare me stesso. Ho delle responsabilità".

Tibbles si concentrò su di loro mentre l'anglofono si preparava a partire.

"Ha a che fare con tua madre?".

"Non posso dirtelo. Meno sai e meglio è. Perché vuoi andartene? Ti ha fatto qualcosa?".

"Non so nemmeno cosa ci faccio qui", disse Ribby. "Voglio dire, perché io?".

La limousine si allontanò.

"Mi chiedo dove stia andando".

"Ha un nuovo autista".

"Lo so, ma è solo temporaneo", disse Stephen. "Se hai bisogno di andartene, fallo adesso".

"Come faccio? Non ho una macchina".

Ribby, sei completamente nel panico. Calmati.

"Sicuramente conoscerai qualcuno che potrebbe aiutarti".

"Ieri ho incontrato una giornalista, Viveca Qualcosa".

"Sì, chiamala. Chiediglielo".

"E se non viene?".

"Fidati, verrà", disse Stephen.

"Come fai a saperlo? Perché dovrebbe interessarsi a me?".

"Non ti ha fatto un sacco di domande sull'anglofonia?".

"Non proprio", disse Ribby. "Ha detto che stava scrivendo una storia sulle meraviglie naturali".

"Puoi anche pensarlo, ma fidati, la storia sei tu. Oltre ai giornalisti, puoi garantire che anche la polizia sta tenendo d'occhio la situazione".

"Non capisco. Perché?".

"Tutto quello che posso dirle, signorina, è di chiamarla. Lasci che il giornalista le spieghi. Ma non dica nulla di me, sono già abbastanza nei guai. E per l'amor di Dio, non chiami da casa. Hai bisogno di un cellulare, o meglio ancora, puoi fidarti di Abbey? Cioè, fidarti davvero di Abbey?".

"Avevo un cellulare, ma l'ho perso. Per quanto riguarda Abbey, sì, credo di sì", disse Ribby. "Sono abbastanza sicuro che potrei fidarmi ciecamente di lei".

"Allora usala. Falla andare a chiamare il giornalista. Ti lascerei fare il mio, ma probabilmente Tibbles ha il telefono sotto controllo. Lo faccia oggi, signorina".

"Grazie", disse Ribby toccandogli la mano.

"Va bene, ci vediamo in giro allora", disse Stephen. Alzò lo sguardo verso la finestra e notò che le tende si muovevano. Tibbles. Tornò a potare le rose.

Che bel sedere.

Non pensi mai a nient'altro?

Stephen si girò, guardò Ribby e poi tornò a lavorare.

Ribby cercò Abbey.

Quando quasi si scontrarono nel corridoio principale, Abbey disse: "Tibbles ha detto che dovevo trovarti, IMMEDIATAMENTE. Non capisco il motivo di tutto questo trambusto. Solo perché il signor Anglofona è via per un giorno o due".

"Sì, ho visto la sua macchina poco fa".

"Sarò la tua ombra".

Ribby e Abbey uscirono dalla porta e continuarono a camminare. Quando furono abbastanza lontani dalla villa, Ribby disse: "Voglio andarmene da qui e ho bisogno del tuo aiuto".

"Se Tibbles lo scopre, si arrabbierà molto. Potrebbe anche licenziarmi".

"Ho bisogno che tu chiami qualcuno. Quella donna che abbiamo incontrato ieri, sai, la giornalista?". Abbey annuì. "Ho bisogno che tu vada a un telefono, non qui, in qualsiasi altro posto che non sia qui, e che la chiami. Fissa un appuntamento per incontrarci. Lo farai?".

"Posso farlo", disse Abbey dopo qualche esitazione. "In effetti, sto andando alla Fairfield Farm in fondo alla strada a prendere del formaggio. L'autista doveva accompagnarmi, ma ora devo andare a piedi. Posso chiamarla da lì".

"Sei una star", disse Ribby. "Ora torno dentro. Divertiti alla Fairfield Farm".

"Quando dovrei organizzarlo? Intendo l'incontro con te e Viveca?".

"Credo che lei saprà quanto possa essere difficile per me. Dille però che il signor Anglofono è via, e che sarebbe meglio il prima possibile".

"È un piano".

ALLA FAIRFIELD FARM ABBEY compose il numero di Viveca Hartman al giornale. "Pronto, sono io, Abbey".

"Abbey chi?" Viveca rispose stizzita. "Qui c'è Viveca Hartman del Local Times".

"Sì, lo so, come va la caviglia?".

"La mia caviglia? I..." Viveca si è accorta di tutto. "Abbey, oh sì. Cosa posso fare per te? Si tratta di Angela? Sta bene?".

"Sì", disse Abbey, "e sono stata molto preoccupata per te, che sei così malata e poi ti sei slogata la caviglia in quel modo".

"Ok", disse Viveca, "c'è qualcun altro, è vero?".

"Oh, sì", disse Abbey, "devi davvero andarci piano e stare alla larga".

"Abbey", disse Viveca, "non so cosa vuoi o come posso aiutarti. Vuole vedermi? Angela vuole che venga lì?".

"Sì", disse Abbey, "il signor Anglofono è fuori città. Sarebbe meglio se lo facesse il prima possibile. Ora sono alla Fairfield Farm a prendere del formaggio".

"Ok, Abbey", disse Viveca, "e domani, tra le 10 e le 11 del mattino?".

"Cercheremo di scappare. Per favore, aspettateci alla Fairfield Farm, anche se siamo in ritardo".

"Lo farò", rispose Viveca.

CAPITOLO 61

Alle 21 la limousine di Anglofone girò l'angolo per andare a casa di Martha. Era il periodo dell'anno che preferiva, quando c'era ancora luce la sera. È vero, lei era in prigione, ma lui voleva vedere se riusciva a scoprire qualcosa dai vicini. Era ancora infuriato perché Martha si era intrufolata di nuovo nella sua vita. Aveva aperto la sua biblioteca e il suo cuore e ora...

La casa di Martha era sparita. Completamente distrutta. Tutto ciò che rimaneva era un cumulo di macerie bruciate. Scese dall'auto per dare un'occhiata più da vicino. L'autista si mise al suo fianco.

Una donna anziana si aggirava sul marciapiede. Indossava un accappatoio da bagno logoro. Si avvicinò all'anglofono. L'autista mise il suo corpo tra sé e la donna.

"Che vergogna", disse la donna, cercando di avvicinarsi ad Anglofone. "Una donna così buona e che se ne va in quel modo. È così triste. E la sua povera figlia. Nessuno sa dove sia e ora, ora tutto lo scandalo. Non lo so. Non lo so proprio". Si tamponò gli occhi con l'angolo della manica mentre guardava verso la limousine.

"Sta insinuando che la donna che viveva qui, Martha, sia morta?".

"No, non è morta. La sua vicina, la signora Engle, ha sentito odore di fumo. Ha tirato fuori i corpi di Martha e Scamp. Ha salvato le loro vite anche se Martha non voleva vivere. Scamp è stato adottato dalla signora Engle". Indicò la casa.

"Come sarebbe a dire che non voleva vivere?".

"Era piena di pillole e di alcol".

"Continui, per favore".

"La casa è esplosa come una polveriera. Non siamo mai stati amici. Quella donna aveva uomini che andavano e venivano in continuazione. Era come se la sua casa avesse una porta girevole". La donna si grattò, come se avesse le pulci. "È meglio che entri in casa prima di morire. Buonasera, signore". Si allontanò.

"Aspetti. Rimanga. Venga nella mia macchina e le darò un goccio di whisky per riscaldarsi", disse Anglofona.

La donna si fermò. Si girò verso di lui. Esitò, poi si allontanò.

"Apprezzerei molto il suo aiuto", chiamò Anglofone. "Farò in modo che ne valga la pena".

"Ma io... non ti riconosco da Adam", disse la donna. "Potresti essere uno degli amici degenerati di Martha. Che vuole un pezzo di questa storia". Agitò le braccia e sorrise, rivelando un sorriso sdentato.

"Beh, io sono Theodore Anglofona, una vecchia amica di Martha. Ci conosciamo da molto tempo". Le fece scivolare sul palmo della mano una banconota da venti.

"È in prigione".

Le sventolò davanti alla faccia un cinquantino, che lei cercò di afferrare.

"Stai calmo, amico", disse l'anglofono. "Dimmi qualcosa che valga cinquanta dollari. Io lavoro sodo per i miei soldi".

"Posso dirti cose che ti farebbero girare la testa".

Anglofone si avvicinò e l'odore pungente del cavolo gli fece coprire il naso con la mano. "La vostra carrozza vi aspetta".

L'anziana donna rise mentre l'autista le apriva la porta.

Una volta entrati, Teddy riempì un bicchiere di whisky e lo porse alla donna. Lei lo restituì. Lui lo riempì di nuovo.

"Beh, Martha e Ribby vivevano qui e Martha era una prostituta, anche se, a quanto ho sentito, non molto ben pagata". Rise. "Noi lo sapevamo; tutti i suoi vicini lo sapevano, cioè. Abbiamo chiuso un occhio. Finché stava lontana dai nostri mariti, si viveva e si lasciava vivere. Poi i giornali lo scoprirono e vennero qui a controllare il bordello. Ribby non c'era allora, che sia benedetta la sua anima. Povera piccola, però. Cosa deve aver visto con gli uomini che andavano e venivano mentre cresceva".

"Sì, arriva al punto, per guadagnare i cinquanta dollari", chiese Anglofona.

"Quando la casa è bruciata, hanno trovato... qualcosa... nel capanno... Più tardi... mentre Martha si stava riprendendo in ospedale...".

"Vai al sodo".

La donna allungò il bicchiere. Quando fu pieno, continuò. "È lì che l'hanno trovato, un coltello".

"Oh, cielo", disse Teddy, avvicinandosi alla donna. Le riempì il bicchiere.

"Così, eccola lì, la povera Martha, senza sua figlia, senza un'anima, e l'hanno accusata di primo grado. Due omicidi. Sua sorella e uno dei suoi Johns— credo fosse quello del giovedì. Era su tutti i giornali. C'era da impazzire da queste parti".

"Quello del giovedì?" Teddy disse in tono di rivolta.

La donna esitò: "Grasso, molto, molto, grasso. Non il solito tipo di grasso. Molto poco attraente. E anche sposata".

"Continua con la storia. Allora cos'è successo?" Teddy chiese con impazienza.

"È morto. Accoltellato alla schiena. I giornali dicono che le sorelle hanno litigato per lui". La donna si mise a schiamazzare come una gallina che depone un uovo per lo stupore di donne che litigano per un premio del genere.

"È nel penitenziario in attesa che il giudice la condanni. Pensano che abbia ucciso l'uomo e sua sorella. Poi li ha buttati giù da una scogliera. Hanno trovato il coltello e uno dei suoi vestiti ricoperti del sangue di Carl Wheeler sepolti nel capanno sul retro". Si fermò e aspettò sperando che il suo racconto fosse sufficiente per guadagnare i cinquanta.

"Sei stato davvero utile. Ecco altri cento per il suo tempo e può portare con sé anche il resto della bottiglia".

Quando la donna non sembrò interessata a scendere, l'autista aprì la porta. L'anglofono le diede un piccolo spintone.

"Non c'era bisogno di spingere! Tu, tu!" esclamò la donna, allontanandosi dall'auto.

"Vai", disse il signor Anglophone all'autista quando tornò al suo posto. "Portami al penitenziario".

"Sì, signor Anglophone".

Teddy si appoggiò allo schienale e chiuse gli occhi.

CAPITOLO 62

LA MATTINA SEGUENTE, RIBBY e Abbey incontrarono Viveca alla Fairfield Farm.

"Hai un aspetto sensazionale!" Disse Abbey.

"Grazie, Ang", rispose Viveca. "Sto abbastanza bene da poter anche salire su uno di quei cavalli oggi e fare una cavalcata. A patto che tu scelga un'anima gentile, cavalcare mi andrebbe benissimo".

"Abbey conosce tutti i nostri cavalli", disse la signora Fairfield. "Odio dover uscire di corsa, ma ho alcune faccende da sbrigare in città. Quindi, fate come se foste a casa vostra. Servitevi di tutto ciò che vi serve. Dovrei tornare per l'ora di pranzo, se volete restare?".

"No, grazie", disse il trio all'unisono.

"Occupati, occupati, occupati", disse Ribby, e Abbey e Viveca fecero un cenno di assenso.

Dopo che la signora Fairfield ebbe lasciato la casa, Viveca chiese: "Cosa c'è?".

Abbey disse: "Vado a fare un giro mentre voi due parlate".

"Grazie, Abbey. Sei un gioiello", disse Ribby guardando Abbey che si chiudeva la porta alle spalle.

Ribby concentrò poi la sua attenzione su Viveca, che sembrava ansiosa quanto lei.

"Come posso aiutarvi?" Chiese Viveca.

"Innanzitutto, grazie per essere venuta con così poco preavviso. Sono in difficoltà nella casa con il signor Anglofona. Voglio andare a casa".

"E lui non te lo permette? Ti tiene prigioniero?".

"Non esattamente. È stato gentile con me, fino a qualche giorno fa, anche se mi sento molto isolata perché lui è sempre via per lavoro. Un paio di giorni fa, oh, non so come spiegarlo se non che volevo andarmene. Per di più, il mio telefono è scomparso. So che vuole che resti e che apra la Biblioteca, ma sospetto che mi stia nascondendo qualcosa. Non so perché abbia bisogno di me come bibliotecaria. Voglio dire, di me in particolare. Non è che abbia risposto a un annuncio per la posizione. Francamente, ho paura".

"Prima mi dica cosa sa".

"Credo sia meglio che cominci dall'inizio".

"L'anglofono ha una reputazione per le signore. Per dirla in parole povere, si piace da solo. Con tutti quei soldi, per non parlare del potere che esercita, è in grado di fare cose che un uomo normale non potrebbe fare. Per esempio, ha in pugno diversi membri del Consiglio. È risaputo che unge i palmi delle mani, ma è così potente che nessuno può ottenere prove su di lui. Come è successo alla Biblioteca. La mamma di Stephen è stata legata e data per morta".

"Quella donna era la mamma di Stephen?".

Ma la mamma di Stephen non è morta...

"Vuoi dire che sei a conoscenza di quello che è successo prima in biblioteca?".

"Sì, l'ho letto su internet prima di venire qui".

"Ma sui giornali non hanno raccontato tutta la storia. Ad esempio, quando i giornalisti sono arrivati per primi e l'hanno trovata, era in uno stato piuttosto grave. I giornalisti parlano e dicono che era nuda, legata a una sedia, con bruciature sul corpo e molto sangue. La scientifica ha poi scoperto che si trattava di sangue animale. Alcuni dicono che l'anglofona si occupasse di magia nera. Roba strana".

Ribby si ricordò della sagoma dell'uomo sul retro del libro sulla magia.

Non ha senso. Stephen le fa visita.

E lei gli ha telefonato.

Viveca continuò: "Sì, ma c'è di più. Alcuni dicono che fosse l'amante di Anglofone. Di sicuro è stata l'unica persona a cui ha affidato la sua biblioteca".

La situazione si fa sempre più strana.

"Mio padre ha una lunga storia con Anglofone, e Stephen ha vissuto lì fin da ragazzo".

"Allora, con me, perché io?".

"Non lo so, ma non ti biasimo se vuoi tornare a casa. Non hai una famiglia?".

"Sì", disse Ribby, "mia madre è in città. Devo chiamarla. La chiamo subito da qui". Ribby prese il telefono.

"Mi dispiace, il numero che sta chiamando non è più attivo. Per favore, riagganci e componga di nuovo".

Ribby compose di nuovo il numero, con lo stesso risultato.

"Forse posso contattarla per te? Farla venire a prendere con i rinforzi, cioè con i poliziotti. Come si chiama?"

"Martha, Martha Balustrade".

"Oh mio Dio!" Esclamò Viveca. "Non sei la figlia di Martha Balustrade!".

Oh, oh, che cosa ha fatto ora la mamma cara?

CAPITOLO 63

TEDDY ARRIVÒ AL PENITENZIARIO. Martha era tenuta in isolamento. Pretese di vederla. Fece finta di essere il suo avvocato.

Una donna alla scrivania stava rimescolando le carte. Anglofone batté il pugno sulla scrivania, ribadendo le sue richieste. "Chiama Frederick Schmidt. Chiama il sindaco Brown. Loro mi conoscono. Mi permetteranno di vedere il mio cliente, IMMEDIATAMENTE", sbraitò Anglofone.

Le telefonate furono fatte. Anglofone attese ancora per ore.

"Posso offrirle una tazza di tè?".

"No, grazie", disse Anglofone, "voglio solo vedere il mio cliente".

CAPITOLO 64

"**C**ONOSCI MIA MADRE?".

"Ti ha tenuto in disparte", disse Viveca. "Tutti sanno di tua madre, con tutta la stampa che c'è stata ultimamente. Voglio dire, quando qualcuno confessa l'omicidio di due persone, tra cui la sua stessa sorella, fa notizia anche qui. Per non parlare delle sue altre marachelle. Prima pagina in città, Angela!". Guardò il volto di Ribby diventare bianco come un lenzuolo. "Mi dispiace, dopotutto è tua madre".

"Un'assassina? Ti stai sbagliando". Fece una pausa. "A proposito, il mio vero nome è Ribby Balustrade".

"E allora perché?".

"È una cosa anglofona".

"Ti ha fatto cambiare nome?".

"No, Angela è più bella di Ribby".

"Anche Viveca non è del tutto comune o carino, quindi capisco cosa intendi. Ma torniamo a tua madre e agli omicidi. Non pensi che sia stata lei?".

Sappiamo che non è stata lei perché siamo stati noi. Uno l'abbiamo fatto noi, l'altro è stato un suicidio.

Ribby non disse nulla.

"Senti, so che Anglofone ti ha tenuta isolata quaggiù. Dovrebbe avere almeno la decenza di dirti che tua madre è in prigione".

"Ho passato tutto il mio tempo a leggere e a sistemare la biblioteca. Nel frattempo, mia madre è stata... Oh mio Dio, devo andare da lei, adesso. Può accompagnarmi? Devi aiutarmi. Devi proprio farlo!".

Abbey girò la testa dietro l'angolo e sentì l'appello di Ribby. "Cosa sta succedendo? Perché è così sconvolta? Angela, cosa c'è che non va? Sembra che tu abbia visto un fantasma!".

"Devo andare in città, oggi. Adesso. Viveca mi accompagnerà".

"Mio padre probabilmente può metterci su un aereo e saremo lì in un attimo. Un attimo, gli faccio uno squillo e gli spiego. È esperto di questioni legali, quindi vedrò se può unirsi a noi".

"C'è un aeroporto qui vicino? Allora perché Teddy non vola a Toronto? Sicuramente può permetterselo".

"Ha paura di volare", disse Viveca, proprio mentre suo padre prendeva il telefono all'altro capo. Gli spiegò tutto. Lui accettò di incontrarli all'aeroporto. "Ok, signore, allora partiamo!".

"Aspetta", disse Ribby, "possiamo passare a prendere anche Stephen? Vorrei che ci fosse anche lui".

"Certo, passiamo e se vuole venire, più siamo meglio è. E tu, Abbey? Ti unisci a noi?".

"No, non posso permettermi di perdere il lavoro in questo momento. Tibbles andrebbe su tutte le furie se sparissi tutto il giorno". Abbey guardò l'orologio e cominciò a diventare ansiosa. "Sono stata via già troppo a lungo".

"Salta su e ti do un passaggio".

"Ma, e Tibbles?" Chiese Abbey. "Se mi chiede qualcosa? Non sono brava a mentire".

"Allora non dire nulla. Dobbiamo muoverci, avere un vantaggio".

"Ok, andiamo", disse Ribby. Era fuori di sé dalla preoccupazione per Martha. Si chiese come fosse potuto accadere. Si sentiva così in colpa.

Alla casa, Stephen salì sul sedile posteriore dell'auto e partirono, lasciando Abbey in una nuvola di polvere.

CAPITOLO 65

N ELLA FREDDA E UMIDA sala d'attesa, Teddy camminava avanti e indietro come un padre in attesa. Il suo temperamento aumentava ad ogni istante di attesa. Sessanta minuti. Novanta minuti. Centoventi minuti. Nessuna traccia di lei. Nessuna traccia di nessuno.

Ore dopo, Teddy sentì uno sferragliare mentre il custode delle chiavi si avvicinava alla porta. "Mi scusi", disse bruscamente mentre la donna gli passava accanto, "sono ore che aspetto qui dentro".

"Signor... anglofono. Su sua richiesta ho chiesto un'eccezione. È stata negata. Mi segua e la riporterò alla reception".

Lui le si è messo di fronte e ha chiesto: "Come sarebbe a dire che è stata negata?".

"La signora Balustra sta aspettando di essere condannata", sbuffò lei. "Ora, sono una donna impegnata ed è tardi, quindi la prego di seguirmi".

Lui fece come gli era stato detto, ma non ne fu felice.

T EDDY ERA ANCORA ARRABBIATO quando salì sulla limousine. Chiamò il Four Seasons Hotel e prenotò una suite, poi ordinò all'autista di portarlo lì.

Durante il tragitto, chiamò Tibbles.

"Tibbles! Ho bisogno che mi chiami Angela e subito!".

"È fuori a fare una passeggiata con Abbey. Aspetta un momento". Tibbles mise la mano sul telefono quando vide entrare Abbey. Le chiese dove si trovasse Angela. Abbey disse che lei e Angela si erano lasciate da ore.

"Signor anglofono, a quanto pare la signorina Angela non è ancora tornata".

"Beh, TROVATELA. Mi richiami appena sa dove si trova". Ha staccato la spina.

"Può chiedere a Stephen di venire ad Abbey? È urgente". Disse Tibbles.

"Non ho visto Stephen".

"Dia un'occhiata alla proprietà. Digli di fare immediatamente rapporto a me".

Abbey guardò nelle aree comuni della casa. Gironzolò per perdere tempo, sia all'interno che all'esterno. Mezz'ora dopo tornò senza Stephen. A quel punto Tibbles stava per esplodere.

"Dov'è LUI?"

"Ho guardato dappertutto. Non si trova da nessuna parte".

"Fai tutto da solo. Fai tutto da solo", borbottò Tibbles. La sua spalla si scontrò con quella di lei mentre la sfiorava. "Se lo trovo là fuori, ti decurto la paga di cinquanta dollari e la prossima volta guarderai quando te lo chiedo!".

"Ma, signore", Abbey cominciò a dire altro, ma Tibbles sbatté la porta dietro di sé.

Anche Tibbles guardò dappertutto. Nessuna traccia di Stephen. Nessuna traccia della signorina Angela. Tornò in casa e chiamò l'anglofono.

"Tibbles?"

"Sì signore, sono io. Non riesco a trovare né Stephen né la signorina Angela".

"Sono insieme?"

"Non ne ho idea".

"Ma sicuramente quella ragazza lo saprà. Mi hai detto che doveva essere l'ombra di Angela. Passamela al telefono".

"Non è a portata di mano".

"Per cosa ti pago? Trovatela e passatela a quel maledetto telefono". Tibbles sganciò il telefono e lo portò con sé. Quando sentì un movimento in alto, salì al piano superiore.

Abbey stava riordinando il comodino di Miss Angela. Prese un libro con una figura in ombra sul retro.

Tibbles entrò e spinse il telefono in mano ad Abbey. Lei lasciò cadere il libro che finì sul pavimento.

"Pronto", disse timidamente.

"Abbey", disse l'anglofono, "ho bisogno del tuo aiuto per trovare la signorina Angela. È una questione urgente. Dov'è?"

"L'ho lasciata fuori a passeggiare prima. Voleva stare da sola".

"E Stephen. Ha visto Stephen?".

"Prima stava potando i cespugli di rose". Le mani le tremavano e anche la voce.

"Rimetti Tibbles", chiese Anglofonte.

"Sta mentendo", disse Anglofone a Tibbles. "Scopri cosa sa e richiamami".

"Ma come?"

"Non mi interessa come. Con qualsiasi mezzo. Scoprilo e SUBITO!" L'anglofono gridò lungo la linea.

Tibbles strinse i pugni e si alzò in piedi. Attraversò il pavimento e, quando si trovò faccia a faccia con Abbey, le sferrò un manrovescio.

Il colpo inaspettato fece volare Abbey all'indietro e la fece atterrare sul letto di Ribby. Lui le salì sopra, mettendosi a cavalcioni su di lei e tenendole mani e gambe. Lo smalto nero dei suoi stivali scalfì il piumone.

"Dimmi!" le gridò in faccia. Quando lei non rispose, le tenne il cuscino sul viso e la lasciò lottare. Lo sollevò di nuovo. I suoi occhi. Morbidi, come quelli di una cerva. "Dimmi!" Spinse di nuovo il cuscino verso il basso e lei si dimenò. Quando lui sollevò il cuscino, lei finalmente confessò e lui la lasciò sedere e riprendere fiato.

Chiamò l'anglofono che si lasciò andare a un'esultanza all'altro capo del telefono. "Ben fatto, Tibbles. La tua fedeltà sarà premiata".

Tibbles riattaccò il telefono e si voltò verso la ragazza.

Abbey rimase sul letto, fissandolo con quegli occhi. "Smettila di guardarmi!", gridò lui spingendole il cuscino in faccia. All'inizio lei si dimenò un po', ma poi si arrese. Lui continuò a spingere il cuscino mentre il tempo si fermava.

Quando lo tolse, gli occhi della ragazza erano spalancati. Sembrava serena. Come un angelo.

Tibbles cominciò a tremare. Afferrò il comodino e notò un libro sul pavimento. Lo raccolse e riconobbe subito gli occhi della figura in ombra sul retro. Appartenevano al suo padrone. Per un momento rimase seduto a fissare la copertina di Tutto quello che avreste voluto sapere sulla magia nera (ma che avevate paura di chiedere). La sua mente vagò verso Rosemary e la sua richiesta di assistenza.

Tibbles aprì la canna fumaria e accese il fuoco. Gettò il libro dentro e lo guardò bruciare.

Fece rotolare Abbey nel piumino di Ribby, se la caricò sulle spalle e portò il suo corpo in giardino. Scavò una fossa poco profonda sotto i cespugli di rose. Dopo averla seppellita, rimise le rose al loro posto e spruzzò un po' d'acqua nel giardino. Era un luogo di riposo incantevole.

Tornato in casa, Tibbles si fece una doccia e si mise in ordine. Poi si dedicò alla camera della signorina Angela. Rifece il letto con lenzuola, federe e piumone nuovi. Perfetto.

Quando ebbe completato tutti i suoi compiti, il silenzio divenne assordante. Persino i suoi stessi passi gli risuonavano nelle orecchie.

Dopo qualche tempo, non riuscì più a sopportare il suono del suo stesso respiro. Sembrava così forte, così rumoroso.

Tornò in camera sua e indossò l'accappatoio che gli aveva dato l'anglofono. Frugò nell'ultimo cassetto e tirò fuori una pistola.

Seduto sulla sua poltrona preferita, con la sua giacca da fumo preferita, si fece saltare le cervella.

Non c'era nessuno in casa a sentire lo sparo.

Solo gli uccelli furono spaventati da quel suono innaturale.

CAPITOLO 66

ROSEMARY FRANKLIN, LA MADRE di Stephen, se n'era andata da tempo. Aveva immaginato di fuggire dal sanatorio, l'aveva sognato tante volte. Quando si presentò l'occasione, la colse al volo e salì sul retro del furgone Clean-it-4-U. Erano le 4 del mattino e lei era in viaggio.

Il furgone sfrecciò per un bel po' di tempo con lei nascosta nel retro. Non appena uscirono dai cancelli dell'ospedale, lei si cambiò con un vestito che aveva rubato. Aveva anche preso un anello di diamanti e alcune monete.

Alla prima fermata Gus, l'autista, scese. Rosemary lo osservò mentre entrava nella tavola calda. Una volta che la via era libera, aprì la porta e scappò. Si nascose accanto al muro esterno tra gli edifici. Da lì poteva osservare Gus mentre si nutriva il viso e aspettare che se ne andasse. Sentì il piacevole aroma del caffè appena preparato e del bacon che sfrigolava all'interno. Il solo pensiero le faceva venire l'acquolina in bocca. Era molto più allettante della puzza di cibo dell'ospedale a cui si era abituata.

Una porta cigolò e lei rabbrividì mentre il sole si faceva strada nel cielo. Gus salì sul furgone, armeggiò con la radio, indossò gli occhiali da sole e si allontanò.

Rosemary rimase nascosta ancora per qualche istante. Meglio essere sicuri che dispiaciuti. Quando il furgone fu chiaramente fuori dalla vista, Rosemary si spazzolò i capelli con le dita. Entrò nella tavola calda dove ordinò una tazza di caffè e la mandò giù. Il sapore del caffè appena preparato in una tavola calda era a dir poco paradisiaco. La cameriera venne subito a riempirlo. La seconda tazza la assaporò.

Quando fu pronta per andarsene, Rosemary lasciò cadere alcune monete sul tavolo. Sapeva di non avere abbastanza, ma sperava che la cameriera le concedesse un passaggio. Rosemary scoppiò in lacrime, singhiozzando incontrollabilmente nella mano.

La cameriera tornò: "Va tutto bene, cara?".

Rosemary mentì. "Mio marito mi picchia. Sono scappata via. Questo cambiamento è tutto ciò che ho. Devo sparire. Se mi trova, mi trascinerà indietro".

La cameriera le porse un fazzoletto. "Ha un posto sicuro dove andare? O devo chiamare la polizia?".

"Sì, ho un figlio, Stephen. Devo solo andare da lui. Se potesse chiamare un taxi e spiegarmi la situazione, gliene sarei grata. Ho bisogno di aiuto per andarmene".

"Perché non le do il mio telefono e può chiamare lei stessa?".

"Perché mio marito chiamerà tutte le compagnie di taxi della provincia. Se hanno il mio nome, mi troverà". Singhiozzò di nuovo nel fazzoletto.

La cameriera le disse che aveva chiamato un taxi e che sarebbe arrivato subito.

"Posso chiederle un altro favore?". Quando la ragazza annuì, Rosemary chiese un paio di sigarette e un pacchetto di fiammiferi. Con un sorriso, la ragazza la accontentò.

Quando il taxi arrivò, Rosemary ringraziò la cameriera. "Un giorno porterò mio figlio qui per conoscerti, cara". La giovane donna sorrise e salutò, cosa che Rosemary ricambiò.

"Dove andiamo, signora?", chiese l'autista.

"Alla tenuta di Theodore Anglofone".

Lui la guardò nello specchietto retrovisore e annuì.

"Durante il tragitto, mi chiedevo se potesse accompagnarmi a un banco dei pegni. Ho qualcosa che vorrei vendere. Naturalmente, può tenere il tassametro acceso", disse Rosemary.

"Sono i suoi soldi, signora. C'è un banco dei pegni a circa venti minuti da qui. La accompagno e mi prendo una tazza di caffè e una fetta di torta di ciliegie à la mode".

"Grazie mille, Jimmy", disse lei dopo aver dato un'occhiata alla foto del suo documento d'identità sul cruscotto.

Jimmy guardò di nuovo nello specchietto retrovisore. Quando lei si scostò i capelli, la luce del sole rimbalzò sulla pietra che aveva al dito. Lui sterzò per evitare un'auto in arrivo. "Questa sì che è una pietra, signora".

"Grazie", disse Rosemary fissando la distanza.

"Siamo arrivati", disse lui.

CAPITOLO 67

P RESTO L'AEREO ARRIVÒ A Toronto.

"Devo vedere mia madre", disse Ribby.

Viveca chiamò il penitenziario, spiegando che aveva con sé la figlia di Martha Balustrade.

L'accesso è stato negato.

"La sentenza sarà pronunciata domani in tribunale. Prenotiamo in un albergo e dormiamo bene", suggerì Viveca.

"Perché non me la fanno vedere?".

"Mi hanno detto solo che la prigioniera non può ricevere visite stanotte", disse Viveca. "Qual è l'hotel più vicino al tribunale?", chiese all'autista.

"L'Hilton è raggiungibile a piedi".

Viveca chiamò in anticipo e prenotò tre camere. "Userò il mio conto spese", disse.

Si registrarono all'hotel, concordando di incontrarsi nella hall. Da lì si sarebbero recate insieme al tribunale.

IL MATTINO SEGUENTE STEPHEN e Viveca cercarono di far mangiare qualcosa a Ribby. Riuscirono a farle bere una tazza di tè, ma niente di più.

"Sono felice che tu sia venuto a darmi sostegno morale, Stephen", disse Ribby.

Angela gli fece l'occhiolino.

Viveca rabbrividì per l'inappropriatezza del comportamento di Ribby. Notò che metteva a disagio Stephen. Pagò il conto e uscirono dall'edificio. Il rumore della strada era assordante.

"Caos del traffico. Sono contento che possiamo andarci a piedi. Benvenuto in città", disse Stephen.

Si diressero verso il tribunale.

CAPITOLO 68

ANGLOFONE AVEVA TRASCORSO UNA notte agitata senza Tibbles a gestirlo. In sua assenza, Anglofone aveva chiamato la casa. Lo aveva già fatto molte volte. Tibbles era stato fin troppo felice di aiutarlo, facendo ruotare il carillon e tenendolo vicino al telefono. Questa volta, però, non rispose.

Quando lo avrebbe rivisto, Tibbles avrebbe fatto meglio a preparare una spiegazione dannatamente buona. Era affezionato a quell'uomo, ma a volte era di una negligenza esasperante.

Mentre rimaneva sveglio per ore, si chiedeva di suo figlio e di sua figlia. Dove si trovavano? Dovevano essere in città da qualche parte. Ricordava i due che si guardavano con occhi da cerbiatto. Senza sapere che erano fratelli. Anche lui era stato attratto da sua figlia—prima di sapere chi fosse, ovviamente.

Per un attimo, Anglofone immaginò di confessare la propria paternità alla prole. Si spinse oltre, immaginando matrimoni, poi nipoti che correvano per casa sua, urlando, inseguendolo. Odiava i bambini. Spendere tutti i suoi soldi. Scosse la testa, prese la brutta lampada accanto al letto della camera d'albergo e la scagliò contro il muro. Si frantumò, la lampadina fece una scintilla e poi si spense. Non c'era modo che lo sentissero. Non dalle sue labbra, comunque. Non era un uomo di famiglia. Non lo sarebbe mai stato. I legami familiari non creavano altro che complicazioni.

Considerò la situazione di Martha. Lei aveva chiesto il suo aiuto.

La mattina fece colazione nella sua stanza. Il caffè era poco gradevole. Chiamò il suo autista e si diressero verso il tribunale.

CAPITOLO 69

ROSEMARY HA IMPEGNATO L'ANELLO. In seguito, si recò in una cartoleria dove acquistò una penna, della carta e una busta. Durante il tragitto verso la tenuta di Anglofone, scrisse una lettera. Quando ebbe finito, sigillò la busta e scrisse sul fronte: "A Stephen Franklin. Privato e riservato". Non ha incluso l'indirizzo di ritorno.

Nella villa di Anglophone, Rosemary chiese a Jimmy di inserire la busta nella cassetta della posta. Non voleva correre il rischio di incontrare Tibbles.

"Dove andiamo ora, signora?".

"Alla biblioteca. Intendo la biblioteca di Anglophone. Sa dov'è?".

La sua testa si girò. "Posso portarla lì".

"Grazie".

Arrivarono alla biblioteca poco dopo. All'inizio Rosemary rimase sul sedile posteriore del taxi con il tassametro acceso, senza potersi muovere.

Jimmy chiese: "Va tutto bene?".

Rosemary si strinse le braccia intorno a sé con la paura di uscire. Paura di tornare. Paura di quello che aveva intenzione di fare. "Sto bene", disse.

Jimmy accese la radio. Canticchiava Elvis.

Rosemary aprì la porta. Gli mise in mano alcune banconote: "Grazie, Jimmy. Sei stato meraviglioso e hai anche una bella voce".

"Grazie, non ci sarà mai un altro Elvis". Risalì sul suo taxi e sfrecciò via.

Una volta perso di vista, Rosemary ammirò la vista completa della biblioteca. Un tempo era stato il suo posto preferito. Il suo rifugio. E l'aria fuori aveva ancora un profumo meraviglioso. I pini, oh i pini. Le sembrava di essere finalmente libera.

Quella sensazione non durò a lungo. Ben presto i brutti ricordi ricominciarono a turbinare nella sua testa. L'anglofono che la sorvegliava. La torturava. La magia nera. Il versamento di sangue animale su di lei. Tutto per quel maledetto libro.

Le mani le tremavano mentre cercava in tasca e tirava fuori una sigaretta piegata. La cameriera era stata davvero gentile a dargliela. L'accese e fece un lungo tiro. Tossì, ma continuò a tirare altre boccate finché le mani non si calmarono di nuovo.

Altri ricordi riaffiorarono. I ricordi da cui si era nascosta si scatenarono come un temporale estivo. L'anglofona che la usava come cavia. Lei che minacciava di andare alla polizia. Lui che minacciava di uccidere il figlio. Doveva finire, la sua tortura su di lei. Lei minacciava di dire a Stephen chi era.

A quel punto fu elaborato un piano. Un compromesso. Rosemary sarebbe scomparsa a tutti gli effetti e sarebbe stato emesso un certificato di morte. Poiché si erano sposati in segreto, nessuno avrebbe saputo che aveva cambiato nome. Stephen avrebbe avuto un lavoro a vita, ma non avrebbe mai saputo chi era suo padre. Non avrebbe mai saputo di essere l'erede della fortuna di Anglophone. In cambio, Rosemary avrebbe ricevuto le cure di cui aveva bisogno. Le sue ustioni sarebbero guarite e tutte le spese sarebbero state coperte. Per proteggere il figlio, accettò di essere rinchiusa per il resto della sua vita. In teoria, all'epoca sembrava una cosa fattibile.

Dopo aver chiesto all'anglofono di rilasciarla e lui si era rifiutato, non aveva avuto altra scelta che fuggire. Inoltre, Stephen meritava di sapere la verità. Doveva essere Rosemary a dirglielo. Si sedette sui gradini tra gli archi della biblioteca e immaginò che suo figlio trovasse la lettera e la leggesse. L'intuito materno le diceva che stava facendo la cosa giusta.

Rosemary si alzò e lasciò cadere la sigaretta a terra. Passò un po' di tempo a raccogliere materiali. Tronchi, bastoni, qualsiasi cosa infiammabile potesse trovare. Tutto ciò che poteva trasportare. Mise la legna sull'ingresso principale e la accese, poi aggiunse i pezzi più grandi. Si mise tra gli archi di legno con le braccia spalancate e aspettò che le fiamme la inghiottissero.

Il fumo sarebbe stato visibile per miglia e miglia, ma tutti coloro che avrebbero potuto essere abbastanza disturbati da notarlo erano lontani o morti.

Gli archi di legno cedettero prima che il fuoco raggiungesse Rosemary. Mentre le fiamme danzavano nella sua visione periferica, le pesanti travi che crollavano le spaccarono il cranio. Niente più sofferenza. Niente più dolore.

CAPITOLO 70

IN TRIBUNALE, VIVECA HA usato il suo Press Pass per farli avvicinare all'ingresso, anche se l'aula era piena di gente. Durante il tragitto verso i loro posti, Ribby notò alcuni volti familiari, tra cui i vicini di casa. Odiava l'idea che sua madre fosse sotto processo e tanto meno che finisse in prigione.

Andiamo fuori a fumare.

No, la mamma arriverà presto.

Non c'è problema. Non andrà da nessuna parte.

Ah. Ha.

L'atmosfera in aula era fuori controllo. I pettegoli spettegolavano. Chi non aveva nulla di significativo da dire aggiungeva comunque i suoi due centesimi. Quando Martha fu portata in aula, tutti si fermarono a fissarla.

La prigioniera era trasandata. Il vestito grigio che indossava non le donava affatto. Era dimagrita. Ribby pensò che il suo viso segnato dalle fiamme assomigliasse a un cadavere ambulante.

Accidenti, anche a me fa un po' pena.

Ribby singhiozzò.

Martha alzò lo sguardo verso la figlia e quasi sorrise, ma poi distolse lo sguardo.

"Tutti in piedi", disse l'ufficiale giudiziario. "La Corte di questa Provincia è ora in sessione. Presiede il Giudice Delvecchio".

Il Giudice diede atto a tutti i presenti e si sedette. L'ufficiale giudiziario indicò a tutti i presenti di fare lo stesso.

Ribby guardò la donna che teneva in mano il destino di sua madre. Aveva occhi gentili, anche da questa distanza, e Ribby sperava che la donna mostrasse pietà.

"Martha Balustrade, la dichiaro colpevole di tutte le accuse".

Nell'aula si scatenò il pandemonio.

Il giudice Delvecchio si alzò e gridò: "Silenzio!". Ricadde al suo posto. "Ora sono pronto a emettere la sentenza". Fece una pausa. Tutti i presenti trattennero il respiro.

"Martha Balustrade, sei condannata a vent'anni di prigione".

Martha rimase in silenzio.

Ribby si alzò e disse: "Ma non è stata lei".

"Ordine, ordine!" Disse Delvecchio sbattendo il martelletto. "Ordine o sgombero l'aula!".

Zitto Ribby! Zitto!

Quando ci fu silenzio, il giudice parlò a Ribby. "E tu chi sei?"

Per l'amor di Dio, Ribby chiude quella cazzo di bocca.

"Vostro Onore, mi chiamo Rebecca Balustrade, ma tutti mi chiamano Ribby. Sono la figlia di Martha".

Le voci risuonarono. Altro caos. Il giudice minacciò di far sgombrare l'aula ancora una volta. Fece cenno a Ribby di continuare.

L'anglofono entrò.

"Mia madre è innocente e io so che questo è vero".

Ribby, per favore.

"E come lo sa?" Chiese il giudice Delvecchio.

Ci fu un attimo di silenzio, mentre Ribby stringeva e chiudeva i pugni come le aveva insegnato Angela.

Ribby scomparve e Angela prese il suo posto. Frugò nella borsetta, tirò fuori una sigaretta e l'accese. Tirò una boccata, lasciò cadere la sigaretta sul pavimento e la spense. Guardò in direzione del giudice Delvecchio.

"Lei, Ribby, non sa nulla. È così immatura che ha creato me— il suo amico immaginario— e ha trent'anni. Ha dovuto affrontare molte cose nella sua vita, compresa la convivenza con quella povera scusa di madre". Angela si girò e indicò Martha.

Le lacrime scesero sulle guance di Martha.

Angela. No.

Angela continuò: "Così, ho fatto le cose che lei non era in grado di fare. Tutte".

Tutti si sporsero in avanti. Lei aveva tutta la loro attenzione. Il pubblico pendeva dalle sue labbra. Si sentiva autorizzata, come se fosse in un'opera di Shakespeare e stesse recitando un soliloquio. Non era mai stata una fan del Bardo, ma Ribby lo leggeva. La annoiava fino alle lacrime. "Per quanto riguarda la persona Wheeler, stava violentando zia Tizzy. Non avevo scelta. Dovevo toglierglielo di dosso. La stava uccidendo".

Angela smise di parlare. Rivolse lo sguardo prima all'anglofono, poi a Martha prima di tornare verso il giudice.

Il suo pubblico aveva aspettato abbastanza. "Decisi di sbarazzarmi del corpo. Il piano era di buttarlo giù dalla scogliera con il suo furgone. Che si liberasse di lui. Non valeva più nulla. Tizzy avrebbe dovuto saltare fuori dal furgone prima che si rovesciasse, ma non lo fece. È finita anche lei".

Martha si alzò. Tentò di parlare, ma l'avvocato la zittì e la tirò a sedere.

"Ordine! Ordine!" Il giudice Delvecchio urlò. "Farò sgomberare l'aula se non si fa silenzio".

Angela si avvicinò al tavolo di Martha. Si versò un bicchiere d'acqua. Bevve un sorso e guardò il giudice che disse: "Stiamo aspettando".

"Di solito non riesco a parlare molto", disse Angela. "Non ad alta voce, comunque. È un lavoro che mette sete".

In aula ci fu qualche risata. Il giudice Delvecchio, spazientito, sbatté più volte il martelletto. Si alzò in piedi e aprì la bocca....

Angela interruppe. "Confesso anche l'omicidio di un buttafuori dall'altra parte della città. Per legittima difesa, l'ho ucciso perché ha cercato di violentarmi".

Cosa? Angela?

Non sai niente, Ribby.

Angela fece una pausa. "Quindi, eccomi qui davanti a voi. Colpevole di tutto. Non vi dico bugie. Ho fatto queste cose, ma Rebecca, cioè Ribby Balustrade, è innocente. Vedete, fin dall'inizio potevo bloccarla. Potevo prendere completamente il sopravvento su di lei. Quindi, se volete perseguire qualcuno, dovete perseguire me. Il fatto è che io non esisto nemmeno. Non sono Ribby. Io sono Angela".

L'anglofona si alzò in piedi.

Angela disse: "Ha persino perso la verginità senza saperlo. E ancora non lo sa".

Ribby urlò.

L'anglofono si spinse lungo la sua fila, fuori e nel corridoio centrale. Alzò il bastone in aria e fu immediatamente disarmato e placcato a terra. Mentre veniva trascinato fuori dal processo, urlò: "Io sono Theodore Anglophone!".

A nessuno importava.

"Ordine in aula! Ho detto ordine!" Il giudice Delvecchio urlò mentre batteva il martelletto più volte. Quando tutti furono in silenzio, disse: "Alla luce di queste nuove informazioni, il caso è archiviato. Martha Balustrade, è libera di andare. Un nuovo processo inizierà immediatamente dopo una perizia psichiatrica. Agenti, per favore portate la signora Balustrade in cella in attesa di ulteriori indagini".

Martha si alzò in piedi con le lacrime che le scendevano sul viso: "Ma mi dichiaro colpevole. Accetto la sentenza. Rinchiudetemi, per favore. Lasciate andare mia figlia".

"Troppo poco e troppo tardi, mamma cara".

Il martello si abbatté di nuovo e il giudice disse: "Questo è un tribunale e qui processiamo gli assassini, non le cattive madri. Potrei accusarla di oltraggio alla corte. Potrei multarla per aver fatto perdere tempo alla corte. Per falsa testimonianza. Per aver ospitato un assassino. Per aver ostacolato la giustizia. Ha capito il senso? Le consiglio di andarsene e di lasciare che la corte faccia ciò che deve fare. La seduta è aggiornata. Sgomberi l'aula, ufficiale giudiziario". Il giudice Delvecchio si alzò. Tutti gli altri la seguirono e la guardarono mentre spariva nel suo studio.

Martha guardò sua figlia mentre gli agenti la ammanettavano e la portavano via. Angela lanciò un'occhiata a Martha da sopra la spalla e sorrise. Fu quasi come se quello sguardo avesse fermato il cuore di Martha, o almeno così raccontarono in seguito. Martha cadde a terra e spirò prima che l'ambulanza avesse il tempo di arrivare.

CAPITOLO 71

MARTHA BALUSTRADE FU SEPOLTA con la figlia al seguito. Ribby era sorvegliata da due agenti e indossava la sua veste grigia da carcerata con mani e piedi legati. Le guardie le hanno messo in mano dei fiori. Lei li ha gettati sulla bara mentre dava l'ultimo saluto.

Quella non è la limousine di Anglofone?

Sì. Mi chiedo perché non scenda.

Dopo la sua performance in tribunale, è sorprendente che sia qui.

Conosceva a malapena mia madre.

Non ho ancora idea di cosa stesse cercando di fare.

È stato fortunato che non gli abbiano sparato.

Anglofono era lì ma ha scelto di rimanere nella sua limousine. Ha preso in considerazione l'idea di scendere un paio di volte per porgere i suoi omaggi. Ha anche pensato di confessare tutto. Piuttosto che affrontare le cose, ha ordinato all'autista di portarlo a casa.

Durante il tragitto dormì un po' e, mentre l'auto si avvicinava alla casa, notò una busta arancione brillante che spuntava dalla cassetta della posta. Dopo averla letta, l'ha fatta a pezzi.

L'anglofono richiamò l'autista. "Portami in biblioteca".

Quando Anglofone arrivò, il fuoco si era già spento.

Anglofone guardò le macerie annerite. Tutto ciò che rimaneva di Rosemary. Si rese conto che era per questo che a Stephen non era stato permesso di vedere sua madre. Perché era stato costretto a scatenare un tale putiferio all'ospedale. Quegli idioti l'avevano fatta scappare. Quasi si sentiva in colpa per avergli decurtato la paga. Quasi. Avrebbe dovuto chiamare l'ospedale e farli venire qui a raccogliere i suoi pezzi. Avrebbero coperto la cosa, visto che lui era il loro maggior donatore. Avrebbero tenuto la cosa fuori dai giornali. Nessuno se ne sarebbe accorto. Dopo tutto, Rosemary era già morta. Suicidandosi, aveva di fatto reso impossibile a Stephen di sapere chi fosse suo padre.

L'anglofono era scosso quando l'autista lo riportò a casa. Si aspettava che Tibbles fosse lì, ad accoglierlo, a confortarlo, ma del suo fidato domestico non c'era traccia.

"Tibbles!", gridò.

La sua voce riecheggiò in tutta la casa, ma non ci fu risposta. L'anglofono era troppo esausto per cercare di trovarlo. Andò in camera sua, accese il carillon e si addormentò per un po'.

Quando si svegliò, sentì un terrore attraversargli l'anima e gridò di chiamare Tibbles. Tirò e tirò il campanello così tante volte che ancora una volta cadde dal soffitto. Ma non arrivò nessuno.

Si sentiva molto solo, e lo era.

Tranne Tibbles che era morto nella sua stanza e Abbey che era sepolta sotto le rose.

CAPITOLO 72

DOPO UN'APPROFONDITA PERIZIA PSICHIATRICA, il processo a Ribby fu rapido. Fu condannata a vent'anni di carcere. Dieci anni per ogni omicidio, meno la pena scontata. La morte di Tizzy era stata considerata un suicidio.

Ribby pianse ininterrottamente per giorni che divennero settimane. Non riusciva a far fronte all'ambiente ostile. Sopravviveva sul filo del rasoio.

"Sta parlando di nuovo da sola", ha detto Shona, la compagna di cella di Ribby. Shona era stata condannata per l'omicidio del marito e dei due figli.

La guardia carceraria venne a valutare la situazione. Vide Ribby che si dondolava sul letto. Rimproverò Shona e le disse di smettere di urlare o l'avrebbe messa in isolamento.

"Oh, andiamo", disse Shona. "Non ho fatto niente".

"Un'altra parola e andrai in isolamento", disse la guardia.

Shona tirò fuori la lingua in segno di sfida, mentre la guardia voltava le spalle e se ne andava. Rimase a guardarlo per qualche secondo prima di voltarsi e affrontare Ribby. "Ti tengo d'occhio, puttana!".

Ribby le girò il viso verso il muro.

"Non voltarmi le spalle, puttana!". Disse Shona dandole uno spintone.

Angela si alzò e afferrò Shona per la gola. La spinse contro la parete di fondo con una forza che colse la compagna di cella di sorpresa. La testa di Shona scattò all'indietro. Si incrinò al contatto con i mattoni freddi.

Con le mani intorno al collo di Shona disse: "Lasciatemi chiarire alcune cose. Numero uno: non mi parlerai. Numero due, non mi toccherai. E terzo, se farai una delle due cose che ho appena menzionato, ti ucciderò".

Gli occhi di Shona nuotavano nelle loro orbite. Cercò di reagire, ma riuscì solo a boccheggiare. La donna acconsentì con un cenno del capo.

Angela tornò al suo letto, ma prima di sdraiarsi sul sottile materasso, prese dell'acqua e la gettò in faccia a Shona. Questo gesto fece uscire la compagna di cella dal suo stato di stordimento.

Shona sparse la voce su Ribby. Era una tosta con cui non si poteva scherzare. Alcuni altri ci provarono, ma Angela li mise subito a terra. Ne aveva abbastanza dei piagnistei e del vittimismo di Ribby per tutta la vita.

Passarono gli anni. I compagni di cella andavano e venivano.

Angela mantenne il pieno controllo. Era rispettata e temuta allo stesso tempo. Con il tempo, il posto le apparteneva. Era la sua prigione e aveva il controllo su di essa e su Ribby. La vita era vivibile.

CAPITOLO 73

DOPO QUALCHE ANNO, ANGLOFONE fece una visita inaspettata al penitenziario. Non visitò Ribby. Incontrò invece il nuovo direttore del carcere, J. B. Bedford. Bedford era il nipote di una vecchia conoscenza che gli doveva un favore.

"Vorrei finanziare una biblioteca qui", disse Anglofone. Anglofone era ormai senza capelli. Il suo corpo tremava continuamente e non riusciva a stare in piedi a lungo.

"È molto generoso da parte sua", rispose Bedford. "Anche se, a dire il vero, i detenuti avrebbero bisogno di donazioni di molti oggetti. Voglio dire, prima dei libri".

L'anglofono si avvicinò a Bedford. "Faccia un elenco e me lo faccia avere. Il denaro non è un problema, ma una biblioteca è d'obbligo e in fretta. Sono un uomo anziano".

"Certo", disse Bedford. "Se ha i soldi, le daremo anche il suo nome".

"No", disse Anglofone. "Non voglio un riconoscimento. Tuttavia, vorrei che coinvolgesse una delle detenute. Può aiutare nella creazione e nella manutenzione della biblioteca stessa. Si chiama Ribby Balustrade. È una bibliotecaria qualificata. Naturalmente, donerò scatole piene di libri".

Bedford conosceva Ribby Balustrade. Era una rompipalle che, durante la sua permanenza, era salita al vertice come nuova regina del branco di detenuti. Bedford non finse la sua sorpresa quando disse: "Non sembra proprio il tipo di bibliotecaria".

"Ribby Balustrade è davvero un tipo da biblioteca. Siamo d'accordo?".

"Certo", rispose Bedford.

"Oh, e un'altra cosa", disse Anglofona. "Non deve mai sapere del mio coinvolgimento. Voglio dire, mai".

"Capito", disse Bedford.

QUANDO ANGELA SENTÌ LA notizia della nuova biblioteca non si divertì. Le biblioteche e i libri erano da sfigati. Aveva lavorato molto sulla sua reputazione. Voleva mantenere il suo status nella prigione. Doveva mantenere alto il suo profilo. Per mantenere la paura. Senza paura avrebbe perso tutto ciò per cui aveva lavorato duramente. Non sarebbe stata in grado di proteggere Ribby se fosse stata sempre in giro per la biblioteca.

La lettura è decisamente noiosa e se vuoi che ti protegga, allora devo essere io a comandare qui.

Quando i prigionieri avranno una biblioteca, avranno qualcosa da fare. Andrà meglio.

Oh mio Dio, Ribby, puoi essere così stupido? Davvero? Prima dell'idea della biblioteca.

Prima dell'idea della biblioteca, la personalità di Ribby era stata felice di passare in secondo piano. Ora riemergeva. Ribby si sentì quasi felice.

Potrò aiutare gli altri. Far conoscere loro i libri. Inoltre, come bonus, potrò leggere tutto quello che voglio.

Tutto il tempo del mondo per annoiarci e per metterci un bersaglio sulla schiena.

Andrà tutto bene. So che sarà così.

Svegliatemi quando sarà finita.

RIBBY SI TROVAVA AL centro della stanza inutilizzata. Presto sarebbe stata adibita a biblioteca. Era abbastanza spaziosa, ma le nude travi di legno del soffitto erano orribili. Così come le fredde pareti di mattoni e i pavimenti di ardesia. Avrebbe potuto sistemare le pareti rivestendole di librerie e i pavimenti di moquette. Il soffitto, però, era un altro problema.

Ogni giorno arrivavano casse piene di libri vecchi e nuovi. Alcune casse dovevano essere aperte con un piede di porco. All'interno delle casse i libri erano legati in categorie con una corda. Ribby riempì gli scaffali, mettendo tutto in ordine.

Quando la nuova biblioteca fu terminata, Ribby era al fianco del direttore Bedford. I detenuti si riunirono per l'inaugurazione. Si svolse una cerimonia di taglio del nastro.

Le detenute entrarono a piccoli gruppi. Ribby mostrò il posto. Era orgogliosa dei tavoli e delle sedie, dei tappeti. E i libri, così tanti libri! Per non parlare delle scale scorrevoli per facilitare l'accesso. Una cosa che non potevano cambiare erano le travi di legno del soffitto. Erano ancora brutte, ma l'illuminazione aiutava a nasconderle.

La maggior parte dei detenuti reagì positivamente alla biblioteca. Tranne Angela.

Ribby, quelle donne sono estremamente pericolose. È solo questione di tempo prima che vengano a cercarci di nuovo.

Non essere ridicolo. Questa biblioteca cambia le carte in tavola.

L'ossessione di Ribby per la nuova biblioteca diede ad Angela ogni motivo per stare sempre più lontana.

Un pomeriggio, Ribby parlò con il direttore della biblioteca per creare un club del libro. Lui pensava che fosse una buona idea, ma dato che avevano solo una copia di ogni libro sarebbe stato difficile gestire un club del libro tradizionale. Ribby chiese se poteva contattare le librerie locali e chiedere altre copie. Bedford le lanciò qualche moneta per il telefono pubblico. Le ci vollero un paio di giorni per ottenere un sì, poi arrivò una donazione di venticinque libri. Il primo libro del club del libro della prigione sarebbe stato Delitto e castigo di Fëdor Dostoevskij.

Una volta rese disponibili le prime venticinque copie, i detenuti parlarono del libro. Anche loro volevano leggerlo. Il concetto di club del libro mensile si trasformò in un club del libro settimanale. I detenuti facevano la fila per partecipare.

Quando mai ci divertiremo?

È divertente e stiamo facendo la differenza. Guardate gli altri detenuti. Stiamo facendo qualcosa di buono qui.

Sei proprio un buono a nulla.

Ma grazie.

Hai messo la parola noia nella parola noia.

Allora vattene. Non ho più bisogno di te.

Il direttore notò un'enorme differenza nel comportamento dei suoi detenuti. Chiamò Ribby nel suo ufficio. La ringraziò per i suggerimenti. Come nuovo direttore era desideroso di lasciare il segno e Ribby lo aveva aiutato a distinguersi.

Le chiese se avesse altre idee su come migliorare le cose per i suoi compagni di cella. Ribby suggerì delle letture d'autore. Il direttore disse di conoscere un autore popolare del Maine. Ribby inviò una lettera all'amico del direttore, in cui diceva che il Club del Libro avrebbe presto letto Stand By Me. Ben presto autori da tutto il mondo donarono libri e chiesero di venire in prigione per discutere dei loro libri.

Il direttore chiamò nuovamente Ribby e le chiese se avesse altre idee. Parlò di una Giornata della famiglia in cui i detenuti potessero leggere ai loro figli. Spesso osservava le famiglie riunite nella sala riunioni, circondate dalle guardie carcerarie. I bambini sembravano troppo spaventati per parlare. Questo è inefficace per l'intera famiglia. Ha suggerito di delimitare una parte della biblioteca, dove una famiglia alla volta potesse leggere insieme. Il direttore pensò che fosse un'idea eccellente e si offrì di provare.

Il passaparola portò altre donazioni dalle librerie. Fu aggiunta una sezione per bambini.

Il suggerimento successivo di Ribby: insegnare ai detenuti che non sanno leggere a farlo.

Poi chiese donazioni per allestire un angolo del lavoro. Arrivarono i computer e furono collegati al WI-FI per consentire ai detenuti di lavorare sui loro curriculum prima del rilascio.

La notizia si diffuse in tutto il sistema carcerario. Il direttore Bedford ricevette riconoscimenti e premi. Non ha mai mancato di menzionare il contributo di Ribby.

UNA SCATOLA DI LIBRI doveva ancora essere spacchettata. Ribby la aprì. Sulla quarta di copertina c'era una sagoma di un uomo.

Anglofono.

Pensi che sia stato lui a fare tutto questo? E perché non ci siamo accorti prima che era lui?

Non ne sono sicuro, ora sembra ovvio. Mi chiedo però perché, perché l'ha fatto?

Senso di colpa? Rimorso?

Amore?

Ribby era in cima alla scala, quando Angela strinse la corda intorno alla trave di legno. Fece un cappio e vi infilò la testa. Quando fu pronta, iniziò a cantare:

Buonasera, buonasera, buonasera!

Ribby rimase ferma. Si tolse la corda dal collo.

No.

Angela si sforzò di ottenere il controllo, afferrando la corda e mettendoci ancora una volta la testa. Mentre si spingeva giù dalla scala, Ribby riuscì a tenersi al gradino più alto con una mano. Con la corda ancora allacciata intorno al collo, Ribby si aggrappò per salvarsi.

Angela cercò di spingersi di nuovo giù, sempre canticchiando la melodia. La forza di questa spinta fece sì che la mano di Ribby si staccasse.

Ribby e Angela rimasero appesi per un momento, poi sembrarono volare verso la luce. Ma la corda non era abbastanza lunga. Fecero un pendolo, poi si scontrarono con la scala. La scala si scaraventò di lato e fu spinta verso la parete più lontana, dove atterrò con un colpo secco.

L'ambulanza arrivò troppo tardi.

EPILOGO

Alcuni anni dopo, arrivò una lettera dell'avvocato di Anglofone indirizzata a Stephen.

In essa veniva rivelata la verità: Stephen era il figlio e l'unico erede di Anglofone.

"Qualcosa di interessante?", chiese la moglie Viveca.

"Niente affatto", rispose Stephen gettandolo nel fuoco.

La coppia felice si sedette insieme sul divano mentre la figlia Rebecca leggeva un libro.

Quote

"La signora sindachessa si lamentò che la zuppa era fredda;

'E tutto il tempo del tuo fiddle-faddle', disse.

'Perché, allora, buontempone, che sarà mai?

Tieni, se puoi, le tue chiacchiere, disse lui".

CHARLES COTTON

Parola d'autore

Cari lettori,

Grazie per aver letto Il Segreto Di Ribby. Spero che vi sia piaciuto leggerlo quanto a me è piaciuto scriverlo!

Il segreto di Ribby è nato come racconto breve nel 2011. La storia si concludeva quando Ribby sputava nel bicchiere di Martha.

Non passò molto tempo prima che Angela iniziasse a parlarmi. Io l'ho ignorata, dicendo che il progetto era finito, ma lei ha insistito.

Poi è arrivato Theodore Anglophone.

Otto anni dopo eccoci qui.

Vorrei ringraziare i miei correttori di bozze e i miei lettori beta, che nel corso degli anni sono stati molti. Infine, ma non per questo meno importante, ringrazio le mie redattrici finali LF e MC: voi due signore siete un vero e proprio fenomeno!

Grazie anche a mio marito e a mio figlio, per essermi sempre vicini.

Come sempre, buona lettura!
Cathy

L'autore

Autrice pluripremiata, Cathy McGough vive e scrive in Ontario, Canada, con il marito, il figlio, i due gatti e il cane.

Anche da:

FICTION: Il figlio di tutti; 13 racconti (che comprendono: L'ombrello e il vento; La rivelazione di Margaret;
Dandelion Wine (FINALISTA DEL READERS' FAVOURITE BOOK AWARD));
Interviste con scrittori leggendari dell'aldilà (2° POSTO MIGLIOR REFERENZA LETTERARIA 2016 METAMORPH PUBLISHING);
Dea plus size
NON FICTION: 103 idee per la raccolta di fondi per genitori volontari di Scuole e squadre (3° POSTO MIGLIOR RIFERIMENTO 2016 METAMORPH PUBLISHING).
+ Libri per bambini e giovani adulti